GEWAGTE VERFÜHRUNG

JEANNE ST. JAMES

Cover-Gestaltung: April Martinez

www.jeannestjames.com

 Erstellt mit Vellum

HOLEN SIE SICH IHR KOSTENLOSES BUCH!

Tragen Sie sich in meine E-Mail Liste ein, um als erstes von Neuerscheinungen, kostenlosen Büchern, Sonderpreisen und anderen Zugaben zu erfahren.

https://geni.us/jungfrauunddervampir

OHNE TITEL

Warnung: Dieses Buch enthält Szenen und Sprache für Erwachsene und kann von manchem Leser als beleidigend empfunden werden. Dieses Buch ist NUR für den Verkauf an Erwachsene bestimmt, wie durch die Gesetze des Landes definiert, in dem Sie Ihren Kauf getätigt haben. Bitte bewahren Sie Ihre Bücher sorgfältig auf, sodass sie für minderjährige Leser nicht zugänglich sind.

Dirty Angels MC, Blue Avengers MC & Blood Fury MC sind eingetragene Markenzeichen von Jeanne St. James, Double-J Romance, Inc.

Behalten Sie ihre Website unter
http://www.jeannestjames.com/or im Auge. Melden Sie sich für ihren Newsletter an, um mehr über ihre bevorstehenden

Veröffentlichungen zu erfahren: http://www. jeannestjames.com/newslettersignup

Autorinnen-Links: Jeannes Blog * Instagram * Facebook * Goodreads Autorinnenseite * Newsletter * Jeannes Review & Book Crew * Twitter * BookBub

ÜBER DOUBLE DARE

Was könnte besser sein, als neben einem heißen Typen aufzuwachen? Aufzuwachen zwischen zwei von ihnen.

Quinn Preston, eine Finanzanalystin, ist nicht glücklich, als ihre Freundinnen sie dazu ermutigen, einen hübschen Fremden bei einer Hochzeitsfeier aufzureißen. Welchen besseren Grund gibt es, auf Männer zu verzichten, wenn ihre frühere Langzeitbeziehung nicht nur im Schlafzimmer glanzlos war, sondern er sie auch noch betrogen hatte?

Logan Reed, ein erfolgreicher Geschäftsinhaber, kann nicht glauben, dass er sich von der Frau in dem hässlichen rosa Brautjungfernkleid angezogen fühlt. Und außerdem ist sie mehr als beschwipst. Nachdem er ihre Einladung zu einem One-Night-Stand abgelehnt hat, findet er sie auf dem Parkplatz, zu beeinträchtigt, um Autofahren zu können. Er rettet sie und bringt sie nach Hause. Sein Zuhause.

Am nächsten Morgen verändert sich Quinns konservatives Leben radikal, als Logan sie in Vergnügungen einführt, an die sie vorher nicht einmal gedacht hatte. Und um die

Sache noch komplizierter zu machen: Logan hat bereits einen Liebhaber.

Tyson White, ehemaliger Profi-Footballspieler, ist völlig in Logan verliebt. Er hat gemischte Gefühle, als Logan Quinn nach Hause bringt. Aber die Wagemutigen kommen immer wieder …

ogan Reed rammte einen Finger in den Hals seines weißen Oxford-Hemds und zog daran. Er brauchte etwas frische Luft.

Was zum Teufel machte er hier überhaupt?

Als er die Kirche begutachtete, machte sich eine Schweißperle auf seiner Stirn bemerkbar. Seine Atmung war flach und schnell. Er würde genau dort hyperventilieren und ohnmächtig werden und sich vor allen zum Narren machen.

Zu Beginn bemerkte er, dass einer der Platzanweiser mit ihm sprach. „Was?"

„Braut oder Bräutigam?"

Braut oder Bräutigam? Sah er wie eine Braut aus?

Alles, was er tun wollte, war, sein steifes Hemd, seine erwürgende Krawatte und sein erdrückendes Jackett auszuziehen, eine weiche, abgetragene Jeans und eines seiner bequemen Hemden anzuziehen, in seiner Couch zu versinken, seine Füße auf den Kaffeetisch zu werfen und ein schönes, kühles Bier zu trinken.

Das war eine Vorstellung!

Aber hier stand er in einem Affenanzug in einer Kirche

und stand kurz davor, jede Sekunde vom Blitz erschlagen zu werden. Er blies einen langen Atemzug aus, um sein pochendes Herz zu beruhigen.

Logan starrte den verwirrten Platzanweiser an. Leider verstand er das Gefühl. „Weder noch."

„Geht es Ihnen gut?"

Logan hatte sich geschworen, dies nie wieder zu tun. Er wollte nie wieder in einer Kirche sein.

Er erinnerte sich daran, dass er nur zur Beobachtung da war. Er musste nicht teilnehmen. Aber es half nichts. Jeder, der so viele Sünden sein nannte wie Logan, hätte aus religiösen Häusern ausgeschlossen werden müssen. Das hätte ein Gesetz sein sollen. Aber das war es nicht.

Verdammt noch mal, er musste sich zusammenreißen. Dies war eine Hochzeit, keine Kreuzigung.

Er hatte seiner Schwester versprochen, dass er hier sein würde. Und obwohl Logan ein Sünder war, hatte er nie ein Versprechen gebrochen. Niemals.

Der Platzanweiser räusperte sich.

„Junge."

Logan fixierte den plötzlich erröteten und schwitzenden Jugendlichen, dessen Anzug zwei Größen zu groß aussah, mit einem grellen Blick. „Junge?"

Er beobachtete, wie der Adamsapfel des Teenagers ein paar Mal auf und ab wippte, bevor er einen *Luftzug* spürte und jemand seinen Ellbogen packte. Hart.

„Logan! Wie schön, dass du pünktlich hier bist." Die Frauenstimme war singsanglich und sirupartig süß. Und es lag viel mehr Bedeutung im Ton als in den Worten.

Logan drehte sich zu seiner Schwester um. Er musste nach unten schauen, weil sie fast einen Fuß kleiner war als er. „Hey, Shorty. Gutes Timing."

Die zierliche Brünette schenkte ihm ein strahlendes

Lächeln. „Das sehe ich." Sie wandte sich an den Platzanweiser. „Wir sind bei der Braut", sagte sie lieblich. „Wir setzen uns einfach selbst. Danke schön."

Der Platzanweiser sah erleichtert aus und Logan fühlte sich beinahe schlecht. Beinahe.

Der Griff an seinem Ellenbogen wurde fester und ohne Vorwarnung zog ihn seine Schwester den Gang hinunter und in eine der Kirchenbänke auf der linken Seite.

„*Setz dich*", sagte Paige mit einem Zähneknirschen, obwohl ihr Gesicht das größte Lächeln hatte.

Er setzte sich.

Sie glättete ihr Kleid und deckte es damenhaft zu, als sie sich in der Bank neben ihm niederließ.

„Mein Gott, Shorty. Was zum Teufel ist dein Problem?"

Logan sah zu, wie ihr gekünsteltes Lächeln verschwand.

„Logan, du bist in einer Kirche, um Himmels willen. Das ist nicht der beste Ort, um den Namen des Herrn zu missbrauchen. Und wenn du so weitermachst, muss ich mir vielleicht eine andere Bank suchen, damit ich an einem sicheren Ort bin, wenn du vom Blitz erschlagen wirst." Sie glättete ihr Kleid erneut und schenkte dem älteren Paar, das sie mit aufgerissenem Mund anstarrte, ein beruhigendes Lächeln über den Gang.

„Hey, ich wollte von vornherein nicht hier sein."

„Ich bitte dich nur um einen Gefallen …"

„Einen? Hmm. Du musst ein schwaches Gedächtnis haben."

„Okay, okay. Hör auf damit. Glaube mir, ich weiß dein Kommen zu schätzen."

„Und der Dank dafür ist ein geprellter Ellbogen?"

„Entschuldige, ich dachte, du wolltest den Kerl dazu bringen, sich in die Hose zu pissen."

„Tja, Scheiße, er hat mich *Junge* genannt."

3

„Oh ja, das ist so viel schlimmer, als wenn du mich *Shorty* nennst."

„Ich dachte, du magst das …" Paige drückte ihm einen Ellbogen in den Bauch, bevor er etwas anderes sagen konnte als „Autsch".

Der Hochzeitsmarsch begann und die Doppeltüren öffneten sich, um die Braut einzulassen.

Seine Schwester war ihm viel schuldig.

QUINN PRESTON ERSTICKTE FAST an ihrem Alabama Slammer, als ihre Freundin ihr die Ellbogen in die Rippen rammte. „Aua."

Sie rettete ihr Getränk, bevor es über ihr hässliches Brautjungfernkleid schwappen konnte. Ja, das wäre schade gewesen: so ein schönes, verspieltes, kotzrosa Taftkleid zu ruinieren. Eines, von dem die Braut gesagt hatte, dass sie es auch in Zukunft tragen könne. Wie zu einer Cocktailparty. Oder vielleicht ihrem eigenen Begräbnis. *Ja, klar. Niemand, der bei klarem Verstand ist, würde in diesem „Ding" tot aufgefunden wollen.*

Das Kleid zu ruinieren, wäre kein Verlust gewesen, aber wenn ihr Getränk runtergefallen wäre, wäre das schlimm gewesen. Sie trank Slammers aus einem Grund – um gute Laune zu bekommen und betrunken zu werden.

Lana stupste sie erneut an. „Siehst du das?" Sie nickte mit dem Kopf in den hinteren Teil des Raumes.

„Was?" Quinn war es wirklich egal, worüber Lana sich aufregte. Sie wollte diesen Tag einfach nur hinter sich bringen. Sie war es leid, das glückliche Paar zu beobachten. Sie war es leid, dem Fotografen ein plastisches Lächeln vorzuspielen. Und sie hatte es wirklich satt, sich die rührseligen

Glückwünsche anzuhören. Alles Dinge, die sie vielleicht nie haben würde – die Hochzeit, den Ehemann, das Brautglück. Daran hatten ihre Eltern sie immer wieder erinnert. Besonders jetzt, wo sie Anfang dreißig war. Und Single. Schon wieder.

„Nicht was. Wen?"

„Hm?" Sie lutschte an dem zierlichen kleinen Strohhalm, den der Barkeeper in ihren Drink getan hatte. Es wollte kaum etwas dabei herauskommen. Vielleicht war er auch nur zum Rühren da. Sie zog ihn heraus und warf ihn auf die Bar. Sie brauchte wirklich einen dieser riesigen Strohhalme, die für diese ausgefallenen, halb gefrorenen Getränke verwendet wurden.

„Ihn. Dort drüben." Lana packte Quinn bei den Schultern und drehte sie um, um sich dem zuzuwenden, was die Aufmerksamkeit ihrer Freundin erregt hatte.

„Ach, der." Sie nahm einen tiefen Zug von dem Punsch-ähnlichen Getränk, nur war kein bisschen Punsch drin. Jedenfalls kein solcher aus Früchten.

„Ja, der." Lana sprach *der* aus, als würde sie an einer Maraschinokirsche lutschen und die Süße auf ihrer Zunge genießen.

Quinn sah nicht einmal genau hin. Männer standen im Moment auf ihrer Scheiß-drauf-Liste. Ihr war es egal, wie heiß sie waren. Das starke Getränk in ihren Händen war die einzige Gesellschaft, die sie brauchte. Sie lächelte in ihr Glas; es war die beste Verabredung, die sie seit Langem hatte.

Ein weiterer rosa Taftfleck wirbelte außer Atem auf sie zu.

„Meine Güte. Hast du diesen attraktiven Mann dort drüben gesehen?" Paula, ein weiteres Opfer des Hochzeitsmode-Albtraums, war errötet und hatte eine Schweißperle, die ihr über die streifenhörnchenartigen Wangen liefen. „Glaubst du, dass er Single ist?"

Quinn hob mit einem halben Achselzucken eine Schulter und drehte sich wieder zur Bar um. Es war schon schlimm genug, dass die drei nebeneinander am Altar stehen mussten, dann während der ganzen zermürbenden Bilder, gefolgt davon, dass sie nebeneinander am Haupttisch saßen. All das in diesem schrecklichen rosa Ding. Aber jetzt, wo alles vorbei war und sie ihre Pflicht für ihre Freundin Gina getan hatten, gab es keinen Grund mehr, dass sie alle dastehen mussten, als hätte jemand Pepto-Bismol ausgekotzt.

Sie lehnte sich an die Bar und fragte den halb-süßen Barkeeper nach der Zeit. Als er antwortete, dass es 18 Uhr sei, knirschte sie mit den Zähnen. Sie waren erst seit einer Stunde beim Empfang. Es war viel zu früh, um abzuhauen.

Verdammt!

Mit einem Seufzer kehrte sie zu ihren Freunden zurück. Sie starrten immer noch auf den männlichen Augenschmaus durch den Raum.

Paulas Seufzer war nicht zu überhören. „Ich frage mich, ob er Frauen mit ein wenig Fleisch auf den Knochen mag."

Ein wenig Fleisch? Sie öffnete ihren Mund, um Paula zu korrigieren, schloss ihn aber schnell wieder. Ihre Freundin sollte nicht das Opfer ihrer miserablen Laune werden.

„Quinn, ich wette, er würde dich Peanut vergessen lassen."

Quinn zuckte zusammen und nahm erneut einen langen Zug ihres Getränks. Sie liebte den Geschmack und die Schärfe auf der Zunge. Und sie versuchte, Peanut zu vergessen. Sie hasste den Spitznamen, den ihre Freundinnen ihrem Ex-Freund Peter gegeben hatten. Einmal hatten sie ihn direkt vor ihm tatsächlich Peanut genannt, natürlich aus Versehen. *Richtig.* Es hatte eine Weile gedauert, bis sie das unter den Teppich gekehrt hatte. Danach hatte er für ihre Freundinnen nichts mehr übriggehabt.

Andererseits hatten ihre Freundinnen Peter von Anfang an nicht gemocht. Im Gegensatz zu ihren Eltern, die den Bastard liebten. Wahrscheinlich mehr, als sie sie liebten.

„Ja, Quinn, er könnte dir wahrscheinlich das Hirn rausvögeln und du würdest dich nie wieder an diesen Deppen erinnern."

Quinn runzelte gegenüber Paula die Stirn. Sie bemerkte die Perlenkette ihrer Freundin, die sich in der Haut um ihren Hals versteckte. Quinns Hände gingen automatisch zu ihrem Hals, um eine ähnliche Halskette in die Finger zu bekommen – ein Teil des dummen Hochzeitskostüms. *Igitt.* Sie hasste Perlen!

Sie hasste Taft. Sie hasste Rosa. Sie hasste rüschenbesetzte Kleider.

Sie nahm einen langen Schluck aus ihrem Glas.

Und sie hasste Peter. Dieses Arschloch.

Sein Geschenk zu ihrem letzten Valentinstag war kein Verlobungsring gewesen. Oh nein, nach fünf langen, vergeudeten Jahren mit dem Scheißkerl hätte er ihr keinen Ring besorgen können. Nein. Stattdessen schickte er ihr eine Textnachricht.

Das war alles.

Eine dumme kleine Textnachricht. Zwei einfache Zeilen

Das funktioniert nicht mehr. Ich habe jemand Neues gefunden.

Sie verdiente mehr als das. Etwas Besseres. Nach all den Jahren der Loyalität, an seiner Seite zu stehen und die „gute, richtige" Freundin zu sein. Wie Peter es erwartet hatte. Wie ihre Eltern es erwartet hatten. Die Freundin, die jeder anständige Mann an seiner Seite haben mochte. Richtig?

Nicht einmal eine Entschuldigung. Nicht einmal eine Erklärung. Nichts.

Und am nächsten Tag hatte FedEx eine Schachtel mit all

den Dingen geliefert, die sie während des letzten halben Jahrzehnts in seiner Wohnung zurückgelassen hatte.

Quinn leerte ihr Glas und drehte sich zur Bar zurück, wobei sie das Geschwätz ihrer Freundinnen über diesen Mann ausblendete.

Sie brauchte einen anderen Mann genauso dringend, wie sie ein Loch im Kopf brauchte.

Sie schob ihr Glas über den Tresen der Bar und bevor sie um ein weiteres Getränk bitten konnte, wurde sie von einer tiefen Stimme überrascht.

„Geben Sie ihr ihren nächsten Drink auf mich."

Dumpfbacke. Die Getränke gehen aufs Haus. Sie drehte sich um, um zu erkennen, wer auch immer das war, und erstarrte. Ihr Mund öffnete sich, aber nichts kam heraus.

„Sie sehen aus wie ein Fisch auf dem Trockenen, wenn Ihr Mund so offen ist." Wenn er lächelte, kräuselten sich die Linien um seine Augen. Er war gebräunt, eine natürliche Bräune, keine künstliche. Und er hatte wunderschöne grüne Augen. Scheiße! Sie hatte noch nie so schöne Augen bei einem Mann gesehen. Seine Nase war ein wenig krumm, als wäre sie gebrochen, und das machte ihn noch schöner. Nein. Nicht schön. Er war … Er war …

Quinn schloss ihren Mund und schluckte schwer. Er war so *unperfekt*, dass er perfekt war. Sein Haar war dunkelbraun mit natürlichen Highlights, ein weiterer Beweis dafür, dass er gerne im Freien war. Es war lang und zu einem ordentlichen Pferdeschwanz zurückgebunden.

Sie hasste lange Haare bei Männern. Aber es war genau richtig bei ihm.

Er hatte einen Bart, der kein Bart war. Es war wie ein längerer Fünf-Uhr-Schatten.

Sie hasste Gesichtsbehaarung.

Er hatte einen kräftigen Hals, der in einem steifen Hemd

verschwand. Der Kragen war bereits offen, genauso wie ein weiterer Knopf darunter. Der Knoten seiner Krawatte war locker und hing schief um seinen Hals.

Die Ärmel seines makellos weißen Hemdes waren bis zu den Ellbogen hochgekrempelt und seine Unterarme waren braun gebrannt und mit dunklem Haar bedeckt. Seine Hände …

Oh. Verdammt!

Seine Hände waren groß. Arbeitende Hände. Nicht weich und verwöhnt, sondern schwielig, dick und stark.

Fähig. Fähig, alle möglichen Dinge zu tun.

Quinns Brustwarzen wurden hart unter dem kratzenden Taft.

Seine Hände konnten alle möglichen schmutzigen, unangenehmen Dinge tun.

Dinge, die Peter nie hatte tun wollen …

Quinn riss ihren Blick von ihm los und drehte sich zurück zur Bar, wobei sie sich eine Sekunde lang dagegenstemmte, um Luft zu holen. Sie schnappte sich ihr frisches Getränk und nahm einen Schluck.

„Wow. Langsam, langsam."

Sie drückte sich das kalte Getränk an die Stirn und versuchte, sich abzukühlen.

Sie musste ihr Höschen wechseln gehen, sie war so verdammt nass.

Sie konnte seine Wärme neben sich spüren; sein Körper war wie ein Ofen. Sie wollte ihre Hände auf seine Brust legen und fühlen, wie heiß er wirklich war. Ihre Finger krümmten sich um ihr Glas.

„Geht es Ihnen gut?" Das tiefe Timbre seiner Stimme schickte einen Blitzschlag durch ihren Körper, der genau in ihrem Kern landete.

Quinn konnte ihre Antwort nur nicken.

Mit der Handfläche auf ihrer nackten Schulter drehte er sie zu sich um. Er starrte ihr in die Augen, seine Lippen weiteten sich zu einem Lächeln.

Seine Lippen. *Oh, Mann.* Diese Lippen könnten wahrscheinlich alles Mögliche mit ihr anstellen, mit. Lippen, die nicht nur zum Küssen da waren …

„Ja."

Heilige Scheiße. Das war jene Art von „Ja", die sie von sich gab, wenn sie mitten in einem Orgasmus war. Zumindest soweit sie sich daran erinnern konnte. Es war schon so lange her, dass sie gekommen war … Mit einem Partner, jedenfalls.

Als sie zurücktrat, kroch ihr Hitze in den Nacken und brach den Kontakt.

„Mir … Mir geht es gut." Sie räusperte sich. „Danke für den Drink." Sie nahm noch einen weiteren Schluck, bevor sie zum Dank das Glas auf ihn erhob.

„Kein Problem." Als er lachte, knickten ihr fast die Knie ein. „Genießen Sie ihn."

Er trat zurück und hielt dann inne. Aber es sah so aus, als ob er von dem, was er in Betracht zog, abrückte, und er setzte seinen Weg fort.

Quinn lehnte sich mit dem Rücken gegen die Bar und ließ einen zittrigen Atemzug aus.

Plötzlich wurde sie auf beiden Seiten von ihren Freundinnen flankiert. Sie war so abgelenkt gewesen, dass sie nicht einmal gemerkt hatte, dass sie verschwunden waren.

„Quinn –"

„Quinn!"

„Oh. Mein. Gott!"

„Ich sagte doch, dass er heiß ist!"

„Oh! Ich wünschte, ich wäre nicht schon verheiratet."

„Ich wünschte, er würde pummelige Mädels mögen."

Quinn konnte es nicht mehr aushalten. Sie hob ihre Handflächen und ergab sich. „Halt. Genug."

„Aber, Quinn …"

„Nichts aber", antwortete Quinn Paula.

„Willst du ihn einfach so gehen lassen?"

„Paula, er geht nirgendwo hin. Leider werde ich nirgendwo hingehen. Wir müssen noch mindestens zwei Stunden länger hier sein."

Lana sagte: „Willst du zulassen, dass Peter dir den Rest deines Lebens ruiniert? Nicht alle Männer sind solche Arschlöcher wie er."

Quinn schnaubte und nahm noch einen Schluck von ihrem Slammer.

„Warum tanzt du nicht wenigstens mit ihm?"

„Nein."

„Warum nicht?", fragte Lana.

Warum nicht? Denn wenn sie es täte, könnte sie direkt auf der Tanzfläche kommen. Weil sie in einer Pfütze ihrer eigenen Säfte enden könnte. Das Bild in ihrem Kopf schockierte sie: Es zeigte sie in einem Haufen mitten auf der Tanzfläche liegend im Orgasmus. Umgeben von all den Hochzeitsgästen …

Dieses Getränk war stärker, als sie dachte.

„Weil noch niemand tanzt."

„Sicher tun sie das. Schau."

Quinn warf einen Blick auf den zum Tanzen freigegebenen Bereich und tatsächlich war da draußen eine Menschenmenge, die groovig tanzte. Quinn war zu sehr damit beschäftigt gewesen, ihr Getränk zu besorgen, um es zu bemerken.

Den Blicken der Teilnehmer auf der Tanzfläche nach zu urteilen, hatten einige von ihnen auch die offene Bar ausgiebig genutzt. Sogar die Braut und ihr neuer Mann hüpften und tanzten in der Menge.

Zumindest waren *sie* ein glückliches Paar.

Quinn nahm noch einen Drink.

Lana runzelte die Stirn. „Wirst du dich heute Abend nur betrinken oder wirst du etwas gegen deine aktuelle Situation unternehmen?"

„Situation? Welche Situation?"

„Sex zu haben."

Quinn schaute ihr über die Schulter, um zu sehen, ob der Barkeeper zuhörte. Das tat er. Er hatte ein breites Grinsen auf seinem Gesicht. *Großartig.*

Der Vater der Braut kam vorbei und bat um einen Gin Tonic. Während er wartete, wandte er sich an sie. „Hallo, Mädels. Amüsiert ihr euch gut? Ihr seht toll aus in diesen Kleidern. Meine Frau hat sie ausgesucht."

Oh, welch Freude. Quinn würde daran denken müssen, die Ohrfeige nicht zu vergessen – ähm, sie meinte, sich zu bedanken. Sie konnte es kaum erwarten, das kratzige, hässliche Stück Scheiße wieder auszuziehen.

Alle drei Frauen schenkten ihm ein Lächeln, bissen sich aber auf die Zunge. Schließlich ging er und Lana und Paula fingen sofort wieder damit an, sie zu schikanieren. Gut, dass sie ihre Freundinnen waren.

„Komm schon. Es kann nicht schaden, einen One-Night-Stand zu haben. Sieh ihn dir an."

„Ich habe ihn schon gesehen." Heilige Scheiße, sie wusste, dass sie es gut meinten, aber sie raubten ihr den letzten Nerv.

„Ja, und wir haben auch gesehen, wie du gesabbert hast."

Sie hatte nicht gesabbert. Ihre Hand ging automatisch zum Mund hoch.

Paula sagte: „Er ist wahrscheinlich sowieso nicht an dir interessiert."

„Ja, so jemanden könntest du eh nicht bekommen. Du ziehst Verlierer wie diesen Peter an", sagte Lana.

Wenn sie dachten, ihre umgekehrte Psychologie würde funktionieren, nun, das tat sie nicht.

„Sieht aus, als wäre er sowieso bei Paige Reed."

Quinns Blick schoss hinüber in die Ecke des Ballsaals, wo der große Mann neben der zierlichen, dunkelhaarigen Schönheit stand. Paige Reed. *Natürlich.*

„Ich dachte, Paige sei mit Connor Morgan zusammen", murmelte Quinn.

Sie muss laut genug gemurmelt haben, denn Lana antwortete ihr. „Ist sie auch. Connor musste wegen etwas, das mit seiner Arbeit zu tun hatte, nach Australien zurückfliegen."

„Warum ist sie dann bei ihm?", fragte Quinn. Warum war sie plötzlich so neugierig? Warum interessiert sie sich dafür?

Tat sie nicht. Sie kümmerte sich um ihr Getränk. Nach eineinhalb Alabama Slammers begann sie, sich ziemlich beschwipst zu fühlen. Sie war es nicht gewohnt, zu trinken. Und wenn sie trank, trank sie gewöhnlich Wein, keine harten Getränke, und vor allem nicht so eine knallharte Mischung von Spirituosen.

Paula lehnte sich zu den beiden und sagte übertrieben flüsternd: „Vielleicht ist er ein Escort", als ob es ein Skandal wäre, und lachte dann.

Vielleicht *war* er ein Escort.

Er war wahrscheinlich auch jeden Cent wert.

Er stand nun mit dem Rücken zu ihnen, aber das gab Quinn nur die Gelegenheit zu untersuchen, wie breit diese Schultern in seinem Anzughemd waren. Wenn er sich bewegte, bündelte sich der Stoff und bewegte sich mit seinen Muskeln.

Lana keuchte und riss Quinn aus ihren Gedanken. „Er ist kein Escort! Das ist Logan Reed, Paiges Bruder. Ich habe ihn nicht mehr gesehen, seit wir Kinder waren. Heilige Scheiße, ist der groß geworden."

„Das würde ich auch sagen." Paula stimmte zu. „Quinn, du traust dich, ihn zum Tanzen aufzufordern. Oder?"

„Nicht interessiert."

Lana kam dazu. „Ja, ich fordere dich auch heraus. Sei kein Weichei."

Wäre sie ein Weichei, hätte sie sich in dieser rosaroten Gräueltat nicht in der Öffentlichkeit gezeigt. Und die passenden Schuhe brachten ihre Füße um. Das Letzte, was sie brauchte, war Tanzen. Sie würde sich zum Gespött machen.

„Das ist eine doppelte Herausforderung, weißt du, wenn wir beide dich herausfordern."

Oh, Mann, eine doppelte Herausforderung. Jetzt würde sie es auf jeden Fall tun – nicht. „Ihr seid verrückt."

„Nein, du bist das, wenn du dir diese Gelegenheit entgehen lässt."

„Woher wisst ihr, dass er Single ist?", fragte Quinn die anderen.

„Du weißt es nicht, wenn du ihn nicht fragst", sagte Lana. „Aber wenn ich mich recht erinnere, hat ihn seine Frau vor einer Weile verlassen. Es gab da einige Gerüchte ..."

Es hatte auch einige Gerüchte über sie und Peter gegeben, aber Gerüchte waren genau das: Gerüchte. Sie schenkte ihnen keine Bedeutung.

Paula schrie plötzlich: „Wahrheit oder Pflicht?", und Quinn erschrak. Es war, als seien sie wieder Teenager.

Lana sagte schnell: „Wahrheit", und hüpfte auf ihren Zehen, als wäre sie fünfzehn.

Gott, könnte mir bitte jemand eine Kugel in den Kopf jagen? Quinn musste von ihrem Elend erlöst werden.

Paula fragte Lana: „Rasierst du dich oder wachst du?"

„Ich rasiere mich. Okay, Quinn, du bist dran. Wahrheit oder Pflicht?"

Quinn wollte dieses kindische Spiel nicht spielen. Es war dumm; sie würde nicht in diese offensichtliche Falle tappen.

„Wahrheit."

„Wie schlecht war Peter im Bett?", fragte Lana.

Verdammt! Darauf wollte sie nicht antworten. Nicht in dem betrunkenen Zustand, in dem sie war. Sie wollte ihr kaum existentes, langweiliges Sexleben nicht noch einmal durchleben. Und sie wollte es definitiv nicht zugeben oder darüber reden.

Es blieb ihr nur noch eines zu tun.

KAPITEL 2

Logan fuhr sich mit dem Finger noch einmal um seinen Kragen. Warum fühlte er sich wie eine Schlinge an?

Seine Schwester war mit dem Ehemann einer anderen Person auf der Tanzfläche und amüsierte sich. Natürlich mit dem Segen der Frau des Mannes. Die im achten Monat schwangere Frau hatte ihre Füße auf einem Stuhl auf der anderen Seite des Raumes ausgestreckt und sie lächelte und ermutigte ihren Mann, Spaß zu haben, während sie sich ausruhte.

Logan seufzte und blickte auf seine Uhr. Es war erst 19 Uhr. Er blickte auf den vor ihm liegenden Teller mit dem Essen. Er hatte es kaum angerührt. Er wollte keinen Buntbarsch oder was auch immer zum Teufel das war. Er wollte ein dickes, saftiges Steak mit pikanter BBQ-Sauce. Mit einer großen, fetten Ofenkartoffel mit tropfender Butter und Sauerrahm. Ja, das war ein Essen. Nicht ein paar Spargelstangen und ein ausgetrocknetes Fischfilet. Er hatte den Mist zu Hause so bekommen damals.

Das einzige Highlight des Abends war bisher die Tussi an

der Bar. Die Art, wie sie ihn angesehen hatte, hatte ihn sofort hart gemacht. Er musste sich schließlich umdrehen und weggehen, bevor er sie auf die Bar setzen und ihr verdammt hässliches Kleid über ihren Kopf werfen würde.

Es wäre bei seiner Schwester sicherlich gut angekommen, wenn er eine ihrer Freundinnen an der Bar genommen hätte. In der Öffentlichkeit.

Er packte einen der kleinen Hershey-Küsse aus, die den Tisch schmücken, und steckte ihn in seinen Mund. Daraufhin nahm er einen Schluck Jack und Cola – der einzige Grund, warum er überhaupt an die Bar gegangen war.

Er könnte sich wahrscheinlich von der Party wegstehlen und niemand würde es überhaupt bemerken. Aber seine Schwester würde ihm das nie verzeihen und er war schon in der Vergangenheit Opfer ihres Zorns gewesen. Viele Male. Das war nicht angenehm.

Im Grunde gab es die Möglichkeit, jetzt oder später zu leiden. Zum Teufel, er war sowieso schon hier.

Er schaute wieder auf seine Uhr. 19:02. Er stöhnte.

Als er aufblickte, sah er eine rosa Vision auf sich zukommen und er setzte sich aufrechter hin. Scheiße, die Ursache für seinen früheren Ständer kam zu ihm.

Sie wirkte entschlossen und sie hatte ihr Glas immer noch wie eine Rettungsleine umklammert.

Sie blieb direkt vor ihm stehen und legte eine Hand auf ihre Hüfte. „Sind Sie Logan Reed?"

Ach du Scheiße. „Ja?"

„Sie wissen es nicht sicher?"

„Oh, ich bin mir sicher."

„Vögeln Sie gerade irgendwen?"

„In dieser Minute?" Er blickte sich um, um zu sehen, ob noch jemand dieses surreale Gespräch hörte. Zum Glück interessierte sich niemand dafür.

„Nein. Haben Sie jemanden, der wütend wird, wenn ich Sie zum Tanzen auffordere?"

„Ähm. Nein." Verdammt, das war eine einzigartige Art, jemanden zum Tanzen aufzufordern. Sie stellte ihr Getränk auf den Tisch und er fragte: „Ist das immer noch Ihr zweites?"

„Nein, das dritte."

„Das hatte ich befürchtet."

Sie ergriff seine Hand und zog, aber er war zu schwer für sie, um ihn zu heben, sodass er sich vom Stuhl erhob, um ihr entgegenzukommen.

„Fordern Sie mich zum Tanzen auf?"

„Haben Sie ein Problem damit?"

„Ganz und gar nicht." Er verschränkte seine Finger mit ihren und führte sie zu einer Ecke der Tanzfläche. Zu seinem Glück hatte der DJ das Licht abgedreht und spielte eine Reihe langsamer Melodien. Die, zu denen er tanzen konnte. Auf keinen Fall hätte er den Chicken Dance oder Line Dance getanzt. Er hatte seine Grenzen.

Während die langsame, wehklagende Melodie durch die großen Lautsprecher dröhnte, schob Logan seine Handflächen um ihre Taille, seine gespreizten Finger kamen am unteren Teil ihres Rückens zur Ruhe. Der Stoff ihres Kleides fühlte sich schrecklich an und er wusste nicht, warum Frauen solchen Mist trugen und darunter litten. Das Kleid war sicherlich nicht schmeichelhaft.

Aber es war nicht die äußere Verpackung, die für Logan wichtig war; es war der Preis, den er darin fand, wenn er ihn auspackte.

Er trat etwas näher heran und zog ihre Hüften gegen seine. Er hätte schwören können, ein leichtes Keuchen gehört zu haben. Er lächelte in ihr übertrieben gestyltes, dunkelblondes Haar und roch daran. Unter dem ganzen

Haarspray fing er einen Duft von Wildblumen ein. Es roch gut.

„Wie ist dein Name?", murmelte er in ihr Haar.

„Was?" Sie drehte ihren Kopf ein wenig und am Ende schmiegte sie sich an seinen Hals. Ihre Lippen, deren Form ihn an den Bogen eines Bogenschützen erinnerte, waren warm und weich und er konnte den fruchtigen Duft der Slammers in ihrem Atem wahrnehmen.

Sie war durchschnittlich groß für eine Frau, was sie etwas kleiner als ihn machte, sodass er sich etwas nach unten lehnen musste, um seine Lippen an ihr Ohr zu legen.

„Wie heißt du?"

Er fühlte den Schauder ihres Körpers an ihm, sodass er die zarte Schale ihres Ohres mit der Spitze seiner Zunge nachzeichnete. Die Berührung war leicht genug, aber sie spürte es unmissverständlich. Daraufhin wölbte sie ihren Rücken leicht und drückte ihre Hüften stärker an seine.

„Quinn", antwortete sie ihm schließlich mit atemloser Stimme.

„Quinn", wiederholte er, während er mit einer Hand ihren Rücken hinauf zu der nackten Haut bewegte, die aus ihrem Kleid ragte. Er zog die Daumenballen entlang der glatten Hautfläche, entlang ihrer entblößten Wirbelsäule, und bewegte sie bis zu ihrem Hals, um ihn in seiner Handfläche zu wiegen. Sein Daumen fuhr fort, ihre Haut entlang der Halsader zu streicheln.

Er zog sich ein wenig zurück und blickte ihr ins Gesicht. Ihre Augen waren schwer und ihre Lippen geöffnet. Ihre Atemzüge waren kurz und schnell.

Er bemühte sich, sich nicht gegen sie zu wehren. Wenn sie in diesem gotterbärmlichen Kleid so gut aussah, fragte er sich, wie sie das in normaler Kleidung tat. Oder ganz ohne Kleidung.

Oder einfach mit einem Paar Handschellen.

Seine Eier spannten sich an und er ließ einen langen Atemzug aus seiner Nase aus, um seinen Puls zu beruhigen.

„Quinn, magst du Sex?" Er legte seine Wange an ihre und sie wiegten sich zur Musik, ihre Hüften, ihre Oberschenkel streiften aneinander.

Ihre Augenlider flatterten ein wenig, bevor sie „Manchmal" antwortete.

„Warum nur manchmal?", flüsterte er ihr ins Ohr.

Sie zuckte leicht mit den Schultern und einer ihrer schulterfreien Ärmel rutschte ein wenig herunter, wodurch noch cremigere Haut zum Vorschein kam.

Logan streichelte seine Lippen entlang der zarten, glatten Haut ihres Schlüsselbeins. Als er an ihre Schulter gelangte, arbeitete er sich zurück, und in der Vertiefung ihres Halses platzierte er einen Kuss.

Es gab ein Stöhnen. Er wusste nicht, von wem es kam. Von ihr? Von ihm? Es war ihm egal. Seine Hand am unteren Teil ihres Rückens rutschte nach unten, genau dorthin, wo die Erhebung ihres Hinterns war. Der Stoff des Kleides hielt ihn davon ab, Details zu fühlen, aber seine Fantasie gewann die Oberhand.

Ein Lied ging in ein anderes über und sie waren sich nicht einmal bewusst, dass andere Paare in der Nähe tanzten.

Seine Hüften behielten einen gleichmäßigen Seite-zu-Seite-Rhythmus bei, während seine Hand auf ihrem Rücken sie eng und im perfekten Takt mit ihm hielt.

Er war hart. Es gab keinen Zweifel, dass sie es spüren konnte. Sogar mit den meterlangen Stoffbahnen um ihren Körper strich ihr Bauch gegen seine Länge und neckte seinen Schwanz.

„Welche Art von Sex magst du?" In seinen eigenen Ohren klang seine Stimme tief und schroff.

„Die Art, bei der ich kommen kann."

Logan lächelte gegen ihre Schläfe und glitt mit der Hand, die er um ihren Hals hatte, auf ihre Schulter. Seine Finger streiften leicht ihre Haut. Er konnte nicht umhin, überall, wo er sie berührte, plötzlich eine Gänsehaut zu bemerken. Das bedeutete, dass ihre Brustwarzen wahrscheinlich hart waren und nach seinen Fingern und seinem Mund lechzten.

Ihr Kleid war ein wenig heruntergerutscht und der Ausschnitt lag tief auf der Brust. Der Stoff ruhte nur auf dem Brustkamm; er konnte sehen, dass sie keinen BH trug. Tatsächlich glaubte er, den sichelförmigen Rand einer Brustwarze auch bei schwachem Licht sehen zu können.

Er wollte seine Zunge zwischen ihre Brüste tauchen.

„Quinn?"

„Hmm?"

„Warum hast du mich zum Tanzen aufgefordert?"

„Weil meine Freundinnen ..." Ihre sanfte Stimme verklang.

„Deine Freundinnen?", bohrte er nach.

„Meine Freundinnen haben mich dazu herausgefordert. Sie halten mich für eine solche Verliererin, wenn es um Männer geht."

„Ah."

„Ich suche mir immer den Falschen aus."

„Soll ich der Richtige sein?" Er bürstete mit dem Rücken seiner Knöchel über die Erhebung ihrer Brüste.

„Nein. Nur jetzt der Richtige."

Sie war direkt. Er fragte sich, ob es nur der Alkohol war, der da sprach. „Du willst mich also nur benutzen."

„Im Grunde genommen."

Ihre Kühnheit schwankte und enttäuschte ihn ein wenig.

Er hob die Augenbrauen. „Aha. Und du glaubst, mir sei das egal?" Er lehnte sich ein wenig zurück und starrte sie an, ihre Haut eine Leinwand für das bunte Licht, das von der verspiegelten Discokugel über der Tanzfläche abprallte.

Sie wollte seinen Blick nicht treffen. „Ist es das?"

Logan blieb stehen und brachte ihren Tanz zu einem plötzlichen Stillstand. „Trinkst du normalerweise auch so viel?"

„Nein."

„Vielleicht musst du ausnüchtern." Er trat von ihr weg, und seine Finger krümmten sich zu Fäusten. Er konnte auch direkt sein. „Ich ficke keine betrunkenen Tussis."

„Oh."

Und er ließ sie auf der Tanzfläche stehen, während sie schwankte. Nur war es nicht zur Musik.

DIE WELT STAND vor dem Untergang.

Okay, tat sie nicht. Es fühlte sich einfach so an. Quinn hatte seit dem College nicht mehr so viel getrunken.

Vor dem Bankettsaal saß sie auf der Motorhaube ihres Infiniti. Sie hatte sich die Schuhe von den Füßen gerissen und sie irgendwo auf den dunklen Parkplatz hinausgeworfen. Auf Nimmerwiedersehen.

Sie war gerade dabei, ihre Strumpfhose über ihre Oberschenkel zu rollen, als sie ein Räuspern hörte. Sie versuchte, ihr Gleichgewicht zu halten, aber es war zu spät. Sie fiel nach hinten und schlug mit dem Kopf gegen die Windschutzscheibe ihres Autos.

„Autsch. Mistkerl." Sie rieb sich den Kopf und begann, die Haarnadeln herauszuziehen, die sich in ihre Kopfhaut gruben, und warf sie auf den Boden. Ein weiteres quälendes Ritual für Frauen – unrealistische Frisuren, die Metallstifte brauchten, um sie an ihrem Platz zu halten. Sie schleuderte mit aller Kraft einen Bobby-Pin, der mit einem unbefriedigenden *Ping* einfach auf den Bürgersteig fiel.

„Brauchst du Hilfe?"

Sie schaute überrascht auf, um zu sehen – wie hieß er noch –, wie *Logan* sie beobachtete.

„Nein, ich … Mir geht's gut … Ich will keine Hilfe von dir."

„Ja, das kann ich sehen."

Ihre Strumpfhosen lagen noch mittig um die Oberschenkel, ihr Kleid war bis zur Taille hochgerutscht und die Hälfte ihrer Haare fielen nun um ihr Gesicht. Sie wäre nicht in dieser Zwickmühle, wenn ihre Freundin nicht geheiratet hätte. Es war alles Ginas Schuld.

„Ich hasse Hochzeiten", murmelte sie.

„Ich auch."

„Es ist nur ein dummes … Ritual, um Menschen leiden zu lassen."

Seine Lippen verdrehten sich zu einem Lächeln. „Da stimme ich dir zu."

„Ich muss nach Hause gehen."

Sie stieß sich auf die Füße und schwankte ein wenig. Sie griff in eine passende rosa Handtasche und zog ihre Autoschlüssel heraus.

Plötzlich stand er neben ihr, packte ihre Hand und riss ihr die Autoschlüssel aus den fummelnden Fingern. „Oh nein. Du wirst in diesem Zustand sicher nicht fahren."

„Sagt wer?"

„Ich."

Sie runzelte die Stirn und versuchte, eine Hand auf ihre Hüfte zu legen, aber sie verfehlte sie. „Und für wen hältst du dich eigentlich?"

„Ich bin derjenige, zu dem dich deine Freundinnen zum Sex herausgefordert haben." Er warf einen Blick hinter sich, suchend, den Pferdeschwanz über die Schulter drapiert. „Wo sind eigentlich seine Freundinnen? Sollten sie nicht hier draußen sein und dich nach Hause fahren?"

Sie hatte den Drang, seinen Pferdeschwanz um ihre Hand zu wickeln und an ihm zu zerren. Stattdessen lehnte sich Quinn an den vorderen Kühlergrill ihres Autos und versuchte, das Gleichgewicht zu halten. „Sie sind vor einer Weile gegangen. Ich meinte, dass ich mit dir nach Hause gehe."

„Tust du das?"

„Nein, das habe ich ihnen nur gesagt, damit sie mich nicht für eine Verliererin halten."

„Warum sollten sie dich für eine Verliererin halten?"

„Weil ich niemand Gutes bekommen kann."

„Und du denkst, ich bin gut?" Er wölbte eine Augenbraue und wartete auf ihre Antwort.

„Nein. Das ist ja der Punkt. Ich glaube, du bist schlecht. Sehr schlecht."

„Das ist dein gutes Recht."

Sie legte ihre Hände gegen die Vorderseite ihres Autos, um sich auf die Füße zu stellen. „Siehst du? Du bist sooo schlecht, du bist perfekt."

Das war das Letzte, woran sie sich erinnern konnte.

LOGAN FING QUINN AUF, bevor sie mit dem Gesicht voran auf den Bürgersteig fiel. Er zog eine Grimasse. Er hasste betrunkene Mädels.

Aber aus irgendeinem Grund hielt er dies nicht für ein normales Verhalten von ihr.

Trotzdem musste etwas mit ihr unternommen werden.

Er lehnte Quinns schlaffen Körper zurück auf die Vorderseite ihres Wagens und hielt sie mit seinem Knie in Position. Er schnappte sich ihre Handtasche – Handtasche, Täschchen, wie auch immer man das nannte – und durchsuchte sie nach ihrer Brieftasche, um eine Adresse zu finden.

Nichts. In der Tasche war nichts als ein Lippenstift! Was sollte der Scheiß? Welchen Sinn hatte es dann, das blöde Ding zu tragen?

Frauen!

Er warf ihre Autoschlüssel in die Tasche und hob sie mit einem Grunzen über seine Schulter. Sie lag mit dem Gesicht nach unten, das Kleid über den Kopf gezogen, welches ihren auf dem Kopf stehenden Oberkörper vollständig bedeckte. Was nach dem, was er sehen konnte, den größten Teil ihres Hinterns frei ließ.

Er schüttelte den Kopf, als er ihre Strumpfhose auf halbem Weg an den Oberschenkeln bemerkte. Und sie hatte keine Schuhe an.

Nicht sein Problem.

Solange die Strafverfolgungsbehörden ihn in dieser misslichen Lage nicht entdeckten, war alles okay.

Er ging schnell über den Parkplatz zu seinem Dodge Dually und öffnete die hintere Beifahrertür der Fahrerkabine. Er warf sie nach hinten und schlug die Tür zu.

Er überlegte, ob er sie bei jemandem vor der Tür absetzen sollte. Vielleicht sogar vor der seiner Schwester. Das wäre eine gute Rache dafür, ihn in diesen Albtraum hineingezogen zu haben. Aber er überlegte es sich anders.

Nein. Er würde sich mit der kleinen Quinn befassen.

Es wäre ihm ein Vergnügen.

Und möglicherweise auch ihr.

KAPITEL 3

Quinn stöhnte über den glühenden Schmerz in ihrem Kopf. Das hohe Gejammer hatte nicht geholfen. Woher kam das?

Sie wollte ihre Augen nicht öffnen, weil sich ihr Bett immer noch so anfühlte, als würde es sich bewegen. Aber sie hatte keine Wahl. Sie musste diesen erbärmlichen Lärm zum Schweigen bringen.

Sie bewegte sich in den warmen Laken herum und rieb ihr Gesicht mit einer Hand, bevor sie diese nach unten streckte, um …

Quinns Augen sprangen vor Entsetzen auf. Sie war nackt. Sie schlief niemals nackt. Ihre Hand wanderte tiefer, bis sie die federnden Locken über ihrer Muschi berührte. Sie war definitiv nackt.

Und, heilige Scheiße, das war auch nicht ihre Decke. Sie setzte sich plötzlich auf und keuchte.

Dies war nicht ihr Schlafzimmer. Dies war nicht das Schlafzimmer von jemandem, den sie kannte.

Sie blickte sich um. Die Wände und die Decke waren aus Baumstämmen gefertigt. Glatte, fleckige, glänzende Stämme.

Die Fußböden waren holzbeplankt und über dem Bett befand sich ein Fenster. Sie blinzelte auf das durch das Glas scheinende Sonnenlicht.

In der Ecke war ein Haufen rosa Taft …

Ach du Scheiße.

Jetzt erinnerte sie sich.

Die Herausforderung.

Sie hatte es durchgezogen.

Nein. Moment. Er hatte sie glatt abgewiesen. Sie erinnerte sich zumindest an diesen Teil.

Mist. Vielleicht hatten sie sie herausgefordert, mit einem anderen Kerl zu vögeln, und dieser Kerl hatte ihren kostenlosen Arsch nicht abgelehnt.

Oh nein. Es hätte jeder sein können! Sie schloss ihre Augen und begann, eine Bestandsaufnahme aller möglicherweise alleinstehenden Männer beim Empfang zu machen. So viele waren es nicht gewesen. Oder doch?

Mist, hoffentlich war sie nicht mit einem verheirateten Mann nach Hause gegangen. Sie wollte Lana und Paula töten. Warum hatten sie sie nicht aufgehalten? Sie wussten, dass sie diese Art von Dingen nicht tat!

Sie schaute sich nach etwas zum Anziehen um, aber alles, was sie sehen konnte, war dieses Kleid. Und sie wäre lieber nackt, als das Ding wieder anzuziehen. Sie erspähte eine Kommode und ging, das Laken um sich gewickelt, hinüber, um eine Schublade zu öffnen. T-Shirts. Meistens in Schwarz. Sie schnappte sich eines und schüttelte es, während sie die Größe überprüfte. Es war groß genug, um sie und einiges sonst zu bedecken.

Nun, wo war ihre Unterwäsche? Nirgendwo zu finden.

Auf keinen Fall ging sie ohne Unterwäsche. Sie könnte im Haus eines Psychopathen sein und sie müsste vielleicht schnell fliehen. Sie würde nicht nackt in die Wildnis laufen. Sie wollte etwas, das ihr Allerbestes verdeckte.

Sie durchsuchte die nächste Schublade unten, zog ein Paar Boxershorts für Männer heraus und zog sie an. Sie waren viel zu groß, aber sie bedeckten sie zumindest wie Shorts. Sozusagen. Wenn sie den großen, klaffenden Schlitz vorne nicht beachten würde.

Sie konnte nicht glauben, dass sie sich in einer solchen Situation befand. Das war so untypisch für sie.

Dumm. Dumm. Dumm!

Sie ging zur Tür des großen Schlafzimmers – es musste das Hauptschlafzimmer sein, vor allem mit einem so massiven Bett – und öffnete leise die Tür, um hinauszuschauen. Der Weg war frei; der lange Flur war leer und am Ende konnte sie Licht sehen. Das könnte ihre Chance zur Flucht sein.

Sie schlich auf Zehenspitzen den Flur hinunter und ging mit Bedauern an einem Badezimmer vorbei. Sie musste wirklich auf die Toilette. Aber das müsste warten. Prioritäten, erinnerte sie sich. Sie schlich weiter den Flur hinunter und stellte fest, dass die hohen Töne aufgehört hatten.

Der Duft von frisch gemahlenem Kaffee drang in ihre Nase.

Eine Pfanne klapperte. Jemand machte Frühstück. Es hörte sich an, als sei die Küche der nächste Eingang am Ende des Flurs. Sie müsste versuchen, sich daran vorbeizuschleichen, ohne erwischt zu werden.

Aber die Neugierde brachte sie um. Mit wem war sie gestern Abend nach Hause gegangen? Was hatten sie zusammen gemacht?

Okay, wollte sie das wirklich wissen?

Sie heftete sich an die Wand, kaute besorgt auf ihrem

Daumennagel und spähte um den Eingang herum in eine riesige Küche.

Sie atmete tief ein.

Logan Reed stand am Herd, die harten Muskeln seines Rückens verschoben sich, als er mit etwas vor ihm hantierte. Sie war fasziniert von der kraftvollen Wölbung und dem Fluss seiner Muskeln unter der glatten, sonnengebräunten Haut.

Seine tiefe Stimme riss sie aus ihrer Trance. „Was machst du da? Komm herein und hilf mir."

Ihr Atem verließ sie. Er hatte sich nicht einmal die Mühe gemacht, sich ihr zuzuwenden. Er wusste einfach, dass sie da war.

Sie richtete sich auf und trat in die Tür. Der Mann war barfuß und mit nacktem Oberkörper, nur eine weiche, abgetragene blaue Jeans umhüllte seinen Unterkörper.

Ihre Muschi pulsierte und ihre Atmung wurde flach.

„Nun, komm schon. Steh nicht einfach nur da."

Sie machte einen zaghaften Schritt weiter in die Küche hinein.

„Der Kaffee ist gleich fertig. Nimm dir eine Tasse."

Er drehte sich um und Quinn biss sich in die Unterlippe, bis sie Blut schmeckte. Seine Haare waren heute Morgen offen und rahmten sein Gesicht ein. Es war lang genug, um an seinen Schultern vorbeizustreichen.

Hatte sie gesagt, sie hasse langes Haar? Oh, das müsste sie sicher noch einmal überdenken.

Seine Brust war dunkel und leicht mit Haaren von seinen gut geformten Brustmuskeln bis hinunter zu seinen Bauchmuskeln bedeckt – oh Gott, er hatte tatsächlich Bauchmuskeln – und verschwand vorne in seiner Jeans. Auf seinem Bizeps traten sichtbare Adern hervor, da die Muskeln so ausgeprägt waren. Und die Tätowierungen …

Er hatte ein Stammesband, das um seinen linken Bizeps verlief, und das Tattoo auf dem rechten sah aus wie ein weißer, sich anschleichender Tiger. Ja, es war ein weißer Tiger und er könnte grüne Augen haben. Sie würde es nicht sicher wissen, bis sie näher dran war. *Wenn* sie näher kommen würde.

Oh, sie wollte *unbedingt* näher kommen.

Nein! Nein, wollte sie nicht.

Seine rechte Brustwarze hatte ein Piercing, was sie unvorbereitet traf. Sie hatte noch nie einen Mann mit gepiercten Brustwarzen gesehen.

Bis jetzt.

„Nettes Outfit. Die Tassen stehen im Schrank drüben beim Kühlschrank."

Quinn machte sich, wenn auch steif, auf den Weg, zwei Tassen aus dem Schrank zu holen, und sie näherte sich widerwillig dem Mann, den sie auf den Küchentisch werfen und zum Frühstück vernaschen wollte.

Er hatte sie gestern Abend glatt abgewiesen. Was hatte seine Meinung geändert?

„Auf dem Tisch liegt Aspirin für deinen Kater."

Sie räusperte sich, bevor sie antwortete: „Danke, aber es geht mir gut."

Auf dem Tresen neben dem Herd stand ein Karton mit Eiern und er drehte sich um, um vier davon in einer gusseisernen Pfanne zuzubereiten. Eine weitere Premiere für sie: echtes Gusseisen. Sie hatte noch nie jemanden mit einer solchen Pfanne kochen sehen. Sie hatte sie nur zur Dekoration verwendet gesehen.

„Wie magst du deine Eier?"

„Alles andere als flüssig."

„Kein Problem", sagte er.

Ihr Magen fühlte sich etwas mulmig an, aber die Spiegeleier rochen wunderbar. Sie beobachtete, wie seine Muskeln sich anspannten, als er die Eier in der Pfanne schwenkte.

„Es ist Saft im Kühlschrank, wenn du welchen willst."

Quinn schüttelte den Kopf. „Nur Kaffee."

„Er ist fertig. Bedien dich."

Sie tat es und setzte sich dann an den großen Blocktisch, legte ihre Beine unter sich übereinander und zog sich das übergroße T-Shirt über die Knie.

Er stellte zwei Teller mit Essen auf den Tisch und sank in den Stuhl gegenüber von ihr, seine grünen Augen fixierten sie.

„Mach schon und iss."

Sie wandte ihren Blick von seinem ab und folgte der Linie seiner Schultern. „Ich bin nicht wirklich hungrig."

„Du solltest versuchen, etwas feste Nahrung in deinen Magen zu bekommen."

Sie antwortete nicht, sondern starrte nur auf den goldenen Ring, der aus seiner dunklen kleinen Brustwarze herausragte.

Sie war versucht, auf Händen und Knien über den Tisch zu kriechen und den Ring mit ihrer Zunge zu kitzeln. Sie hatte den verrücktesten Drang, ihn in ihren Mund zu saugen und daran zu zerren … Wo zum Teufel kam *das* denn her? Warum sollte sie das denken? Sie fing beim Sex nie selber an. Niemals. Keiner ihrer früheren Liebhaber – alle zwei – hatte sie jemals dazu gebracht, dass sie es *wollte*, mit dem Sex zu beginnen. Besonders nicht Peter.

Sie wandte ihren Blick ab, nahm eine Gabel und einen kleinen Bissen der Eier. Ihr Magen drehte sich und sie griff schnell nach ihrer Tasse, um einen langen Schluck schwarzen Kaffee zu trinken. Dadurch fühlte sie sich ein wenig besser.

„Es war eine harte Nacht."

Quinn riss ihren Kopf hoch und ihre Augen schlossen

sich. Er trug ein kleines, schiefes Lächeln. Sie schaute schnell weg und errötete. „Was … Was ist passiert?"

„Erinnerst du dich nicht?"

Sie öffnete den Mund und blickte wieder auf, nur um zu erkennen, dass er sie neckte. Ein Blitz der Erleichterung ging durch sie hindurch. „Es ist nichts passiert?"

„Ich habe dir gesagt, dass ich keine betrunkenen Tussis ficke."

„Du hast ein Gewissen, hm?"

„Vielleicht. Eigentlich möchte ich, dass es für uns beide angenehm ist, wenn ich jemanden ficke. Oder für uns alle."

„Alle?"

„Je nachdem, wie viele beteiligt sind."

Quinn räusperte sich. „Oh."

Sein Lächeln wurde breiter und zeigte seine geraden weißen Zähne. Er beendete seine Mahlzeit, bevor er seinen Stuhl wieder über den Boden schob. Nachdem er seinen Teller in die Spüle gestellt hatte, drehte er sich um, lehnte sich zurück gegen die Theke und verschränkte die Arme über der Brust.

Scheiße, sogar seine Unterarme waren sexy.

„Bist du fertig?"

Sie nickte, unfähig zu antworten.

Er durchquerte den Raum, um sich ihren Teller zu holen. „Gut, denn du bist nicht mehr betrunken." Er legte ihren Teller auf den Tresen und stellte sich dann hinter ihren Stuhl. Quinns Herz setzte einen Schlag lang aus, bevor es wieder wütend klopfte. Ihr Atem war flach und ihre Lippen leicht geteilt.

„Dein Haar sieht offen viel besser aus." Seine warme, tiefe Stimme ließ ihr einen Schauer über den Rücken laufen. Sie weigerte sich, sich ihm zuzuwenden. Sie genoss es, nicht zu wissen, was er tat, was er sich ansah, wie nah er dran war, was er als Nächstes tun würde. Ihre Brustwarzen wurden hart und ihr Atem stockte. Sie hat nie erkannt, dass die Angst vor dem Unbekannten so aufregend sein konnte. Sie bekam kaum raus: „Deines auch."

Seine Finger glitten über ihre Schultern, arbeiteten sich in ihr Haar ein und massierten ihre Kopfhaut.

Seine Hände ballten sich zu Fäusten, zogen ihr an den Haaren, und er riss ihren Kopf zurück und zwang sie, zu ihm aufzuschauen. Ihr Hals war über die Stuhllehne gestreckt und sie blickte in seine ernsten Augen und hatte Angst.

Nein. Sie war nicht ängstlich. Sie hätte es sein sollen, aber sie war es nicht. Sie war erregt.

Ein Mundwinkel hob sich und er ließ ein leises Knurren vernehmen. „Wer hat dir erlaubt, meine Schubladen zu durchsuchen und meine Sachen auszuleihen?"

Quinn öffnete ihren Mund, um zu antworten. Aber sie konnte keine Worte bilden. Sie wusste nicht, was sie tun sollte.

„Hattest du die Erlaubnis dazu?" Er zog sie leicht an den Haaren und sie stöhnte.

Es tat weh. Aber Junge, tat das gut weh. Wie konnte das sein?

Ihr Atem wurde schneller und sie flüsterte ein „Nein".

Quinn schlang ihre Hände um seine Handgelenke, versuchte aber nicht, ihn wegzuziehen. Es wäre ohnehin sinnlos gewesen. Er musste dreimal so stark sein wie sie. Mindestens.

„Wie kannst du es wagen, etwas anzufassen, das nicht dir gehört?"

„Ich weiß nicht ..." Ihre Antwort war angespannt, ihr Nacken wurde in dieser Position wund und das Blut schoss ihr in den Kopf.

„Ja richtig, du magst Herausforderungen."

„Nein."

„Ja, das tust du."

Ihre Brust hob sich und fiel rasch unter dem straff gezogenen T-Shirt, ihre Brustwarzen hart unter der Baumwolle.

„Willst du, dass ich dich bezahle?"

„Bezahlen?"

„Ja, ich bestrafe dich so …" Er hob seinen Kopf zu ihrem Hals, kratzte seine Zähne entlang ihres angespannten Rachens, bewegte seine Lippen und Zunge dort, wo seine Zähne verschwunden waren. Sein Bart war zu kurz, um weich zu sein; er war wie Sandpapier auf ihrer Haut.

Als sich seine Finger in ihrem Haar lösten, griff sie nach seinem Bizeps und wollte ihn eigentlich wegdrücken, stattdessen aber zog sie ihn zu sich. Logan griff sich eine Handvoll des T-Shirts und zog es hoch und über den Kopf, bedeckte ihr Gesicht und entblößte ihre Brüste.

Da ihr noch nie zuvor die Augen verbunden worden waren, saugte sie einen Atemzug ein und die Bauwolle füllte ihren Mund. Sie drückte sie mit der Zunge wieder heraus und beruhigte sich so weit, dass sie durch die Nase atmen konnte. Sein Duft war in den Stoff eingedrungen und sie stellte sich vor, dass sein Schwanz sich an der gleichen Stelle seiner Boxershorts einnistete, an der jetzt ihre Muschi war.

Ihre Brustwarzen waren eng und schmerzhaft und ihre Muschi pulsierte. Dennoch tat er nichts. Sie saß in seiner Küche, mit einem T-Shirt über dem Kopf, der über den Stuhl zurückgebeugt war, und er tat nichts.

Sie wartete nur.

Ihre Atmung war schnell und heftig. Sie versuchte, leiser zu atmen, um etwas zu hören, irgendetwas. Sie konnte es nicht. Auch das Herzklopfen, das sie in ihren Ohren hörte, war nicht hilfreich.

Sie sollte sich bewegen, gehen, nicht nur warten wie die Maus, die bereit ist, von der Katze gefressen zu werden …

Aber das tat sie nicht. Sie wollte nicht verpassen, was er als Nächstes tun wollte.

Ihr Atem stockte schließlich, als etwas ihre Brustwarzen berührte. Seine Fingerspitzen umkreisten die harten Punkte. Die Berührung war leicht. Federleicht.

Sie stöhnte und wölbte ihren Rücken, er musste …

Mehr tun.

Es war ein Rausch, nichts zu sehen, sondern nur zu fühlen. Nicht zu wissen, was einen erwartete.

Er rollte ihre beiden Brustwarzen sanft zwischen seinen Daumen und Zeigefingern. Quinn zuckte auf dem Stuhl und sie grub ihre Finger in seine Arme. Er rollte immer härter und härter, bis er die harten Nippel verdrehte und an ihnen zerrte.

Quinn verfluchte ihn. Sie verfluchte sich selbst – weil sie so reagiert hatte. Dafür, dass sie sich an etwas erfreuen konnte, von dem sie im Hinterkopf dachte, dass sie es nicht sollte. Dafür, dass sie so stark reagiert hatte. Ihn so sehr zu wollen …

Sie biss die Zähne zusammen und presste ihre Muschi in den harten Sitz des Stuhls. Sie wollte Erleichterung, aber sie wollte auch, dass es so lange wie möglich anhielt.

Sie wollte mehr davon, mehr von ihm.

„*Mehr.*" Sie erkannte nicht einmal ihre eigene Stimme.

Eine Hand löste sich von ihrer Brust und glitt an ihrem Bauch entlang, um in die losen Boxershorts einzutauchen. Logans Finger spielten an ihren feuchten Schamhaaren entlang, nah dran, aber ohne sie dort zu berühren, wo sie es brauchte.

Noch immer blind tastete sie an seinen Armen entlang bis zu seiner Brust und streichelte mit ihren Handflächen über seine Brustwarzen. Seine waren genauso hart wie ihre. Sie lächelte in die Dunkelheit des T-Shirts.

Von wegen Bestrafung.

Sie zwickte an seinen beiden Brustwarzen und schnippte zögerlich mit dem Finger über den Brustwarzenring. Sie spürte, wie er sich bewegte. Sie hatte keine Ahnung, dass ein so kleines Goldschmuckstück seine Brustwarze so empfindlich machen würde. Der Ring war mehr als nur Dekoration, er war eine Quelle der Freude. Oder möglicherweise von Schmerzen?

Sein Finger fand ihre heiße Perle und sie vergaß alles, was sie getan hatte.

Er umkreiste ihre harte, hochempfindliche Klitoris mit seinem Daumen, während er die Lippen ihrer Muschi mit Zeige- und Mittelfinger teilte. Ihre Hüften schwangen nach vorne. Sie wollte ihn in sich haben. Es war ihr egal, welcher Teil von ihm, irgendwas – Finger, Zunge, Schwanz. Die Leere in ihr musste dringend gefüllt werden. *Jetzt.*

Seine Finger spielten an ihren Schamlippen entlang und reizten weiterhin ihre Klitoris, wobei er einen Rhythmus einhielt, der sie dazu brachte, ihre Hüften im Takt zu schaukeln.

„Fuck!", explodierte es zwischen ihren zusammengebissenen Zähnen.

Mit seinen glatten Fingern fand er den kleinen Hautstreifen zwischen ihrer Muschi und ihrem Anus und er streichelte ihn. Er streichelte hin und her, hin und her, berührte gelegentlich ihren Anus, sodass er sich zusammenpresste, dann wieder zurück an den Rand ihrer Muschi. Ihre Muschi öffnete sich für ihn, sie wollte ihn, sie brauchte ihn.

„Ich werde dich ficken", murmelte Logan.

Sie versuchte, ihren Geist zu klären. Sich selbst wieder zur Vernunft zu bringen. Aber sie konnte es nicht …

„Okay."

„Nicht, weil du es willst. Weil ich will."

„Okay."

Sein Daumen tauchte leicht in ihre Muschi ein; ihre Hüften zuckten nach vorne, um ihm zu begegnen.

„Geduld", murmelte er. Sie war schockiert, als sie die Wärme seines Atems direkt über ihrem Mund spürte. Seine Lippen streiften ihre durch den Stoff. So einen Kuss hatte sie noch nie zuvor gefühlt. Es war wie ein Kuss durch einen Schleier. Das T-Shirt hinderte sie daran, ihre Zunge mit seiner zu berühren, ihn zu schmecken. Seine Lippen bewegten sich über ihre, die Baumwolle wurde durch den Kontakt feucht.

Er zog sich zurück und Quinn fühlte plötzlich ein Gefühl des Verlusts. Sie wollte ihn ohne das Hindernis kosten; sie wollte seine Lippen, seine Zunge erforschen.

Er hatte andere Ideen für seinen Mund. Er beugte sich vor, um ihre linke Brust zu bedecken; er hob sie an, bis sie den Sog seines heißen Mundes an ihrer Brustwarze spürte. Seine Zunge schnippte gegen die harte Spitze und brachte sie zum Schreien.

Sie wölbte ihren Rücken weiter und hob ihre Brust zu ihm. Er saugte und zwickte und kniff ihre Brust.

Worte kamen aus Quinns Mund, aber sie hatte keine Ahnung, was sie da sagte. Es war ihr völlig egal. Alles, was sie interessierte, war, dass er nicht aufhörte.

Logan schob zwei Finger in sie hinein, als er auf ihre Brustwarze biss. Quinn schrie auf und streckte blindlings die Hand nach ihm aus und berührte seinen Brustkorb. Sie grub ihre Nägel in seine Haut, als er einen dritten Finger in sie steckte und sie bis zum Anschlag hineindrückte. Ihre Nägel hämmerten gegen ihn und sie fühlte ihn schaudern.

Sie hob ihre Hüften vom Stuhl und drückte sie gegen

seine Finger; sie war so nass und glitschig, dass sie auf keinen Widerstand stießen.

Dann, unerwartet und plötzlich, war er verschwunden.

Er hatte sich aus ihrer Reichweite zurückgezogen und Quinn wimmerte.

Bevor sie protestieren konnte, hob er sie aus dem Stuhl und schob diesen aus dem Weg. Nachdem Logan sie auf die Füße gestellt hatte, stupste er sie nach vorne, bis ihre Hüften gegen den schweren Holztisch stießen. Mit einer Hand auf dem Rücken stieß er sie nach vorne. Mit einem Ruck sammelten sich seine geliehenen Boxershorts um ihre Knöchel und kühle Luft kitzelte ihre erhitzte Haut. Er ergriff die Rückseite des T-Shirts und schob es ihr über den Kopf, sodass es nun wie ein Kragen vorne um ihren Hals lag, wobei ihre Arme immer noch in den Ärmeln gefangen waren. Ihr Kopf war jetzt frei, aber da er sie mit einer Hand festhielt, war ihre Sicht immer noch eingeschränkt. Und sie wollte ihn sehen …

Sie wollte ihn ganz sehen.

So, wie er alles von ihr sah.

Das Geräusch seines Reißverschlusses vermischte sich mit jenen ihrer beschleunigten Atmung. Das *Rascheln* von Denim auf seiner Haut, als er sich seine Jeans auszog, ließ sie anfangen zu zittern.

Harte Oberschenkel, drahtiges Haar, gegen die Rückseite ihrer Oberschenkel gepresst. Sie versuchte, sich gegen ihn zu wehren, aber er drängte sie noch härter nach unten.

„Nicht bewegen."

Seine Handfläche streifte ihre Wirbelsäule hinunter und über eine Pobacke, dann über die andere.

„Beweg dich nicht von dieser Position", warnte er sie. „Nicht mal einen Zentimeter."

Oder was? Sie wollte es wissen. Was würde er tun? Was

könnte er ihr möglicherweise antun, das noch aufregender wäre als das, was er bereits tat? Der Gedanke verleitete sie, sich zu bewegen, aber sie wollte es nicht riskieren. Noch nicht. Sie kannte ihn nicht. Sie kannte seine Grenzen nicht, wusste nicht, wozu er fähig war.

Und das sorgte dafür, dass sie ihre Pussy fest zusammendrückte.

„Weißt du, was mit bösen kleinen Mädchen passiert, die sich etwas leihen, ohne zu fragen?"

Moment mal. Es stimmte. Sie wurde immer noch bestraft. Irgendwie hatte sie das vergessen.

„Sie werden bestraft", antwortete Quinn und machte sich nicht die Mühe, die Freude in ihrer Stimme zu verbergen.

Dann schlug er ihr mit der offenen Hand auf die Pobacke, was sie überraschend nach vorne zucken ließ. „Das stimmt."

„Au!" Sie hatte nicht damit gerechnet, dass man ihr den Hintern versohlte. Und es stach noch dazu.

Logan streichelte seine Handfläche über die stechende Pobacke, um sie zu beruhigen.

„Du hast nicht nur meine Sachen ohne meine Erlaubnis ausgeliehen, mein Zeug muss auch gewaschen werden. Du hast den Schritt ganz nass gemacht."

Er schlug auf die andere Pobacke und wieder zuckte sie aufgrund des Schocks vorwärts.

„Oh Gott!" Sie wollte, dass er aufhörte. Nein! Nein, wollte sie nicht. Oh Gott, was stimmte mit ihr nicht?

„Keine Klagen, sonst wird die Strafe nur verlängert."

Quinn fühlte den Schwung seines langen Haares an ihrem Hintern, bevor seine Zunge an einer ihrer schmerzenden Pobacken entlanglief. Er leckte sie wieder und wieder, lange, langsame Striche, bis beide Pobacken feucht waren.

Dann schlug er sie noch einmal und es stach noch schlimmer. Weil ihre Haut feucht war, machte es für Quinn aber das Vergnügen noch intensiver. Niemals in ihren wildesten Träumen hätte sie gedacht, dass sie als Erwachsene von einem Erwachsenen den Hintern versohlt bekommen würde. Aber ihr wurde jetzt klar, was ihr gefehlt hatte. Es war frech und aufregend, und jedes Mal, wenn seine Handfläche mit ihrem Arsch in Berührung kam, ging ein Blitzschlag direkt durch sie hindurch, wodurch ihre Brustwarzen härter wurden und sich ihre inneren Muskeln zusammenzogen.

„Dein Arsch ist so rot. Er ist so schön so. So fickbar."

„Dann fick mich ...*bitte*."

Sie wartete darauf, für ihre Äußerungen beschimpft zu werden. Aber er sagte nichts. Stattdessen schob er seinen Schwanz über ihre brennenden Pobacken und dazwischen.

Sie verkrampfte sich, als ein Moment der Panik durch sie hindurchschoss. *Gott.* Er war groß. Nicht so groß wie einige der Männer in den Pornos, die sie im College gesehen hatte, aber größer als ihr Ex.

Sie konnte ihn nicht sehen, weil sie immer noch auf dem Bauch lag, die Arme hinter dem Rücken in das T-Shirt gefesselt, aber er fühlte sich hart wie Stahl, dick und lang an.

Seine Eier hingen schwer und rieben an ihrem Schlitz. Er drückte ihre Pobacken zusammen und schob seinen Schwanz zwischen sie, wobei er sich gegen sie drückte.

Quinn hob ihre Hüften und schob ihren Arsch auf ihn zu und ermutigte ihn, den nächsten Schritt zu tun.

Logan beugte sich über sie und drückte seine Hüften noch fester in ihren Arsch, während er an ihrer unteren Wirbelsäule entlang leckte und ihren gefesselten Armen auswich. Er leckte an einem ihrer Schulterblätter. Ihre Hände waren so frei, dass sie, wenn sie ihre Finger ausstreckte, den Kopf seines Schwanzes berührte. Er war glatt und geschmeidig und sehr, sehr heiß.

Sie versuchte, ihre Finger um ihn zu schlingen, aber Logan zog sich zurück.

„Nicht bewegen", warnte er sie erneut.

Tat sie nicht. Das wollte sie um keinen Preis verpassen.

Zumindest dachte sie das, bis sie das Öffnen einer Schublade hörte. Was holt er da heraus? Oh Gott, was wollte er mit einem Küchenutensil machen?

Quinn entspannte sich, als sie das Zerreißen einer Folienverpackung hörte, und die flüchtige Frage, warum er Kondome in seiner Küche hatte, verließ sie, als die Spitze seines Schwanzes gegen ihre Öffnung drückte.

Er rieb den knolligen Kopf hin und her, über ihre Klitoris bis hin zu ihrem Anus, wodurch sie feuchter, glitschiger und verzweifelter versuchte, ihn in sich aufzunehmen.

Sie war bereit, vor Frustration zu schreien, als sie fühlte, wie er ihre Oberschenkel mit seinen eigenen spreizte, seinen Schwanz zwischen ihre Schamlippen schob, ihre Pobacken mit seinen großen Händen packte und sie weit spreizte.

„Bist du bereit für mich?"

Quinn drückte ihre Stirn gegen die Tischplatte und sie schaukelte sich mit einem Nicken hin und her.

Seine Finger gruben sich tiefer in ihre Pobacken. „Ich kann dich nicht hören."

Sie ließ einen zitternden Atemzug aus. „Ja."

„Ja?" Die Krone seines Schwanzes stieß gegen ihre Muschi und drang nicht ganz in sie ein. Aber so nah …

„Ja, ich bin bereit."

„Verlange von mir, dich zu ficken."

Sie antwortete nicht. Sie konnte es nicht. Sie hatte noch nie etwas beim Sex verlangt. Niemals.

Er schob seinen Schwanz nur einen Zentimeter hinein. Seine Eichel war breit und sie öffnete sie. Er war kaum in ihr und sie fühlte, wie sich ihr Orgasmus bereits aufbaute.

Sie versuchte, sich gegen seinen Schwanz zu bewegen, ihn tief in sich zu treiben, aber er hielt ihre Hüften mit seinem Griff fest.

Ein Schauer lief ihr über den Rücken, als er rief: „Tu es!"

Sie ballte ihre Finger zu Fäusten und stieß ein langes Stöhnen aus. Warum musste er sie drängen? Warum musste er hören, wie sehr sie ihn in diesem Moment wollte?

Sie flüsterte: „Ich verlange von dir, mich zu ficken."

„Lauter."

Sie ließ ein langes, leises Wehklagen los, bevor sie schrie: „Ich verlange von dir, mich zu ficken!"

Quinn keuchte, als er seinen Schwanz mit einer scharfen Hüftneigung tief in ihre Muschi steckte, tief genug, um gegen ihren Gebärmutterhals zu stoßen. Ihre inneren Muskeln umklammerten ihn und wollten ihn nicht loslassen, als er sich zurückzog. Doch bevor er sich vollständig zurückzog, stürzte er sich wieder in sie. Ihr Rücken war gewölbt, ihr Körper verneigte sich vor ihm. Der Schmerz und die Freude vermischten sich.

„Scheiße, du bist zu eng. Entspann dich." Seine Stimme klang angestrengt, aber sie konnte ihm nicht antworten.

Sie *war* eng, bis zu dem Punkt, an dem es unbequem war, aber er dehnte sie mit jedem Hüftschwung weiter aus. Er gab bei jedem Stoß tiefe, weiche Grunzlaute von sich.

„Deine Muschi ist so heiß."

Er schlug ihr erneut auf die Pobacke, wodurch Quinn überrascht aufschrie und härter gegen ihn zurückwich. Sie wollte, sie musste sich an etwas festhalten, aber sie konnte es nicht, ihre Arme waren immer noch hilflos in das T-Shirt gefesselt. Ihre Finger wackelten, versuchten nach etwas zu greifen, nach irgendetwas.

„Du bist so eng."

Logan ließ ihre Hüften los und beugte sich nach vorne,

indem er ihre Finger unter seinen Unterbauch steckte, und er änderte den Winkel seiner Hüften und drückte sie nach unten. Sein Schwanz streifte ihre magische Stelle, ihre Knie wurden weich. Sie hielt ihr eigenes Gewicht nicht mehr auf den Fußballen. Er hielt sie an Ort und Stelle, hielt sie dort, wo *er* sie haben wollte. Nahm sie in *seinem* eigenen Rhythmus.

Ihre eingeklemmten Finger tasteten jede seiner Bauchmuskeln ab, als er sie eroberte. Als er sie für sich selber nahm.

Noch nie in ihrem Leben hatte sie sich so vollständig unter der Kontrolle eines anderen Menschen gefühlt. Niemals. Und sie liebte es.

Quinn erkannte, dass sie bei jedem Stoß seines Schwanzes tief in ihrem Inneren immer wieder dieselben beiden Worte im Rhythmus stöhnte.

Fick mich.

Fick mich.

Fick ... mich.

Er lehnte seine Brust an ihren Rücken, legte mehr Gewicht auf sie und drückte ihre Arme noch mehr zwischen sie. Er befreite eine seiner Hände und schob sie zwischen sie und den Tisch, drückte seine Finger gegen ihre Klitoris und machte schnelle Bewegungen im Gegensatz zu seinen Hüften.

Seine andere Hand griff ihr loses Haar und er versenkte seine Zähne in ihrer Schulter. Während er gegen sie lehnte, machte er kleine, schnelle Stöße, wobei er so tief drinblieb, wie er konnte.

„Komm mit mir."

Das tat sie.

Quinn schrie, als die Krämpfe sie überkamen und ihren ganzen Körper von innen nach außen schaukelten. Ihre Muskeln griffen und lösten seinen Schwanz im härtesten

Orgasmus, den sie je erlebt hatte. Sie hatte nicht einmal gewusst, dass es so intensiv sein konnte.

Logan fluchte und sie konnte fühlen, wie sein Schwanz in ihr pulsierte. Seine Hüften bewegten sich unkontrolliert, als er so hart kam wie sie.

Er blieb stehen, während sie einige Zuckungen danach hatte. Sie fühlte sich schwach und ohne Knochen. Ihre Muskeln waren locker und sie wusste nicht, ob sie überhaupt selbstständig stehen konnte.

Aber das konnte warten. Sie war immer noch voller Logan; er war noch tief in ihr drin und sie wollte sich an dem Moment erfreuen.

Sie hatte gerade den besten Sex ihres Lebens gehabt und das alles nur wegen einer dummen Mutprobe.

Ein Lachen sprudelte aus ihr heraus, als Logan aus ihr herausrutschte und zurücktrat. Er entwirrte das T-Shirt sanft von ihren Armen und zog sie zu ihren Füßen. Das Blut floss in ihre befreiten Glieder und sie stöhnte vor Erleichterung und ein wenig Schmerz.

Logan drehte sie mit einem besorgten Gesichtsausdruck zu ihm um. „Geht es dir gut?"

Quinn rieb ihre Arme, um den Kreislauf wieder in Gang zu bringen, und lächelte ihn an. Konnte er nicht erkennen, dass sie gerade den besten Sex ihres Lebens gehabt hatte? „Es ging mir niemals besser."

Er erwiderte das Lächeln und kippte ihr Kinn mit dem Zeigefinger zu ihm hinauf. „Gut."

Er beugte sich zu ihr hinunter und küsste sie und gab ihr das, was sie sich vorher gewünscht hatte, aber nicht bekommen konnte. Sein Mund bewegte sich über ihre Lippen und seine Zunge streichelte sanft über die ihre. Sie war enttäuscht, als er den Kuss beendete, aber er machte es wieder gut, als er sie in seine Arme nahm und ihren nackten

Körper an seinen drückte. Sein Schwanz war immer noch groß, aber weicher als vorher, und er drückte gegen ihre Hüfte; ihre Brustwarzen strichen gegen das helle Fell auf seiner Brust.

Sie fühlte sich in der Regel nackt etwas unwohl. Aber nicht jetzt. Bei diesem Mann fühlte es sich einfach richtig an.

Er legte ihr eine bärtige Wange auf die Stirn und sagte nach einigen Augenblicken: „Wir müssen dich dehnen."

Es dauerte einen Moment, bis Quinn das, was er gesagt hatte, verarbeitet hatte. Aber sie hat es nicht verstanden. Ja, sie war eng gewesen, aber er hatte gut gepasst. Perfekt gepasst.

„Wofür?"

Eine ungewohnte tiefe Stimme kam von hinten. „Ich habe wohl das Frühstück verpasst."

„Für ihn", antwortete Logan ihr und neigte seinen Kopf in Richtung Kücheneingang.

Quinn spannte sich in Logans Armen an und versuchte, sich zurückzuziehen, wobei sie sich schämte, nackt von einem anderen Mann erwischt zu werden. Er wollte sie jedoch nicht freilassen, sondern drehte beide um, bis sie den Besitzer der seidigen Stimme sehen konnte.

Er war dunkel, seine Haut hatte die Farbe von Kochschokolade. Dunkel genug, dass es aus der Entfernung zwischen ihnen schwer war, seine Gesichtszüge zu unterscheiden, aber sie konnte erkennen, dass er dunkle Augen und ein sehr weißes Lächeln hatte.

Diese dunklen Augen überblickten die beiden und das Lächeln wurde noch größer.

„Wow. Ich habe nicht erwartet, dass du mir ein Hochzeitsgeschenk mit nach Hause bringst."

Als er näher kam, klammerte sich Quinn wie eine Decke an Logan und versuchte, die wichtigen Dinge abzudecken.

Aber es war sinnlos. Logan ließ sie los und ging weg, seine Nacktheit vor dem anderen Mann schien ihn kein bisschen zu stören. Er hielt ihre Hand fest und zwang sie, sich dem Neuankömmling zu stellen.

„Ty, das ist Quinn …" Er blickte Quinn mit einem verunsicherten Gesichtsausdruck an. „Es tut mir leid. Ich kenne deinen Nachnamen gar nicht."

„Preston." Es war bizarr, einem anderen Mann vorgestellt zu werden, während sie völlig nackt war. Sie sah sich nach dem T-Shirt um.

„Preston", wiederholte Logan. „Quinn, das ist Tyson White. Mein … Mitbewohner."

Die Art und Weise, wie er *Mitbewohner* sagte, ließ sie die Augen von ihrer Suche erheben.

Ty ging noch einen Schritt weiter auf sie zu und blickte Quinn erneut an. „Sie ist umwerfend."

Da er näher herangekommen war, konnte Quinn sehen, dass Tys Augen definitiv dunkelbraun, fast schwarz waren. Seine Kopfhaut war glattrasiert und zeigte einen wunderschön geformten Kopf. Er hatte in jedem Ohr einen kleinen goldenen Ohrring, der den satten Farbton seiner Haut wunderbar unterstrich. Seine Nase war breit und seine Lippen voll. Seine Schultern sahen in dem engen schwarzen T-Shirt noch breiter aus als jene von Logan. Und er war auch größer. Um ein paar Zentimeter.

Er war ein sehr großer Mann. Und Quinn erkannte, dass dies die geringste ihrer Sorgen war. Sie musste sich bedecken.

Sie entdeckte das ausrangierte T-Shirt, das über einen der vom Tisch weggeschobenen Stühle lag. Sie wollte es holen, als Ty die Hand ausstreckte und ihren Ellenbogen packte.

„Moment. Lass mich dich sehen."

Sein Griff war leicht, aber als Quinn versuchte, ihm zu entkommen, wurde er fester.

Logan stand hinter ihr, schlang seine Arme um ihre Taille und legte seine Lippen an ihr Ohr. „Schh. Es ist in Ordnung. Er wird dir nicht wehtun."

Quinns Herz klopfte und sie war dabei, in einen Kampf- oder-Fluchtmodus zu wechseln, als Ty ihr mit dem Daumen über den Kiefer fuhr. Er fuhr mit einem seiner langen Finger über ihre gespreizten Lippen, ihr schneller Atem flatterte gegen den Rücken seiner Knöchel.

Er schenkte ihr ein beruhigendes Lächeln und sagte: „Wunderschön."

Seine Finger setzten den Weg entlang ihres Halses und ihrer Schultern fort und zogen leicht an den Unterseiten ihrer Brüste entlang. Quinns Brustwarzen erreichten wieder ihren Höhepunkt zwischen dem Druck von Logans weichem, aber immer noch schwerem Schwanz gegen ihren Hintern und Tys Fingern, die über ihren Brustkorb streiften. Ty verweilte noch ein wenig, bevor die Finger ihren Bauch hinunter zu ihren feuchten Locken und den Beweisen für den Sex zwischen Logan und ihr nur wenige Minuten zuvor folgten.

Sie atmete tief ein und hielt ganz still. Sie fühlte sich wie ein Reh im Scheinwerferlicht, wissend, dass sie rennen sollte, aber zu betäubt, um dies zu tun.

„Sie ist sehr eng", sagte Logan sachlich, seine Stimme klang normal, als ob er über das Wetter sprechen würde.

Quinn dachte, dass an dieser Situation nichts normal sei, als Ty vor ihr auf die Knie fiel und seine Handflächen über ihre Hüften und Beine streichelten, wobei er mit seinen Händen über die Glätte an ihren Innenschenkeln fuhr. Seine Hände waren nicht so rau wie die von Logan, aber sie verursachten ihr trotzdem Schauer über den Rücken.

Er rieb Daumen und Zeigefinger aneinander und testete die Nässe zwischen ihnen. „Sie muss sehr schnell erregbar sein. Dreh sie um."

Logan drehte sie in seinen Armen und Quinn schaute ihm in die Augen und befragte ihn ohne Worte. Als Antwort gab er ihr einen federleichten Kuss auf die Stirn.

Wenn er dachte, das würde ausreichen, um sie zu besänftigen, hatte er sich schwer geirrt. Sie mochte es nicht, wie ein Stück Pferdefleisch auf einer Auktion inspiziert zu werden. Aber kein Protest ging über ihre Lippen. Vielleicht war es ihre natürliche Neugierde, zu sehen, wohin dies führen würde.

Oder vielleicht hatte er ihr einfach das Hirn rausgefickt. Buchstäblich.

Tys Hände streiften über ihr Gesäß. Dann stand er auf und trat nahe genug heran, um seine mit Jeans bekleidete Leiste gegen ihren kleinen Rücken zu drücken.

„Immer noch rosa", murmelte er und bezog sich dabei auf ihren versohlten Hintern.

Logan und Ty rückten näher zusammen und trafen sich über Quinns Schulter. Quinn war hilflos zwischen den beiden Männern eingeklemmt, als sich ihre Lippen trafen und sie sich küssten.

Es war auch kein brüderlicher Kuss.

„Heilige Scheiße", platzte es aus Quinn heraus, bevor sie sich selbst zurückhalten konnte.

Die Männer brachen den Kuss ab und warfen sich gegenseitig einen Blick zu, den Quinn nicht lesen konnte, bevor sie beide zurücktraten und sie befreiten.

Mit ihrer neu gewonnenen Freiheit stürzte sie sich auf den Stuhl und bedeckte ihre Nacktheit mit dem T-Shirt. Mit den Händen auf den Hüften drehte sie sich zu den beiden Männern um. Logan war wieder in seine Jeans geschlüpft und war gerade dabei, den obersten Knopf zu schließen.

„Was zum Teufel geht hier vor sich?"

„Quinn –"

„Ich meine, in der einen Minute hast du Sex mit mir, und in der nächsten … in der nächsten küsst du ihn. Ich meine, es ist nicht so, dass ich eifersüchtig wäre oder so. Das bin ich nicht. Es ist nur, ich bin …" Sie schüttelte den Kopf. „Ich bin verwirrt."

Verwirrt war eine milde Umschreibung. Sie sank in einen der schweren hölzernen Küchenstühle und starrte die Männer gegenüber an. Logan lehnte sich zurück an die Brust von Ty und die Hände des dunkleren Mannes streichelten träge Logans Arme.

Aus irgendeinem Grund konnte Quinn das, was sie gerade sah, nicht verarbeiten.

„Bist du schwul?" Ihre Frage war an Logan gerichtet, obwohl es ihr egal war, wer von ihnen ihr antwortete.

„Nein, ich bin nicht schwul. Ich liebe Frauen."

Quinn drückte ihre Finger an ihre Schläfen und versuchte, das dumpfe Pochen zu lindern, das sich in ihrem Kopf festgesetzt hatte. „Aber du magst Männer."

„Ich sehe größtenteils weder Farbe noch Geschlecht. Ich sehe Menschen."

Sie fragte Ty: „Bist du schwul?"

Er schüttelte den Kopf. „Ich mag ebenfalls Frauen. Aber ich liebe Logan."

Quinn gab die Massage auf und ließ hilflos die Hände in ihren Schoß fallen.

Logan drückte Tys Unterarm, bevor er sich von ihm löste und zu Quinn kam und sich vor ihr hinhockte. Seine Finger waren warm und stark, während sie die ihren ergriffen.

„Quinn, als ich gestern zur Hochzeit ging, hatte ich nicht geplant, jemanden zu treffen. Ich wollte meiner Schwester nur einen Gefallen tun. Und ich hatte definitiv nicht vor, ein betrunkenes Mädchen mit nach Hause zu bringen." Er korrigierte sich mit einem Stirnrunzeln, „Frau. Sorry."

Seine Daumen fuhren über die zarte Haut ihrer Handgelenke.

„Aber ..."

„Aber ich fühlte mich zu dir hingezogen und ich war fasziniert von der Herausforderung deiner Freundinnen. Aber ..." Seine Worte verklangen.

„Aber?"

„Aber als du so betrunken warst, habe ich meine Meinung geändert."

„Aber ich bin trotzdem hier gelandet."

„Ja."

„Ist gestern Abend etwas passiert?"

Logan antwortete nicht. Allein sein Ausdruck genügte.

„Ich weiß immer noch nicht, wie ich hier gelandet bin."

Logan erklärte es ihr, während Ty in der Küche umherging, sich eine Tasse Kaffee holte und während der interessanten Erzählung der Ereignisse offensichtlich ein Ohr offenhielt.

Quinn war enttäuscht zu erfahren, dass ihre Freundinnen sie im Stich gelassen hatten, während sie so unfähig war. Sie würde eine kleine Diskussion mit ihnen führen müssen. Es war eine Sache, dass sie wollten, dass sie flachgelegt wurde. Oder über Peter hinwegzukommen. Es war eine andere, sie betrunken zu verlassen und zu erwarten, dass sie mit einem Fremden nach Hause ging. Okay, vielleicht war er kein völlig Fremder, aber trotzdem ...

Ty stellte ihr eine frische Tasse Kaffee vor sie hin. Logan entfernte sich und setzte sich auf einen Stuhl auf der anderen Seite des Tisches, um ihr etwas Platz zu geben. Ty lehnte sich ein paar Meter neben ihr an den Tresen und verschränkte seine Beine, nur um sie zu beobachten. Beide schienen auf eine Art Reaktion von ihr zu warten.

„Nun ... Ihr seid ein Paar?", fragte sie sie und hielt ihre Augen auf ihre Tasse dampfenden Kaffee gerichtet.

„Seit vier Jahren", antwortete Ty schließlich.

Logan hatte seinen Partner mit ihr betrogen. Sie war die *andere Frau*. Sie würde niemals wissentlich einen Riss in einer Beziehung verursachen. Die Schuld drehte ihr den Magen um.

„Es tut mir leid", sagte sie.

„Warum?" Ty fragte sie das.

„Du hast uns erwischt ... Wir ... Ich wollte nicht ..." Warum entschuldigt sie sich? Fühlte sie sich schuldig? Sie hatte nicht gewusst, dass Logan vergeben war. Sie drehte sich um, um ihn anzuschauen. Er lehnte sich in seinem Stuhl zurück, ein besorgter Blick in seinem Gesicht.

„Es gibt nichts, was dir leidtun müsste", erklärte Logan mit Nachdruck.

Sie blickte zu Ty. „Es macht dir nichts aus, ihn zu teilen?"

„Oh, es macht mir nichts aus, ihn zu teilen, solange ich involviert bin."

Quinn runzelte die Stirn und überlegte einen Moment lang, was er gerade gesagt hatte. „Teilst du ihn oft mit anderen?"

Ty lachte und nahm einen Schluck von seinem Kaffee, womit er der Frage effektiv auswich.

„Hör mal, ich weiß, dass das irgendwie ... seltsam aussieht. Aber Ty und ich haben eine großartige Beziehung. Sie ist solide. Wir wissen beide, was wir davon haben und was wir voneinander erwarten. Wir hatten schon eine Weile darüber diskutiert, eine dritte Person mit einzubeziehen."

Quinn stotterte: „Whoa, whoa, whoa."

„Wir wollten eine Frau, die uns vervollständigt. Wir haben nicht aktiv gesucht, aber ..."

„Offenbar hat das Schicksal dich zu uns geführt", beendete Ty den Satz von Logan.

„Das Schicksal?" Quinn schüttelte den Kopf. „Es war eine dumme Mutprobe."

Logan lehnte sich nach vorne über den Blocktisch und spreizte seine Finger flach gegen dessen Oberfläche. Quinns Augen wurden automatisch von seinen großen Händen angezogen. Die Erinnerung an das, was sie ihr angetan hatten, ließ sie in ihrem Sitz wackeln.

„Quinn, ich fordere dich auf, ein paar Tage bei uns zu bleiben."

Sie zwang sich, zu ihm aufzuschauen. Er lachte nicht … und lächelte nicht einmal. Es war ihm todernst! Er wollte, dass sie einfach alles liegen und stehen ließ und ein paar Tage nicht nur mit einem, sondern mit zwei Männern zusammenblieb!

Äh, ja, richtig. „Logan, ich habe einen Job."

Nicht, dass sie ihren Job als Finanzanalystin mochte, aber er wurde gut bezahlt und sie wollte keine Urlaubstage vergeuden, nur um zwei Typen zu bumsen … Scheiße! Nicht nur zwei Typen, sondern gleich zwei Typen auf einmal.

Als wenn sie so etwas tun *würde* …

Einer dieser beiden Typen – Ty – bewegte sich hinter sie und legte seine Hände auf ihre Schultern, seine Finger bewegten sich, bis sie die Vertiefung an der Basis ihres Halses streichelten. Sie verfluchte sich lautlos, als ihre Brustwarzen gegen das T-Shirt rieben.

Was sie vorschlugen – es war so schmutzig, … so verboten.

Als ob sie so etwas tun *könnte* …

Tys Handflächen rutschten herunter und er berührte die Außenseiten ihrer Brüste, während Logan weiterredete.

„Okay, dann verbring das nächste Wochenende mit uns.

Geh erst einmal nach Hause, geh zur Arbeit, lebe dein Leben eine Woche lang ganz normal. Am Freitag nach der Arbeit hole ich dich dann ab und bringe dich für das Wochenende hierher. Oder du fährst selbst zu uns, sodass du deine eigene Fluchtmöglichkeit hast, wenn dir das zu viel wird. Es wird eine Erfahrung sein, die du nie vergessen wirst."

Ty beugte sich über sie und murmelte ihr ins Ohr: „Wir laden dich zu einem Wochenende ein, das du nie vergessen wirst. Willst du eine Vorschau?" Seine Daumen streichelten ihre steifen Brustwarzen und sie wölbte sich unwillkürlich in seine Berührung.

Quinn atmete laut aus und versuchte, ihren Verstand zu sammeln. Sie drehte sich von Tys Berührung weg und verließ ihren Sitz, wodurch ein gewisser Abstand entstand.

„Ich kann nicht denken, wenn du das tust."

Die Männer schenkten sich gegenseitig ein bedeutungsvolles Grinsen. Sie dachten, sie hätten sie für sich gewonnen. Nur weil sie wie Wachs in ihren Händen war …

Sie ließ einen langen, langsamen Atemzug aus. Tatsache war, dass sie wirklich Wachs in ihren Händen *war*. Und es gefiel ihr. Logan schien ein geschickter Liebhaber zu sein und Ty, nun ja, das konnte sie sich nur vorstellen.

Als sie zur Spüle hinüberging, blickte sie aus dem Fenster auf eine entfernte Reihe von Bäumen.

Ihr Dilemma war, dass ein Teil von ihr ja sagen wollte. Sie wollte erfahren, wie es ist, ein böses Mädchen zu sein, ohne sich darum zu kümmern, was die Leute von ihr dachten. Sie wollte alle Bedenken in den Wind schlagen.

Der andere Teil von ihr hatte Angst, ja zu sagen, weil, … weil …

Scheiß drauf.

Wann würde sie jemals wieder eine solche Chance

bekommen? Niemand außer den dreien musste es wissen. Richtig?

Es war nur ein Wochenende. Sie könnte gehen, wenn es ihr zu viel wurde.

Sie würde es tun. Nein. Nein, würde sie nicht. Sie konnte es nicht.

„Okay", sagte sie ihnen, ohne sich umzudrehen. Sie musste das herausbekommen, bevor sie ihre Meinung änderte. „Hier ist der Deal. Nächstes Wochenende fahre ich selbst raus, nur für alle Fälle. Und wir müssen uns schützen. Und wenn es etwas gibt, das ich nicht tun will …"

Sie hörte nichts hinter sich, also drehte sie sich zu ihnen um. Beide wirkten irgendwie geschockt. Sie hätten nicht gedacht, dass sie dem zustimmen würde! Oh Mann, was hatte sie sich da nur eingebrockt?

„Nun, habt ihr etwas Anständiges, das ich anziehen kann? Ich muss zurück zu meinem Auto und nach Hause gehen. Ich bin mit meinen Eltern zum Abendessen verabredet."

„Wir werden etwas für dich finden. Was willst du mit deinem Kleid machen?"

„Verbrenne es."

Logan lachte laut auf.

Dies musste der bizarrste Tag ihres Lebens sein.

KAPITEL 4

*D*er Freitag konnte für Quinn nicht schnell genug kommen. Nachdem sie letzten Sonntag Logans Farm verlassen hatte, war das alles, woran sie denken konnte.

Es fehlte ihr an Konzentration bei der Arbeit. Sie musste in der Mitte des Korridors stehen bleiben und die Augen schließen. Das Gefühl ihres stechenden Arsches, als Logan seinen Schwanz tief in sie eintauchte, kehrte zu ihr zurück, als ob alles in diesem Moment und dort geschehen würde.

Manchmal war sie nach dem Wiedererleben dieser Momente so schwach, dass sie sich an einer nahegelegenen Wand festhalten musste, um ein paar Sekunden lang Luft zu holen. Ihre Brustwarzen waren ständig harte Spitzen, die jeden Tag durch ihre Bluse sichtbar waren und einigen Mitarbeitern ins Auge fielen.

Tatsächlich war es kein Wunder, denn in dieser Woche wurde sie gleich von zwei Männern eingeladen. Nach der zweiten Einladung war sie ins Badezimmer gegangen und hatte sich selbst genau angesehen. Ihr errötetes Gesicht, ihre schweren Augenlider und harten Brustwarzen ließen sie aussehen, als sei sie gerade gut gefickt worden oder als ob sie einen guten Fick wolle. Und es war schlimm genug, dass die Vorfreude auf Freitagabend sie ständig feucht hielt. Einige der Jungs nahmen wahrscheinlich den Moschusduft wahr, wenn sie durch die Büros der Versicherungsgesellschaft ging.

Sie war wie eine läufige Hündin. Noch nie zuvor in ihrem Leben hatte sie so viel über Sex nachgedacht. Es war fast immer. Fast schon eine Sucht. Die Erinnerungen an das Vergnügen, das sie mit den Männern entdeckt hatte, unterbrachen immer wieder ihren Arbeitstag.

Am Montagabend löste sie die sich in ihr aufbauende Spannung mit ihrem Vibrator.

Am Dienstag hatte sie sich nicht einmal um ihr Spielzeug gekümmert; sie hatte sich nur mit ihren Fingern um sich selbst gekümmert. Im Badezimmer bei der Arbeit, in ihrem Auto und zu Hause auf ihrer Couch.

Am Mittwoch konnte sie nicht aufhören, den Sonntag in ihrem Kopf zu erleben. Sie saß in ihrem Büro, das Telefon ausgeschaltet, und stellte sich vor, wie sie in Logans Truck zurück zum Bankettsaal fuhr.

Sie erinnerte sich nicht an die Fahrt zu seiner Wohnung am Vorabend und war überrascht gewesen zu sehen, wie weit außerhalb der Stadt er tatsächlich lebte. Die Einfahrt selbst war etwa eine Meile lang und von gut gepflegten Grasfeldern umgeben. Logan hatte erklärt, es sei Rollrasen. Er betrieb eine Rollrasenfarm, die Rasen für alle Arten von Unternehmen lieferte. Das erklärte, warum er seinen Truck mit dem Namen LGR SOD, INC. beschriftet hatte: *Where the Grass is Always Greener* ...

Ihr Abschied bei ihrem Auto auf dem Parkplatz hatte mit einem Kuss und einem Versprechen geendet: Wenn sie sich trauen würde, aufzutauchen, würde sie den besten Sex ihres Lebens haben. Quinn dachte nicht, dass das schwer zu schlagen sein würde. Nachdem sie sich mit Peters Auftritt im

Schlafzimmer fast zu Tode gelangweilt hatte, war alles besser.

Quinn stellte sich Peter in der Missionarsstellung über ihr vor – kein Vorspiel, er pumpt nur ein paar Mal in sie hinein, bevor er „Oh, oh, Baby" sagte und grunzte und seine Ladung abschoss. Es war alles vorbei, bevor sie auch nur nass war.

Was gab es dagegen Besseres, als ein Wochenende nicht nur mit einem, sondern mit zwei hinreißenden, erfahrenen, nicht verklemmten Männern zu verbringen?

Zwei, alles für sie. Alles zu ihrem Vergnügen.

Bei diesem Gedanken musste sie ihre Oberschenkel zusammendrücken, damit ihre Muschi nicht zitterte. Aber als sie es tat, kam sie trotzdem. Sie keuchte und schlug mit der Hand über ihren Mund, als ihre Augen von der Freude, die ihren Körper hinaufstieg, zurückrollten. Sie war so froh, dass sie ihre Bürotür geschlossen hatte.

Am Donnerstag hatte sie Zweifel. Als sie von der Arbeit nach Hause kam, war eine Nachricht auf ihrem Anrufbeantworter. Sie war von Peter. Der Arsch fing an mit: „Quinn, ich habe nachgedacht …"

Quinn drückte auf die Taste „Löschen", bevor sie ein weiteres Wort hören konnte. Damit war es entschieden; sie wollte es tun und jede Sekunde genießen.

Nachdem sie eine Übernachtungstasche aus den Tiefen ihres Schranks ausgegraben hatte, warf sie einige wichtige Dinge hinein: Höschen (wahrscheinlich unnötig), Make-up und Haarprodukte und … Sie brauchte etwas, das sexy war. Als sie ihre Schubladen durchwühlte, stellte sie fest, dass sie nichts hatte außer einem glitzernden String, den Lana ihr an einem ihrer Geburtstage zum Scherz geschenkt hatte. Sie dachte nicht, dass ein Tanga mit der Aufschrift *Come In, We're Open* sehr verlockend sein würde, und beschloss, in ihrer Mittagspause am nächsten Tag bei Victoria's Secret vorbeizuschauen.

Sie hatte noch nie in dem bekannten Wäschegeschäft eingekauft und zog es vor, ihre Unterwäsche stattdessen in einem örtlichen Kaufhaus zu kaufen. Aber vielleicht war es für sie an der Zeit, die Dinge ein wenig zu verändern.

Als sie den Reißverschluss der Tasche zumachen wollte, klingelte es an ihrer Tür. Es sollte besser nicht Peter sein, der kam, um sie um Vergebung zu bitten. Glücklicherweise war das nicht der Fall. Als sie die Tür öffnete, schoben sich Lana und Paula an ihr vorbei und plauderten den ganzen Weg in ihre kleine Küche.

Lana hob die beiden braunen Tüten, die sie in der Hand hielt, hoch und verkündete: „Wir haben thailändisches Essen mitgebracht!"

„Und Wein!"

Paula räumte Quinns kleinen Tisch ab, grub sich durch ihre Schränke und stellte Teller, Utensilien und Weingläser auf.

Die Mädchen plauderten weiter, wirbelten in der Küche herum und servierten das Essen, während Quinn nur dastehen konnte, um eine mentale Bestandsaufnahme dessen zu machen, was sie in ihre Übernachtungstasche gesteckt hatte und was sie noch brauchen könnte. Was nahm man für eine Sexparty mit?

Kondome? Die Jungs würden welche haben.

Gleitmittel? Wieder, wenn nötig, die Jungs.

Spielzeug? Nicht ihre Abteilung.

„Hey, was geht nur in deinem hübschen kleinen Kopf vor?" Quinns Augen konzentrierten sich, als sie sah, dass Paula nur wenige Zentimeter von ihren eigenen entfernt war. „Lass uns essen."

Sie machten Smalltalk und erzählten sich während des

Abendessens den neuesten Klatsch, während Quinn nur ein paar „Ahas", „Okays" und „Mmms" sagte, wo es angebracht war. Sie war es gewohnt, dass die beiden anderen immer wieder über die jüngsten Skandale quasselten, ob es nun jemand war, den sie kannten, oder jemand aus den neuesten Boulevardzeitungen. Die Mädchen brachten nur dann Thailändisch mit, wenn sie Dreckswäsche waschen wollten.

Nachdem sie den Tisch abgeräumt hatte, füllte Lana allen noch einmal die Weingläser, bevor sie sich wieder auf ihren Stuhl setzte. „Also …"

Quinn zog in Erwartung eines möglichen Verhörs eine Grimasse. Quinn hatte das Gefühl, dass sie der Dreck war, den sie heute Abend auftischen wollten.

„So", erwiderte Paula.

„Irgendwelche Pläne für das Wochenende?"

„Nicht wirklich."

„Besuchst du am Sonntag deine Eltern?"

„Nein."

„Quinn, du musst da rausgehen und anfangen, Leute zu treffen. Probier mal neue Erfahrungen aus."

Wenn sie nur wüssten.

„Was lief mit Logan Reed?"

„Nichts."

„Ich dachte, du wolltest mit ihm nach Hause gehen."

„Nun, am Ende schlug ich ab."

„Das überrascht mich nicht", sagte Lana. „Weil ich diese Woche ein wenig herumgeschnüffelt habe und das Gerücht geht um, dass er für die andere Mannschaft spielt."

Quinn hob eine Augenbraue und nahm einen Schluck von ihrem Wein.

„Er mag keine Frauen", stellte sie klar.

„Das ist eine Schande." Paula seufzte. „Ein weiterer Guter ist an die andere Seite verloren."

Der Wein, den Quinn trank, ging in die falsche Röhre und sie würgte, stotterte und hustete dann, während sie versuchte, Luft zu holen. Paula beugte sich vor und schlug ihr zwischen die Schulterblätter.

„Autsch!"

Paula schenkte ihr ein entschuldigendes Lächeln. „Ich möchte nicht den Heimlich-Griff machen müssen."

Lana hatte unrecht in Bezug darauf, dass Logan keine Frauen mochte. Aber sie waren nicht alles, was er mochte.

Jedenfalls würde sie sicher nicht diejenige sein, die das Gerücht bestätigen oder dementieren würde. Dieses Wochenende war ihr kleines Geheimnis. Das Letzte, was sie wollte, war, dass ihre Freundinnen es herausfanden, auch wenn sie es noch so gut gemeint hatten. Sie hätten beide geplappert und, ehe sie sich versah, würden ihre Eltern es herausfinden. Ihre streng gläubigen Eltern, die sich für die Gemeinschaft engagierten.

Quinn stöhnte bei dem Gedanken.

Sie konnte jetzt schon ihre Verurteilung spüren. Sie würden nie wieder mit ihr sprechen. Sie wären die Lachnummer ihres Country Clubs.

Ihre Eltern hatten Peter geliebt, der in einer sehr großen Brokerfirma arbeitete. Tatsächlich gaben sie ihr die Schuld an der Trennung. In ihren Augen war Peter perfekt. Es spielte keine Rolle, dass Peter nicht perfekt für sie war; er war perfekt für ihre Eltern, für ihr Image.

Oder mehr noch, für das Image ihrer Mutter. Ihr Vater war viel unbekümmerter als Quinns Mutter. *Sie* war diejenige, die um ihren Ruf besorgt war. *Sie* war diejenige, die die Kontrolle haben wollte. Über Quinns Vater. Über Quinn.

Es war schon immer so gewesen, als sie aufwuchs. Sie mussten nicht mit den Joneses mithalten. Oh nein. Nein, sie mussten mit den Roosevelts mithalten. Zum Teufel, mit den Vanderbilts.

Und was könnte besser sein? Eine Tochter und ein Schwiegersohn, die beide erfolgreiche Finanzanalysten mit ihren MSFA-Abschlüssen, ihren Auszeichnungen und ihren erfolgreichen Karrieren waren ...

Aber hey, keiner ihrer Elternteile musste Peanut ficken. Äh, Peter ...

KAPITEL 5

*A*n die Unterseite von Quinns Auto prasselten Steine, als sie die nicht enden wollende Auffahrt zu Logans Farm hinunterfuhr. Ihr Herz klopfte vor Nervosität, aber ihre Brustwarzen wurden schon hart in Erwartung dessen, was – oder wer – am Ende des Weges auf sie wartete.

Sie war direkt von der Arbeit gekommen und es war kurz vor sechs Uhr, aber die Sonne brannte immer noch hoch am frühsommerlichen Himmel.

Als sie um die letzte Kurve des Weges kam, ließ die Reflexion des Sonnenlichts an den vielen Fenstern der weitläufigen Blockhaus-Ranch sie laut aufatmen. Das Haus war wunderschön. Wie die beiden Männer, die darin lebten.

Quinn parkte ihren Infiniti neben einem großen schwarzen Geländewagen und fragte sich, was das Nummernschild „BB 17" bedeutete. Sie sah nirgendwo Logans Truck. Sie war überrascht, wenn nicht sogar etwas beunruhigt. Sie hatten sie zum Abendessen hier haben wollen.

Vielleicht würde sie auf dem Tisch landen. Schon wieder. Zum Abendessen serviert.

Sie stieg aus dem Auto aus und als sie auf dem Rücksitz ihrer Limousine nach ihrer Tasche griff, stieß sie auf etwas hinter ihr. Sie drehte sich herum und sah sich einem großen Deutschen Schäferhund gegenüberstehen. Der Schäferhund wedelte mit dem Schwanz und *bellte* sie in einer — wie sie annahm und hoffte – spielerischen Weise an.

„Magnum, lass sie in Ruhe. Warte mal, Quinn. Lass mich das für dich holen."

Ty joggte die Stufen des Decks hinunter und zum Auto hinüber, um ihr die Tasche aus den Fingern zu ziehen. Er trug ein kuscheliges Boston-Bulldogs-T-Shirt über langen grauen, seidigen Shorts, die bis über die Knie hingen, zusammen mit einem Paar auffallend roter Nikes. Seine rot-schwarze Bulldogs-Baseballkappe saß rückwärts auf seinem glatten Kopf. Quinns Blick wurde zurück auf die Haut über seinen Turnschuhen gelenkt. Er hatte eine Stacheldrahttätowierung, die sich um den rechten Knöchel wickelte. Seine Haut war so dunkel, dass sie extrem schwer zu sehen war.

Der Hund, Magnum, stieß ihre Hand mit seiner nassen Nase an.

„Er will Aufmerksamkeit."

„Wollen wir das nicht alle?", dachte sie und rieb den großen Kopf des Hundes.

Ty neigte seinen Kopf in Richtung des Hauses. „Komm, lass uns reingehen. Das Abendessen ist fertig."

Quinn folgte ihm hinein und beobachtete, wie sich sein muskulöser Arsch unter dem seidigen Stoff seiner Shorts bewegte, als er die Stufen hinaufstieg.

Drinnen ließ er ihre Tasche ins Wohnzimmer fallen und begleitete sie in die Küche.

Sie erschrak, als sie nur zwei Gedecke auf dem Tisch sah, mit dem sie eine sehr intime Beziehung hatte.

„Ich verstehe nicht."

Ty bewegte sich weiter auf den Herd zu. Als er in einer großen Pfanne etwas umrührte, sagte er: „Logan dachte, wir müssten etwas Zeit allein miteinander verbringen, um uns besser kennenzulernen."

„Aber ich kenne ihn auch nicht wirklich."

Ty schenkte ihr ein Lächeln über die Schulter. „Das wirst du."

Das hoffte sie. Okay, sie wusste also schon im Voraus, dass sie mit dem Strom schwimmen musste. Sie war hier zu Gast. Wenn sie wollten, dass sie ein intimes Abendessen mit Ty hat, dann würde sie es tun. Und überhaupt, was immer er kochte, es roch köstlich.

„Wir essen hier gesund. Ich hoffe, du hast nichts gegen eine Hühnerpfanne."

„Nein. Klingt gut." Quinn schlüpfte in einen Stuhl, den gleichen wie am vergangenen Sonntag. „Es ist erfrischend zu sehen, wie Männer gut essen, ohne dass eine Frau sie dazu zwingt …" Quinn verzichtete auf den Rest ihres unnötigen Kommentars. Sie schenkte Ty ein schüchternes Grinsen. „Tut mir leid."

„Nein, du hast recht. Ich vermute, dass die Tatsache, dass ich früher Sportler war, meine Essgewohnheiten beeinflusst hat. Ich habe Logan dazu gebracht, sein Verhalten zu ändern. Bevor wir uns kennenlernten, war er ein Bier-, Pizza- und Chips-Typ."

„An seinem Körper würde man es nie erkennen", sagte Quinn und fühlte, wie die Hitze ihren Hals hinaufkroch.

Ty schob einen Teller Hühnerpfanne vor sie, stellte ihr dann einen weiteren Teller gegenüber und setzte sich auf einen Stuhl. Er nahm seine Mütze vom Kopf und warf sie auf einen leeren Platz.

Er fuhr mit der Hand über seine glatte Kopfhaut und lachte. „Er arbeitet hart."

„Das glaube ich gern. Du warst also Sportler? Welcher Art?" Sie steckte sich eine große Portion Gemüse in den Mund und war angenehm überrascht, wie gut das schmeckte.

Ty legte beide Hände auf sein Herz und gab einen verwundeten Laut von sich. „Oh, das tut weh."

„Was?"

„Du weißt das wirklich nicht?"

Quinn kaute nachdenklich, schüttelte aber den Kopf. Sie hatte keine Ahnung. Warum sollte er glauben, dass sie es wüsste?

„Ich war ein Wide Receiver für die Boston Bulldogs."

Sie sah ihn ausdruckslos an.

Ty breitete seine Arme weit aus und ignorierte sein auskühlendes Essen. „Die Boston Bulldogs? Du weißt schon, das NFL-Team? In Boston? In der NFC-Division?"

Quinn hatte allmählich das Gefühl, dass sie etwas übersah, dass sie wissen sollte, wer er war. Aber das tat sie nicht. Sie hatte nicht die geringste Ahnung von Football. Sie hatte noch nie einen Super Bowl gesehen.

„Du warst also ein wichtiges Mitglied des Teams?"

„Scheiße, ja. Ich war der Wide Receiver. Das ist wichtig. Ich könnte dir meine Statistiken nennen, aber ich glaube nicht, dass du …"

„Es verstehen würdest", beendete sie für ihn. „Vielleicht könntest du mir etwas über Football beibringen?"

„Sicher, das würde mir gefallen." Er griff über den Tisch, um eine ihrer Hände zu nehmen. „Aber es gibt andere Dinge, die dir lieber zuerst beibringen würde."

Quinn untersuchte den scharfen Farbkontrast zwischen den beiden. Neben seinem reichen, dunklen Teint sah sie richtig blass aus. Sie war noch nie mit einem Dunkelhäutigen zusammen gewesen; sie hatte nie wirklich darüber nachgedacht.

Es war aber nicht nur der Unterschied in der Farbe, sondern auch die Größe seiner Hand. Seine war doppelt so groß wie ihre. Große Hände, die einen Football getragen hatten. Seine Nägel waren ordentlich geschnitten und als sie seine Hand umdrehte, waren seine Handfläche und die Ballen seiner Finger hellrosa. Quinn fuhr mit dem Finger über die Falten seiner Handfläche. Er machte eine Faust und hielt einen Moment lang ihren Finger fest, bevor er sich zurückzog.

Seine Stimme war belegt, als er sagte: „Lass uns zu Ende essen ..."

Schnell lag unausgesprochen zwischen ihnen.

Quinn versuchte, sich von dem abzulenken, was kommen würde. „Warum hast du aufgehört, Football zu spielen?"

„Verletzung. Ich wollte nicht für den Rest meiner Karriere auf die Bank gesetzt werden." Und dabei ließ er es bewenden.

Ty leerte seinen Teller und wartete dann geduldig, während sie etwa zwei Drittel ihrer Mahlzeit aß. Schließlich musste sie den Teller wegschieben. Sie war satt.

„Ausgezeichnet", sagte sie zu ihm, während er den Tisch abräumte. Sie folgte seinen Bewegungen mit den Augen, während er das Geschirr zur Spüle trug.

Er musste den üppigsten Hintern haben, den sie je gesehen hatte. Sogar in seinen Shorts konnte sie erkennen, dass er voll und muskulös und rund war. Sehr rund. Sie hatte einen plötzlichen Drang, ihn zu berühren.

Sollte sie es wagen? Ihre Finger krümmten sich in den Handflächen. *Gute* Mädchen wie sie griffen einem Fremden nicht einfach so an den Hintern. Nun, nicht ganz ein Fremder, aber doch fast.

Aber zum Teufel, sie war hier, um ihre Grenzen auszuloten. War das nicht das, was sie eigentlich tun sollte? Es würde ihr nichts bringen, sich zurückzuhalten.

Sie drückte ihren Stuhl zurück, erhob sich und trat hinter ihn. Er stand mit dem Rücken zu ihr, als er das Geschirr in der Spüle abspülte. Sie trat an ihn heran, drückte ihre Brust in seinen Rücken und glitt mit ihren Händen über seinen Rumpf. Sie drückte sie langsam zusammen, testete die Festigkeit seines Fleisches und knetete die Muskeln, die sich unter ihren Fingern bewegten.

Ein Teller klapperte. Ty senkte seine Arme auf beide Seiten der Spüle und ließ seinen Kopf nach vorne fallen, während Quinn den seidigen Stoff seiner Shorts über seinem Hintern streichelte. Seine Pobacken waren fest und unfassbar hart, sodass Quinn sich in sie hineinbeißen wollte.

„Wie?" Sie merkte nicht einmal, dass sie die Frage gestellt hatte, bis er antwortete, seine Stimme etwas dicker.

„Eine Menge Kniebeugen, Gewichte und Sprints."

Sie schob ihre Hände in den Hosenbund seiner Shorts und streichelte mit den Fingern entlang seiner Hüften über die Rundung seines Gesäßes. Da war nichts zwischen ihm und den Shorts; nur Haut und Hitze. Sie rückte näher und schlang ihre Arme um seine Taille, legte ihre Wange an seinen breiten Rücken und tastete sich nach vorne.

Dort. Da war er. Er war schwer zu übersehen. Buchstäblich. Sein Schwanz verfing sich schief in seinen Shorts und sie bewegte ihn in eine ihrer Meinung nach bequemere Position. Sie streichelte seine harte Länge entlang, erstaunt, wie groß er wirklich war. Genau wie sie befürchtet hatte. Sie hatte natürlich Witze darüber gehört, dass dunklere Männer groß gebaut wären. Aber in Tys Fall war es wahr. Ihre Hand schien im Vergleich dazu klein zu sein.

Sie wollte ihn lecken. Ihn kosten. Ihn blasen. Sehen, ob seine Haut so süß, so dekadent war, wie sie aussah.

Als sie murmelte, was sie wollte, schüttelte er ihre Arme von sich und dann den Kopf. „Nicht hier. Komm mit mir."

Diese letzten drei Worte hatten so viel Bedeutung. Sie hatte keinen Zweifel daran, dass sie mit Ty kommen würde. Sowohl in das Zimmer als auch auf dreckigere Art und Weise.

Er nahm ihre Hand und führte sie in das Wohnzimmer. Er ging auf dem Plüschteppich vor dem beeindruckend großen Steinkamin auf die Knie; es fehlte nur noch ein tosendes Feuer – zu heiß für die Jahreszeit. Er riss sie neben sich herunter und sie knieten sich gegenüber. Er zog sein T-Shirt über den Kopf und warf es weg. Quinns Atmung wurde ungleichmäßig, als er nach ihr griff.

„Bin ich dein erster schwarzer Mann?"

„Ja."

Er nahm ihr Baumwolloberteil in die Hand und zog es ihr über den Kopf, wobei er es in die gleiche Richtung wie sein Shirt warf.

„Hast du Angst?"

„Ja."

Sie trug den schwarzen Spitzen-BH, den sie früher am Tag im Wäschegeschäft gekauft hatte. Sie griff nach hinten, um ihn zu lösen, aber seine Hände waren da und streiften ihre zur Seite. Geschickt löste er die kleinen Ösenhaken.

Ihre Brüste, die jetzt frei waren, zeigten steil nach oben. Ty beugte sich vor, aber er berührte sie nicht. Stattdessen gab er ihr einen Kuss, der elektrische Hitze durch ihren Körper jagte.

„Weil ich schwarz bin?"

Ein Schauer der Erregung durchzog sie. „Nein. Weil du zu groß bist."

Er lachte über ihren Mund, bevor seine Lippen die ihren eroberten. Seine Zähne zerrten an ihrer Unterlippe und seine

Zunge erkundete ihren Mund. Quinn klammerte sich fester an ihn, ihre Brustwarzen drückten sich an die glatte Breite seiner Brust. Sie rieb die harten Spitzen gegen seine Haut und genoss es, dass ihre Muschi bei jeder Berührung härter pochte.

Sie legte ihre Hand auf seine Brust und schob ihn nach hinten, bis er flach auf dem Rücken lag. Er streckte sich aus, immer noch in seinen Shorts, die sich wegen seiner Erektion spannten. Quinn schob sich mit ihren Zehen eine Sandale und dann die andere von den Füßen, bevor sie – immer noch auf den Knien – aus ihrer Caprihose schlüpfte und sie auf die nahe gelegene Couch warf. Sie bewegte sich, um Tys Hüften zu spreizen, und setzte sich leicht auf seine Oberschenkel. Seine Arme waren unter dem Kopf verschränkt. Er hatte ihr beim Ausziehen zugesehen, aber keinen einzigen Muskel bewegt. Apropos Muskeln: Quinn konnte nicht umhin, die Muskulatur in seinem gesamten Oberkörper zu bemerken. Er war wie ein Kunstwerk, eine Skulptur, alles harte Kanten und Ecken. Satte Farbe, dunkle Schatten.

Er war haarlos. Nicht ein Haar auf dem Kopf, auf der Brust, nicht einmal in den Achselhöhlen. Seine Haut war glatt und sah recht ansprechend aus. Abgesehen von der Stacheldrahttätowierung am Knöchel hatte sein rechter Bizeps einen weißen Tiger, der genau wie der von Logan aussah.

Er hatte an den Seiten seines Brustkorbs dicke schwarze Flammen tätowiert. Sie konnte nicht sehen, wo sie anfingen, irgendwo jenseits des Hosenbunds seiner Shorts. Aber sie liefen den ganzen Weg seine Seiten hinauf und stoppten direkt unter seinen Brustmuskeln. Seine Brustmuskeln waren fest und definiert, seine Brustwarzen klein und dunkel, fast schwarz.

Quinn legte ihre Hände auf seine Bauchmuskeln und beugte sich nach vorne, wobei sie einen dieser harten Nippel in ihren Mund nahm. Sie wirbelte mit der Zunge um sie herum, schnippte ein-, zweimal mit der Zunge. Tys Augenlider senkten sich und er schob seine Hüften gegen sie, wobei die Hitze seiner muskulösen Schenkel ihre glatte Muschi verbrannte.

Sie arbeitete mit ihren Lippen entlang seiner Rippen, hielt inne, um seinen Nabel zu lecken, bevor sie an seinen Shorts zum Stillstand kam. Sie hakte ihre Daumen in den Hosenbund ein und zog sie nach unten, bis sein Schwanz befreit war. Sie erhob sich so weit, bis sie seine Shorts bis zu den Knöcheln herunterdrückte, und er streifte sie ab. Nun war er völlig nackt. Ein dunkler Hengst vor einem hellen Plüschteppich.

Er war großartig. In jeder Hinsicht. Und verlockend. Sie hatte den Drang, ihn intimer zu berühren. Und sie hatte nicht vor, dagegen anzukämpfen.

Sie setzte sich zwischen seine Oberschenkel, nahm seine Eier in die Hand, drückte sie sanft zusammen und streichelte die fast schwarze, faltige Haut. Sie umrundete die Basis seines Schwanzes mit ihren Fingern und streichelte mit ihrer Zunge die Rückseite seines Schafts hinauf. Sein Schwanz zuckte gegen ihren Mund. Sie blickte schnell zu seinem Gesicht auf. Er beobachtete sie, hatte aber seine Arme hinter dem Kopf nicht bewegt. Ein leichtes Aufblähen seiner Nasenlöcher und eine Verengung seines Kiefers waren Ermutigung genug.

Quinn zog ihren Mund über die Spitze seines Schwanzes und kostete seine salzigen Sehnsuchtstropfen. Sie leckte den Kopf sauber und tauchte ihre Zunge leicht in den Schlitz am Ende ein. Mit einer Hand, die seine Eier massierte, und der anderen, die die Wurzel drückte, versenkte sie seinen Schwanz so tief wie möglich in ihrem Mund. Sie leckte und streichelte und saugte hart an der stählernen Seide seiner

Haut. Ihre Lippen knabberten einen Moment lang an seiner Länge, bevor sie ihn wieder tief zwischen ihre Lippen nahm.

Immer noch sagte er nichts. Tat nichts. Bis sie mit ihrem Mund und ihrer Hand einen Rhythmus begann.

Er war schnell. Ohne Vorwarnung steckte er ihr die Finger tief in die Haare und er hob seine Hüften im Takt mit ihrem Mund an. Quinn saugte mit jedem Aufwärtshub härter.

„Dreh dich um. Ich will deine Muschi an diesem Ende." Tys Stimme glitt über sie hinweg wie geschmolzene Schokolade.

Ohne seinen pochenden Schwanz loszulassen, wirbelte sie ihren Körper herum und setzte sich über seinen Brustkorb, wobei sie ihre Pussy zu seinem Gesicht schob. Das süße kleine passende Höschen, das sie anhatte, war durchnässt. Und als sie fühlte, wie sein Finger über den Rand des Gummizugs streichelte, ließ sie ein gequältes Stöhnen um seinen Schwanz los.

Er berührte, stupste und neckte ihre Muschi, während sie härter saugte, weiter unten an seinem Schwanz.

Er machte gerade genug, um sie verrückt zu machen. Ohne in sie einzudringen. Ohne sie zu lecken. Ohne sie überhaupt ganz zu berühren. Wenn er es täte, käme sie vielleicht einfach sofort. Sie bewegte ihre Zunge um die Krone seines Schwanzes und begann, ihn in der Hand zu halten, wobei ihr Speichel und seine Lusttropfen ihn glatt genug machten, sodass sie es härter und schneller tun konnte.

Sie fühlte heißen Atem auf dem nassen Nylon ihres Höschens und sie schrie auf, als seine Lippen ihr erhitztes Fleisch fanden. Die einzige Barriere war der Stoff zwischen ihnen. Die Finger zogen den schmalen Schritt zur Seite und sie fühlte, wie etwas Heißes – seine Zunge –in ihre Muschi hinein- und herausglitt. Ihre Oberschenkel zitterten und sie vergrub ihren Kopf in seinem Schoß, wobei sie seinen Sack zwischen ihren Lippen einfing und seine Eier über ihre Zunge rollte. Sie kämpfte darum, ihn nicht zu beißen, als Wellen der Ekstase sie durchdrangen. Sie streichelte ihn mit beiden Händen und lutschte an seinen Eiern, wobei sie kleine Freudenschreie ausstieß, während seine Zunge magisch auf sie wirkte. Als er ihre Klitoris zwischen seine Lippen klemmte und zerrte, zitterte sie und brach zusammen, keuchte und stöhnte, als die Wellen des Orgasmus durch sie hindurchliefen.

Sie versuchte, einen Atemzug einzusaugen, aber es gelang ihr nicht. Ihre Wange war gegen seinen Oberschenkel gepresst und sie hatte ihr ganzes Gewicht auf ihm, zu schwach, um sich zu bewegen. Schließlich verlangsamte sich ihr Herz und ihre Atmung wurde leichter. Sie versuchte, ihr Gewicht von Ty zu verlagern, aber er hielt sie mit den Händen auf ihrem Arsch fest, seine Arme eng um ihre Oberschenkel.

Sie musste ihn zum Abspritzen bringen. Sie hatte ihn unbefriedigt zurückgelassen, und das war nicht fair.

Sie stützte sich von seinen Beinen hoch und …

Schaute direkt Logan an.

Auf der anderen Seite des Raumes saß Logan auf einem ledernen Liebessitz ausgestreckt; seine Jeans waren aufgeknöpft und ein wenig heruntergeschoben. Gerade so viel, dass er seinen Schwanz in der Hand hatte, und er streichelte sich, kippte die Hüften nach oben und schob seinen Schwanz tief in die Faust.

Quinn konnte nur starren. Sie wusste nicht, wie lange er schon dort war. Wie viel er gesehen hatte. Anscheinend genug.

Ty reichte Logan die Hand. Eine stille Einladung für ihn, sich ihnen anzuschließen. Logan tauschte einen Blick mit ihr aus und stand auf, sein Schwanz hart und horizontal aus seinem Körper ragend, eingerahmt von der Jeans.

Ein flüchtiger Gedanke von *„Jetzt geht's los"* ging Quinn durch den Kopf. Deshalb war sie hierhergekommen und sie würde jetzt nicht kneifen. Irgendetwas an diesen Männern brachte sie dazu, einfach loszulassen und zu genießen. Ihr ganzes Leben lang hatte sie das getan, was von ihr erwartet wurde. Aber jetzt … Jetzt wollte sie nur noch die Regeln brechen. Sie wollte alle Bedenken in den Wind schlagen. Etwas einfach für sich selbst tun. Etwas Unerwartetes, Waghalsiges tun. Logan und Ty schienen ihr das leicht zu machen.

Sie wollte sich nicht mehr davor fürchten, was die Leute von ihr dachten. Sie wollte sich nicht darum scheren. Vielleicht war dieses Wochenende ein Anfang.

Ohne den Blick abzuwenden, knöpfte Logan sein Hemd auf und schob es von den Schultern, dann zog er seine Stiefel und schließlich seine Jeans aus. Als er sie hinunterzog, fiel ihr Blick auf die leuchtende Farbe. Etwas, das ihr vorher nicht aufgefallen war … Eine Korallenschlange, überlebensgroß, aber genauso schön, die sich um seine schmalen Hüften schlängelte. Als er nackt war, rückte er näher an sie heran und lenkte ihre Aufmerksamkeit auf seine Männlichkeit, nicht auf seine Tattoos.

Quinn fühlte sich ein wenig albern, weil sie immer noch über Ty lag, also versuchte sie erneut, aufzustehen, und dieses Mal ließ er sie gehen.

Sie ging auf dem Teppich in die Knie. Sie war die Einzige, die noch etwas anhatte – ihr schwarzes Spitzenhöschen.

Sie fühlte sich hilflos. Sie wusste nicht, was sie tun sollte. Wie das funktionierte. Was von ihr erwartet wurde.

Logan griff nach unten, um ihr Gesicht zu ihm zu neigen. „Hör auf, dir Sorgen zu machen."

Quinn löste ihre Unterlippe zwischen den Zähnen und ließ einen Atemzug heraus. Logan sank vor ihr auf die Knie. Er bürstete ihr eine Haarsträhne aus dem Gesicht, dann warf er Ty einen kurzen Blick zu, als der andere Mann sich auf die Seite rollte und ihr die Hand auf den Rücken legte. Die Finger des größeren Mannes streichelten ihre Wirbelsäule entlang; es war beruhigend, aber es brachte ihre Brustwarzen wieder zum Verhärten.

Logans Finger drifteten von ihrem Gesicht nach unten zu ihren Brüsten und streiften erst gegen die eine, dann gegen die andere Brustwarze.

„Wir werden es langsam angehen."

Quinns Atmung beschleunigte sich, während ein Mann mit den Fingern ihre Brustwarzen streichelte und der andere ihren Rücken entlang und um die Oberseite ihres Höschens herumfuhr. Ty schlang plötzlich einen Arm um ihre Schultern und zog an ihr, bis sie auf dem Rücken neben ihm lag. Logan fuhr mit den Händen an ihren Seiten entlang.

„Befreien wir dich davon", sagte er, während er ihr Höschen über ihre Hüften und Oberschenkel zog. Vorsichtig hob er eines ihrer Beine an und dann das andere, wobei er das schwarze Höschen über ihre Füße schob. Die ganze Zeit über streichelten seine Hände ihre Haut, streichelten eine Hüfte, berührten die empfindliche Haut hinter ihrem Knie, umkreisten ihre Ferse. Er hob einen Fuß und gab ihr einen Kuss auf ihre Sohle. Er legte ihn ab und fuhr mit den Händen ihre Waden hoch, und als sie auf den Knien war, stieß er sie auseinander.

„Ich will dich sehen." Wieder warf Logan Ty einen Blick zu, aber Quinn konnte nicht herausfinden, was er bedeutete.

Ty setzte sich auf und schob Quinn zwischen seine Beine.

Sie mit dem Rücken zu seiner Vorderseite, sein Schwanz schmiegte sich an ihre Wirbelsäule. Hart, heiß. Sie konnte das Pochen der Ader spüren. Ty schlang seine Arme um ihre Taille und legte seine Lippen an ihren Hals. Gegen ihren pochenden Herzschlag.

Gleichzeitig drückte Logan ihre Knie nach oben und außen und setzte Quinn seinem Blick aus. Seiner Berührung.

Ty atmete gegen ihr Ohr. „So rosa."

Quinn fühlte ein Kitzeln zwischen ihren Muschi-Lippen und erkannte, dass es ihre eigenen Säfte waren. Sie war so nass, so bereit. Wartete.

Logan bewegte sich auf seinem Bauch zwischen ihren Beinen, während Ty sie in eine eher sitzende Position gegen ihn verlagerte. Die perfekte Position, um zu beobachten, was Logan im Begriff war zu tun.

„Ich habe das Abendessen verpasst", sagte Logan leise, ohne den Blick von ihrer Muschi zu erheben. „Ich bin sehr hungrig."

Quinn ließ ihren Kopf nach hinten gegen Tys Brust fallen. Er schnupperte an ihrem Hals, sein heißer Atem verursachte ihr eine Gänsehaut. „Sieh ihm zu."

Das tat sie.

Logan schob seinen Zeige- und Mittelfinger in einem V zwischen ihre prallen Lippen und spreizte sie für sich auf. Sein Kopf tauchte unter und sie spürte den ersten warmen Strich seiner Zunge entlang ihrer Falten und bis zu ihrer Klitoris. Er kreiste und leckte und saugte. Quinn keuchte und neigte ihre Hüften, um ihm einen besseren Zugang zu ermöglichen.

Ty führte ihre Arme an die Seite, fing aber ihre beiden Brustwarzen zwischen seinen Fingern ein, rieb, drehte und zupfte an den harten Spitzen. Er vertiefte seinen Atem gegen ihren Hals, sein Schwanz zuckte gegen ihren Rücken und seine Hoden fühlten sich wie kleine Feuerbälle an ihrem Arschansatz an.

Logan verschob das V seiner Finger nach oben, bis es ihre Klitoris umrahmte. Seine Lippen öffneten sich und er saugte hart an ihr. Quinn schrie auf und versuchte, ihren Körper zu verdrehen. Die Freude war zu groß. Zu intensiv. Er stieß ihr zwei Finger in die Muschi.

„Wie viele Finger kann er da reinschieben …?" Ty flüsterte gegen ihre Haut, wobei seine Zähne ihre Schulter streiften, während er ihre Brustwarzen stärker zusammendrückte. Er schaukelte gegen sie, seinen Schwanz fast schmerzhaft hart gegen ihre Wirbelsäule, seine Lusttropfen machte ihre Haut glitschig.

Logan spielte an den harten Noppen ihrer Klitoris und den glatten Falten ihrer Muschi entlang und schob ihr einen dritten Finger hinein. Er stieß die drei Finger in einem quälend langsamen Tempo in sie hinein und wieder heraus.

Quinn wölbte ihren Rücken und drückte ihre Brüste gegen Tys Hände, während sie ihre Muschi in Richtung Logans Mund presste. Sie kämpfte darum, ihre Arme zu befreien, wollte verzweifelt Logans langes Haar packen und seinen Mund enger an sie drücken.

Logans Zunge ersetzte seine Finger und grub sich in sie hinein und aus ihr heraus, während sein Daumen diesmal ihre Klitoris umkreiste.

Quinn ließ ein leises Wehklagen los, als sein Kopf ruckartige Bewegungen zwischen ihren Oberschenkeln machte.

Tys Zunge streichelte an der äußeren Muschel ihres Ohres entlang und er saugte an ihrem Ohrläppchen, ohne das ständige Rollen ihrer Brustwarzen zu unterbrechen. Sie waren geschwollen und empfindlich und es tat so gut.

Wieder waren zwei Finger in ihr, die ein und aus gingen, als Logan ihre Innenschenkel sanft küsste.

„Logan."

Die tiefe Stimme schreckte sie aus ihrer empfindungsbedingten Benommenheit auf.

„Lass mich sie kosten."

Logan lächelte aufgrund Tys Bitte und mit einem letzten langen Strich über ihre Muschi erhob er sich auf die Knie, seine Lippen glitzerten von ihren Säften.

Quinn erwartete, dass sie wechseln würden, aber das taten sie nicht.

Logan drückte seine Brust gegen ihre und traf Tys Lippen über ihrer Schulter. Ihre Lippen öffneten sich und Tys Zunge zog an Logans Lippen entlang, bevor sie zwischen sie eintauchte. Ihre Augen schlossen sich, ihre Münder gingen ineinander über und sie vertieften den Kuss. Logans Schwanz drückte gegen ihren Unterbauch, wo er einen eigenen Streifen Glätte hinterließ.

Quinn hätte sich ausgeschlossen fühlen müssen. Die Leidenschaft, die Liebe zwischen den beiden Männern, war unverkennbar. Aber das tat sie nicht.

Sie fühlte sich glücklich, ein Teil davon zu sein.

Und sie wollte einen – oder beide davon – in sich haben.

Während des Kusses ließ Ty ihre Arme los. Sie griff zwischen die beiden, um Logans Schwanz in ihrer Hand einzufangen, und nutzte die Lusttropfen, um ihre Handfläche zu schmieren, während sie ihn streichelte. Sie griff hinter sich und packte Tys bereits feuchten Schwanz und streichelte ihn im gleichen Rhythmus, während sie sich weiter über ihr küssten und sie zwischen sich einschlossen.

Sie unterbrachen ihren Kuss und Logan streichelte seine Lippen gegen ihre, bevor Ty an die Reihe kam, der ihr einen kurzen, tiefen Kuss gab.

„Leg dich zurück", sagte Logan zu Ty, der sich gehorsam zurück in die Mitte des Plüschteppichs verlagerte und in

Rückenlage ging, wobei sein Schwanz immer noch hart war und gegen seine Hüfte stieß.

„Jetzt du", sagte Logan zu Quinn, nahm ihre beiden Hände in seine und bewegte sie, um Tys Hüften zu spreizen. Er beugte sich vor und saugte eine ihrer Brustwarzen in seinen Mund, zwickte an der Spitze und brachte Quinn zum Schreien. Er ließ sie frei und tat dasselbe mit dem anderen Nippel. Quinn versenkte ihre Finger in seinen Haaren, aber Logan griff fest nach ihren Handgelenken und zog sie weg.

Er schenkte ihr ein beruhigendes Lächeln. „Setzen."

Quinn schaute nach unten. Sie stand vor Tys Füßen. Wollte Logan, dass sie Ty rückwärts bestieg? Sie war sich nicht sicher, ob er normal passen würde.

„Logan, ich …"

Logan legte einen Finger an ihre Lippen und stoppte ihren Protest. „Mach dir keine Sorgen."

Er hielt ihre Arme fest, damit sie nicht hinfiel, und sagte erneut: „Setz dich."

Quinn hielt sich an ihm fest und ließ sich herunter und plante, sich über Tys Bauch niederzulassen und ihn langsam aufzunehmen. Aber es war nicht das, was Logan wollte. Er zog sie an ihren Armen, bis ihre Muschi direkt über Tys Schwanz war. Ty hatte seinen bereits in ein Gummi gehüllten Schwanz fest im Griff und hielt ihn ruhig.

Als ihre feuchte Spalte auf den dicken Kopf seines Schwanzes traf, ließ Quinn einen zittrigen Atemzug aus. Sie bekämpfte den Drang, auf ihm zu versinken und ihn hart zu reiten. Aber sie wusste es besser. Logan hielt das meiste ihres Gewichts, als sie über Ty stand, wobei der Kopf von Tys Schwanz ihre Schamlippen weiter auseinander stieß.

Quinn fühlte eine gewisse Beklemmung, Angst, aber gleichzeitig auch Aufregung. Logans Schwanz war nur Zentimeter von ihrem Mund entfernt und bevor sie zweimal nachdenken konnte, nahm sie ihn zwischen ihren Lippen und wirbelte ihre Zunge um den Kopf. Logan grunzte und ließ ihre Arme beinahe los, verlagerte sie aber für einen besseren Halt. Sie nahm seinen Schwanz und saugte hart mit ihrem Mund. Ihre Muschi pulsierte, sie brauchte etwas, jemanden tief in sich drin. Sie wackelte mit ihren Hüften und fand die perfekte Position für Tys Schwanz, als sie sich weiter auf seine pochende Länge schob.

„Mein Gott, sie ist zu eng, Lo."

Ty war noch kaum in ihr, aber Quinn bewegte sich im Takt mit ihrem Saugen an Logans Schwanz auf und ab. Jedes Mal, wenn sie herunterkam, drang Ty ein wenig mehr in sie ein. Etwas tiefer. Etwas weiter, streckte sie, füllte sie bis zu dem Punkt aus, dass sie dachte, sie würde platzen. Es fühlte sich so gut an.

Schließlich stieß Tys Schwanz gegen ihren Gebärmutterhals und sie keuchte, als ein Beben durch ihre inneren Muskeln ging und ihn noch fester drückte. Hinter ihr hörte sie einen zischenden Atemzug.

„*Fuck*."

Quinn ließ Logans Schwanz aus ihren Lippen gleiten, während er sie zurücklehnte, bis sie mit dem Rücken zu seiner Brust auf Ty lag. Ihr Körper hob und senkte sich mit seinen Atemzügen. Jedes Mal, wenn sie sich mit seiner Brust erhob, zuckte sein Schwanz in ihr. Er drückte seine Hüften nach oben und bewegte sich gerade so viel, dass sie mehr wollte.

Logan bewegte sich zu Tys Kopf und beugte sich über beide, wobei er seine Hände an Quinns Seiten hinunter und über Tys Seiten hinwegführte und seine Handflächen über ihre erhitzte Haut streichelte. Er verlagerte sein Gewicht, bis er über Quinn war, seine Oberschenkel drückten gegen ihre

Schultern, während er sich über sie balancierte und seinen Körper über beide streckte.

Auf diese Weise hatte er vollen Zugang zu ihrem Venushügel, dem Ort, an dem sie und Ty zusammenkamen. Er gab ihr kleine Küsse und lange Streicheleinheiten mit seiner Zunge über ihren Unterbauch. Quinn atmete tief ein, als Logan seinen Mund über ihre Klitoris legte und saugte. Ty fuhr fort, seine Hüften zu bewegen, wobei er sich tief in ihre Muschi einhüllte, das Dehnungsgefühl ein schmerzhaftes Vergnügen.

Logans Position ermöglichte ihr leichten Zugang zu seinem Schwanz, der gegen ihre Wange streifte. Sie drehte ihren Kopf und leckte ihn der Länge nach ab. Ty hob den Kopf und nahm Logans Eier in seinen Mund.

Logan spannte sich über ihr an und blies einen harten Atemzug gegen ihre Klitoris. „Scheiße."

Ty fuhr fort, Logans Sack in seinem Mund zu rollen, während er sich gegen Quinn bewegte. Sie war glatt, aber eng, und das Zerren seines Schwanzes in ihr, zusammen mit der Bewegung von Logans Lippen, ließ sie sich winden. Sie leckte wilder an Logans Schwanz, von der Wurzel bis zum Kopf, bevor sie sich kreisend wieder nach unten arbeitete.

Quinn wollte sich aufsetzen, aber sie konnte es nicht. Sie wollte Ty lange und hart reiten. Aber ihre Position hielt sie machtlos. Der Mangel an Kontrolle trieb sie fast an den Rand der Verzweiflung.

Tys Hand fand ihre Brust, drückte und knetete sie. Seine andere Hand rutschte hoch und über Logans Hintern.

Quinn konnte nur ahnen, was er mit Logan machte, als Logan gegen ihre Muschi stöhnte.

„Tyson." Logan stöhnte, als er ein wenig vorwärts zuckte, wobei sein Schwanz noch stärker, falls das überhaupt möglich war, in ihrem Mund pochte.

Logan schaukelte ein wenig über ihr, während Ty seine Hüften gegen sie schwang und bei jedem Stoß seinen Schwanz tief in ihr vergrub.

„Ty, ich komme", rief Logan und zog sich von Quinns Mund weg. Ty ließ Logans Arsch los und packte Quinns Brüste und drückte sie zusammen. Logan verlagerte sein Gewicht genug, um seinen Schwanz zwischen ihre Brüste zu tauchen, während Ty wieder einmal ihre Brustwarzen zwickte. Logan stürzte sich auf sie und fickte ihre Titten, während er sich mit seinem Mund gegen ihre Klitoris drückte. Ty tauchte ein und drückte seinen Schwanz tief in sie hinein.

Quinn spürte, wie ihre inneren Muskeln begannen, sich zusammenzuziehen. „Oh, *verdammt*." Ihr Orgasmus pulsierte von ihrer Mitte nach außen und sie öffnete ihren Mund, um zu schreien. Es kam nichts als ein Quietschen heraus.

Ty grunzte von unten und hämmerte noch zweimal in sie hinein, bevor er sich verkrampfte. Er blieb ruhig und packte ihre Brüste noch fester, als Logan noch einige Male zustieß. Dann fühlte sie das Zucken von Logans Schwanz und die heißen Spritzer von Sperma, die auf ihrem Bauch landeten.

Logan rollte sich von ihnen ab und brach erschöpft auf dem Teppich zusammen. Seine Brust hob und senkte sich mit seiner harten Atmung, fast zeitgleich mit Tys Atmung unter Quinn.

Tys Hand glitt über ihren Bauch und zog Kreise in das Ejakulat, das Quinns Haut bedeckte. Er stieß einen großen Seufzer aus und sie versuchte, sich von ihm zu lösen, aber er hielt sie fest, sein Schwanz, der gelegentlich noch zuckte, noch immer in ihr. Wahrscheinlich hatte er es absichtlich getan, dachte sie, und sie konnte nicht anders, als zu lachen.

Logan rollte sich auf die Seite und stützte seinen Kopf in die Hand, was ihr ein Lächeln abrang.

„Ist etwas lustig?"

Ty bewegte seinen Schwanz wieder in ihr und er schloss sich ihrem Lachen an. Wenn er so weitermachen würde, würde sie noch einmal kommen. Es brauchte nicht viel, sie war ohnehin schon übersensibilisiert. Die Vibrationen seines Lachens halfen definitiv nicht.

KAPITEL 6

Ty streckte seine Muskeln und bewegte sich dabei genug, um Quinn zu freizugeben. Logan kletterte auf seine Füße und half ihr auf.

„Wir brauchen eine Dusche", sagte Logan und grinste über die Sauerei auf Quinns Bauch.

Ty brauchte definitiv eine Dusche. Das war viel besser gelaufen, als er gedacht hatte. Es war erstaunlich, dass Quinn sich so gut und so schnell auf die beiden eingestellt hatte. Ja, sie gingen es *langsam* an, wie es Logan wollte. Aber Quinn schien sehr aufgeschlossen und sinnlich zu sein. Er hatte keinen Zweifel daran, dass sie noch mehr vorhatte.

Aber dann wollte er sie auch nicht überfordern und verscheuchen. In der vergangenen Woche hatten er und Logan lange gegrübelt und sich gefragt, ob sie es wagen würde, aufzutauchen. Sie hatte es. Sie schien die perfekte Ergänzung zu den beiden zu sein. Obwohl es noch zu früh war.

Und sie kannten sie nicht sehr gut. Und sie die beiden auch nicht …

„Ty?" Logans raue Stimme rüttelte ihn aus seinen Gedanken. Quinn und Logan standen beide da und starrten ihn an, nackt. Quinn trug noch immer die Beweise für ihre Eskapade.

Ja, sie brauchten definitiv eine Dusche.

Ohne zu zögern, nahm Ty Quinn in seine Arme, was sie überrascht aufschreien ließ. Aber sie lachte, als sie den Flur hinunter in das große Hauptbadezimmer gingen.

Logan schaltete die Duschdüsen ein und regulierte die Temperatur, während Ty Quinn an seinem Körper herunter-rutschen ließ.

„Geht es dir gut?"

Quinn leckte ihre Unterlippe, bevor sie „Ja" sagte.

„Sicher?"

Sie nickte mit dem Kopf und schenkte ihm ein leichtes Lächeln.

„Kein Bedauern?"

Ihr Lächeln wurde breiter und brachte ihm ein wenig Erleichterung. „Überhaupt nicht."

Logan erschien hinter ihr und hauchte ihr einen Kuss auf die Schulter. „Gut, denn das war erst der Anfang."

Quinn schlang einen Arm zurück um Logans Hals und Kopf, neigte den Kopf zurück und zog ihn zu einem Kuss zu sich hin.

Ein kleiner Anflug von Eifersucht traf Ty, bevor sie blind die Hand nach ihm ausstreckte. Er zog sie an sich, ihre Finger krümmten sich auf seiner Brust.

Logan unterbrach ihren Kuss und sagte: „Duschen."

Er schnappte sich ihre Hand, zusammen mit der von Ty, und zog sie in die übergroße Duschkabine. Sie war mit Matt-glas umgeben und hatte seitliche Düsen sowie den breiten Duschkopf. Ty liebte diese Dusche. Obwohl, das sollte er auch; er hatte sie schließlich ausgesucht. Ebenso wie die große Jacuzzi-Wanne und die Doppelwaschbecken. Nun, so gut wie alles im Badezimmer war seine Idee gewesen.

Ty schloss die Glastür hinter sich und trat vor eine der Düsen und genoss den Druck des Wassers, das auf ihn schoss. Das Wasser war heiß und stechend, aber es fühlte sich gut auf seinen Muskeln an.

Logan griff sich einen Luffaschwamm und goss Duschgel darauf, wobei er ihn drückte, bis er schäumte. Ty war verzaubert, als er sah, wie das warme Wasser an Logans Körper herunterlief, obwohl er das schon oft gesehen hatte. Sie liebten es, in der Dusche zu ficken, aber heute Abend schien er aus irgendeinem Grund sensibler darauf zu achten, seinen Geliebten zu beobachten. Vielleicht, weil er ihn teilen musste.

Nicht, dass es ihn gestört hätte. *Noch nicht.*

Er blickte Quinn an, die ihr Haar, ein dunkles Gold, das jetzt nass war, aus dem Gesicht bürstete. Sie war wunderschön. Ihre Haut war hell, ihr Haar blond, was ihre Naturfarbe war. Wasser tröpfelte über ihre goldenen Locken oben an ihren Schenkeln. Ihre Beine waren lang genug und wohlgeformt. Er war ziemlich wählerisch, wenn es um Frauen ging. Während seiner Profi-Football-Karriere hatte er viele Gelegenheiten gehabt, viel zu viele Groupies. Aber er hatte an Quinn nichts auszusetzen.

Vielleicht hatte Logan sie deshalb nach Hause gebracht? Weil er wusste, was Ty mochte?

Vielleicht. Aber die Anziehungskraft zwischen Logan und Quinn war unverkennbar, wenn nicht sogar ein wenig beunruhigend. Er liebte Logan und er wollte nicht, dass sich jemand zwischen sie drängte.

Sollte er sich ihnen anschließen? Möglicherweise. Sie trennen? Nein.

Logan reichte ihm den seifigen Luffaschwamm und schnappte sich einen Waschlappen von der Duschablage und seifte auch diesen ein. Er begann, Quinns Rücken zu schrubben, und Ty bemerkte den Wink mit dem Zaunpfahl. Er streichelte den Luffaschwamm über ihre Brust und ihren Bauch und wusch sanft die Überreste ihrer Sexorgie weg. Er ging auf die Knie und seifte ihre Beine ein, während Logan das mit ihren Armen und ihrem Nacken machte. Ty beobachtete, wie Logan mit seinen Lippen dem Fluss des Wassers über ihre Haut folgte, und bemerkte, dass sein Lover bereits wieder hart wurde.

Ty trat hinter Logan und bewegte den Luffa über Logans Haut. Er griff zwischen Logan und Quinn herum und wusch Logans Brust und stellte sicher, dass er Logans Brustwarzenring zwickte. Tys Schwanz zuckte in Erwartung. Er streichelte eine Hand über Logans nassen Hintern und tauchte zwischen seine Pobacken.

Logan wirbelte herum, schnappte sich Tys Arme und hielt sie hinter seinem Rücken fest. Er stieß Ty an die Fliesenwand und vergrub ein Knie zwischen Tys Oberschenkeln. Logans Gesichtsausdruck sah ernst aus, als er Tys Mund nahm und Tys Lippen mit seinen eigenen vereinte. Ty keuchte in Logans Mund und liebte es. Er liebte es, wenn Logan die Kontrolle übernahm, auch wenn Logan der kleinere Mann war.

Logan unterbrach den Kuss und schnappte sich Tys Ohrläppchen zwischen den Zähnen. „Eifersüchtig?"

Ty konnte nicht antworten. Jetzt war er extrem hart, sein Schwanz stieß gegen Logans Hüfte.

„Wenn es dir nicht gefällt, werde ich dich fesseln und dich zusehen lassen, wie ich sie ficke."

Seine gemurmelte Drohung in Tys Ohr schickte einen Blitzschlag in Tys Wirbelsäule. Er nickte nur leicht, wobei er sich des Griffs bewusst war, den Logans Zähne noch auf seinem Ohrläppchen hatten.

Logan ließ ihn plötzlich los und Tys Puls verlangsamte sich um einen Bruchteil.

Sein Geliebter widmete seine Aufmerksamkeit wieder

Quinn, die sich auf das Haarewaschen konzentrierte. Sie hatte die kleine Show männlicher Dominanz ignoriert, obwohl Ty sich sicher war, dass sie sich dabei nicht so wohlfühlte, wie es den Anschein hatte.

Wenn es keinen Sex in der Dusche geben würde, würde er raussteigen. Ty trat aus der Dusche und schnappte sich ein Handtuch vom beheizten Handtuchständer. Eine weitere Einrichtung, auf die er im Badezimmer bestanden hatte.

Er trocknete seinen haarlosen Körper ab und betrachtete sich dabei im Spiegel. Er verbrachte viel Zeit damit, sich in Form zu halten und sich um seinen Körper zu kümmern. Er tat es nicht nur für sich selbst, sondern auch für den Mann, der gerade in dieser Minute mit einer Frau unter der Dusche stand. Eine andere Liebhaberin.

Sie hatten zuvor ausführlich darüber diskutiert, eine dritte Person miteinzubeziehen. Aber jetzt, wo es Realität werden könnte, wusste er nicht, ob er sich an die Idee gewöhnen würden können. Er wusste nicht, ob er das wollte.

Er musste allerdings zugeben, dass er Quinn bisher mochte. Und abgesehen davon, dass sie keine Ahnung von Football hatte, war ihm nichts aufgefallen, was ihm an ihr missfallen hätte. Aber würde seine und Logans Beziehung eine dritte Person überleben?

„Ty."

Er sah auf und merkte, dass er mit dem Handtuch seinen Schwanz rieb, der jetzt nicht mehr so hart war wie vorhin, als Logan ihn an die Wand gedrückt hatte. Die Spiegelung des Spiegels zeigte Logan, wie er mit dem Kopf aus der Dusche schaute. Irgendwann während seiner Tagträume war das Wasser abgestellt worden.

„Gib mir bitte ein Handtuch, T."

Ty tat dies und Logan und Quinn traten vorsichtig aus der Dusche. Er hielt ein Handtuch für sie auf und Quinn trat direkt in Tys wartende Arme. Er wickelte es fest um sie und sicherte die Ecke, indem er sie oben hineinsteckte.

Sie lächelte ihn an. „Danke."

Ty erinnerte sich erneut daran, dass es nicht Quinns Idee war, hier zu sein. Es war Logans. Er liebte Logan und musste seine Entscheidungen respektieren. Quinn schien keine Hintergedanken zu haben. Zumindest das konnte er sehen.

Ty reichte Quinn ein kleineres Handtuch, um ihr Haar zu trocknen. Und als ihr Haar nur noch ein wenig feucht war, führte er sie ins Schlafzimmer, wo Logan mit einem um die Taille gewickelten Handtuch wartete.

Ty hatte sich nicht einmal die Mühe gemacht, sich zu bedecken; er war immer noch nackt, sein Schwanz entspannter, das feuchte Handtuch in der Hand. Ein böser Gedanke kam ihm in den Sinn und er rollte das Handtuch auf. Logan passte nicht auf; er wühlte in einer der Schubladen der Kommode.

Er schnalzte mit dem Handtuch an Logans Hintern.

Logan schrie und zuckte zusammen, sein eigenes feuchtes Handtuch schützte nicht viel vor der stechenden Peitsche. „Du Arschloch." Mit einem Lachen und einem Ruck aus dem Handgelenk zog er sein eigenes Handtuch ab und rollte es schnell zusammen.

Ty huschte umher, um auf der anderen Seite des breiten Bettes zu stehen, in der Hoffnung, durch den Abstand zwischen ihnen eine Art Schutz zu finden. Logan stürzte sich auf ihn, der Schlag mit seinem Handtuch erwischte Ty an seiner nackten Hüfte.

„Scheiße!"

„Tut weh, nicht wahr?" Logan lachte und spreizte die Beine in die Haltung eines Kämpfers. „Komm schon, gib dein Bestes."

Ty fühlte, wie sich das Lachen durch seinen Bauch rollte.

Er liebte Momente wie diesen mit Logan. In der Umkleideka-bine seines Teams waren Kraftproben die Norm, aber ihm gefiel das Spiel, das er mit Logan trieb, viel besser. Es endete in der Regel auch besser. Wenn einer von ihnen tief im Inneren des anderen war –

Schnapp.

Logan erwischte ihn erneut. Ty rieb sich seine brennende Haut. Dieses Mal war seine Brustwarze das Ziel gewesen und Logan hatte einen Volltreffer gelandet. Er hatte die Nase voll!

Ty stürzte sich auf Logan und drückte ihn an das Bett und auf die Bettdecke. Er schnappte sich die Handgelenke des kleineren Mannes, hielt sie fest auf der Matratze und spreizte Logans nackte Hüften.

„Ich habe dich."

Nun waren beide vollständig hart; ihre Schwänze prallten gegeneinander. Ty verlagerte seine Hüften und rieb die Länge seines Schwanzes an Logans. Logans Augenlider senkten sich und ein Muskel zuckte in seinem Kiefer, als Ty es wieder tat. Und dann noch einmal.

Eine Mischung aus einem Stöhnen und einem Fluch entfuhr Logans geöffneten Lippen. Seine Atmung wurde flach und er ließ einen Luftstrom aus.

Ty beugte sich zu ihm hinüber, um ihn zu küssen, und ihre Atemzüge vermischten sich, dann ihre Zungen.

„Gott, ich will dich ficken", murmelte Ty gegen seine Lippen. Während Logans Arme immer noch gefangen waren, bewegte sich Ty zu Logans Brust hinunter und streifte seine Lippen gegen die helle, goldene Haut. „Du willst mich. Du willst mich in dir haben." Er schnappte sich Logans gepiercte Brustwarze in seinem Mund und zerrte mit der Zunge an dem Ring.

Logan hob seine Hüften vom Bett und mit einer Kraft, die Ty immer wieder überraschte, verdrehte er seinen Körper und plötzlich kehrte sich alles um. Ty war jetzt unten und Logan war oben.

Ty wusste, dass er der stärkere Mann war. Er wusste es. Aber Logan schien immer die Oberhand zu behalten.

Er lag einen Moment lang ruhig, bis Logan etwas nachließ. Dann, genauso schnell, wie Logan es getan hatte, befreite sich Ty und fixierte Logan auf der Matratze, drehte ihn um und legte sein Gewicht auf ihn, um ihn in Position zu halten. Er griff automatisch nach der Tube Gleitmittel, die auf dem Nachttisch lag, und packte Logan an den Hintern, spreizte seine Pobacken.

„Tyson."

Der Tonfall war niedrig und autoritär. Aber Ty war das egal; er wurde von der Falte von Logans Loch angelockt und er wollte nichts mehr, als in diesem Moment tief in seinem Geliebten begraben zu werden. Er öffnete die Kappe des Gleitmittels und spritzte Gleitgel in die Falte zwischen Logans Pobacken und auf seinen eigenen Schwanz.

„*Tyson.*"

Ty wickelte seine Faust um seinen Schwanz, streichelte ihn ein paar Mal, um das Gleitmittel zu verteilen, und drückte ihn gegen Logans enges Loch.

„Tyson!"

Logans Tonfall erwischte ihn dieses Mal kalt. Er knirschte mit den Zähnen gegen den mächtigen Drang an, seinen Schwanz einfach in Logans Arsch zu treiben.

„Scheiße! Was?"

Logans Oberkörper war so gedreht, dass Ty die Mischung der Emotionen auf Logans Gesicht sehen konnte.

Logan wollte, dass er ihn fickte. Logan wollte, dass er aufhörte. Aber warum?

Scheiße!

Ty hatte Quinn komplett vergessen. Sie saß auf der Bettkante, das Handtuch war noch um sie gewickelt, und sie schaute –

Es war kein Ekel. Sie war nicht angewidert, dass zwei Männer Sex miteinander haben wollten. Nein, Ty konnte nur ahnen, dass es Verlangen war, das er in ihren Augen sah. Aufregung. Die Anziehungskraft verbotener Vergnügungen.

Sie saß an der Bettkante, die Hand umklammerte das Handtuch, ihr blondes Haar in langen, feuchten Wellen um die nackten Schultern. Frei von jeglichem Make-up war sie immer noch schön. Natürlich. Ty gefiel das.

Ty legte eine Hand auf den unteren Rücken von Logan und drückte sich leicht weg, brach den Kontakt aber nicht ganz ab.

Quinns Brüste wuchsen unter dem festgehaltenen Handtuch, ihr Atem war abgehackter als normal. Sie wurde plötzlich von einer unschuldigen Beobachterin – einer einfachen Zuschauerin – zur Zielscheibe ihrer Aufmerksamkeit.

Ihre Stimme brach, als sie sprach. „Vorhin habt ihr nur mich geteilt, ihr habt euch nicht gegenseitig geteilt."

Ty fühlte die Schwingung von Logans Stimme unter seiner Handfläche. „Wie ich schon sagte, wir werden es langsam angehen. Wir wollten dich nicht …"

„Mich schockieren?"

„Schockieren ist ein bisschen dramatisch." Logan neigte seinen Oberkörper, um sie vollständiger betrachten zu können. Er leckte sich die Lippen, bevor er sagte: „Quinn, hast du schon einmal zwei Männer zusammen gesehen?"

Logans Worte ließen Ty an einem Atemzug ersticken. Seine Muskeln verkrampften sich.

„Fickend?"

„Ja, okay. *Fickend*."

„In einem Porno auf dem College."

Ty lachte und brach damit seine eigene Spannung.

„Warum zeigen wir ihr nicht, wie wir es machen? Mal sehen, ob sie es aushält."

Ty wusste, dass sie damit umgehen können würde. Er wollte nur eine Ausrede ...

Logan stützte sich auf seine Ellbogen und schaute sich um, um ihm einen Blick zu verpassen. „Und du glaubst, du wirst oben sein?"

Ty schob seinen befeuchteten Schwanz in einem langen, neckenden Zug zwischen Logans Arschbacken. „Ich glaube es nicht. Ich weiß es."

LOGAN PRESSTE die Muskeln in seinem Arsch zusammen und straffte seine Pobacken um Tys Schwanz. Er wollte Ty unbedingt in sich haben. Aber Ty war ein großer Mann und es war schon eine Weile her, dass er unten gewesen war.

Eine lange Zeit.

Bis zu diesem Moment war Ty froh, auf der Empfänger-seite zu stehen. Aber heute Abend änderte sich vieles. Wahrscheinlich lag es daran, dass Quinn ihnen wie verzaubert zusah. Er stellte sich vor, wie sich ihre prallen Lippen um seinen Schwanz wickelten, während Ty ihn nahm.

Logan beugte seine Hüften und schob sich in dem Moment zurück, als der Kopf von Tys Schwanz über sein Loch glitt. Logan drückte gegen ihn und er fühlte den Druck der großen Krone gegen sein enges Loch. Er entspannte sich, drückte seine Stirn eine Sekunde lang gegen die Bettdecke und ließ einen langen Atemzug aus.

„Quinn?"

Er wollte nicht, dass Quinn sich ausgeschlossen fühlte. Ihr Blick war auf das gerichtet, was Ty gerade tat, und sie nickte nur leicht mit dem Kopf. Er musste davon ausgehen, dass sie ihre Zustimmung gab, dass es ihr egal war, was sie vorhatten. Die Tatsache, dass sie keine Worte finden konnte, könnte vielleicht eine gute Sache sein. Vielleicht bedeutete es, dass sie von der Aussicht, dass Ty Logan in den Arsch fickte, erregt war. Vielleicht so erregt wie Logan.

Der Gedanke, dass Ty ihn vögelte, erregte ihn. Der Gedanke, dass Quinn dabei zuschauen würde, erregte ihn noch mehr.

Logan nickte resigniert mit dem Kopf. Ty würde heute Abend den aktiven Part spielen. Er wollte Ty sagen, er solle es ihm leicht machen und es langsam angehen. Aber als der Dominante in der Beziehung konnte Logan sich nicht dazu bringen, die Worte auszusprechen. Er würde nehmen, was Ty ihm gab. Hoffentlich ohne ein Wimmern.

Logans Schwanz tropfte noch etwas mehr auf die Decke. Er verschob leicht seine Position, sein Gesäß höher, wodurch Ty einen besseren Zugang erhielt.

Ty schnappte sich das Gleitmittel und spritzte mehr von dem kühlen Zeug um sein Loch herum. Er schnappte den Deckel zu und warf es zur Seite, bevor er einen glatten Finger um Logans Loch hin- und herschob. Je mehr Ty sein Loch umkreiste, desto mehr wollte Logan, dass er ihn einfach tief reinschob und ihn schnell und hart fickte. Ein Finger drückte gegen das Loch und Ty tauchte ihn ein. Logan stöhnte; es war nur ein Vorgeschmack auf das, was noch kommen würde.

Ty schob den Finger ganz hinein, dann noch einen anderen; er stieß ein wenig zu und versuchte, Logan zu lockern. Logan ließ einen schaudernden Atemzug aus, schwieg aber dennoch.

„Baby, du bist so eng. Ich weiß nicht, Lo. Es ist schon eine Weile her."

Logan weigerte sich, zu antworten. Ty fügte einen dritten Finger hinzu und fickte Logan langsam mit ihnen, wobei das

Ziehen und Schieben Logans Schwanz noch stärker pochen ließ.

Ty zog plötzlich die Finger heraus und Logan ließ ein Fauchen los. Er konnte nicht hinter sich schauen; er wollte nicht wissen, wann es passierte. Er wollte es nur fühlen.

Der Druck von Tys Eichel gegen sein zusammengekniffenes Loch ließ ihn für eine Sekunde verkrampfen, aber er zwang sich zur Entspannung. Der Druck war groß, als Ty gegen ihn drängte und darauf wartete, dass sein Schwanz den Ring durchstieß. Dann tat er das. Es war eng und schmerzhaft, und Ty drückte sich langsam vorwärts und vergrub seinen Schaft in Logans engen Kanal.

Tys Finger vergruben sich schmerzhaft in Logans Hüften und hielten Logan still, während Ty tiefer ging. Je weiter er ging, desto weiter wurde Logan gedehnt, desto mehr brannte es. Und dann traf Ty ihn. Diesen magischen Punkt.

Es war nur ein Stoß, aber Logan keuchte und stieß gegen ihn zurück, bis Ty vollständig in ihm drin war. Ty stoppte und es gab kein Geräusch im Raum, außer dass die beiden schwer atmeten. Logan schloss seine Augen und genoss einfach die Fülle in sich.

Zu diesem Zeitpunkt wurden die beiden eins. Zu diesem Zeitpunkt fühlten sie sich völlig verbunden. Genau jetzt waren sie ein Liebespaar und nicht nur ein Paar.

Ty zog sich zurück. Nur ein bisschen. Dann war er wieder vollständig drin. Er zog sich etwas mehr zurück und stieß nach vorne, bis er ganz in Logan war. Beim dritten Mal zog er sich zurück, bis die Krone seines Schwanzes gerade noch innerhalb des Randes von Logans engem Loch lag. Dann senkte er sich noch einmal tief hinein.

Logan konnte fühlen, wie Ty zitterte, seine Finger gruben sich tief in Logans Fleisch. Logan hatte lange Zeit etwas Kostbares vor Ty geheim gehalten. Logan hatte die Kontrolle über ihre Beziehung übernommen und obwohl sie beide das genossen, führte es dazu, dass Ty diesen Teil der Intimität verpasste.

Logan schwor sich selbst, dass er es wiedergutmachen würde. Außerdem hatte Logan vergessen, wie gut es sich anfühlte, wenn Ty in ihm drin war.

Das nächste Mal, als Ty sich zurückzog, fuhr er komplett raus und spritzte mehr Gleitmittel auf seinen Schwanz. Ohne zu zögern, schob er ihn tief hinein.

Logan stieß nach hinten und ließ ein lautes Stöhnen vernehmen. Ty streckte eine Hand zwischen sie und griff Logans Eier, wobei er mit Daumen und Zeigefinger um die Basis von Logans Schwanz und Sack kreiste. Er drückte und schnitt das Blut von Logans Erektion ab – ein Instant-Penisring, der Logan noch härter machte.

Logan fühlte, wie etwas gegen seine Rippen stieß, und er öffnete die Augen, um zu sehen, dass Quinn dicht an sie herangerückt war und darauf starrte, wo sie miteinander verbunden waren. Fasziniert beobachtete sie Tys Schubbewegungen.

Ty verlangsamte sein Tempo um einen Bruchteil, als Quinn die Hand ausstreckte und mit einer Hand über Tys Brust, seinen Bauch, über Logans Arsch und seine Wirbelsäule fuhr.

Ihnen zuzusehen machte sie an. Ihre Augen waren glasig, die Lider gesenkt, die Lippen geöffnet.

„Was willst du, Quinn?", fragte Logan sie durch seine zusammengebissenen Zähne.

Seine Frage erregte ihre Aufmerksamkeit und sie sah ihn an.

„Was willst du?", fragte er erneut.

„Ich weiß es nicht."

„Ah –" Logan keuchte, als Ty seinen Rhythmus fortsetzte,

seine Hüften gegen Logans Hintern. „Willst du … dich uns anschließen?"

Sie biss sich auf die Unterlippe und nickte nach einem Moment mit dem Kopf.

„Zieh das Handtuch aus."

Sie hakte die Ecke von oben aus und riss sich das Handtuch von ihrem Körper. Dabei ließ sie eine Hand zwischen ihre Beine gleiten und drückte ihre Finger gegen ihre Klitoris.

„Kondom." Logans Kommando war atemloser, als ihm lieb war, aber natürlich war er mittendrin, von seinem Geliebten gründlich genommen zu werden.

Er saugte Luft durch seine geweiteten Nasenlöcher und versuchte, sich auf das zu konzentrieren, was Quinn tat.

Sie kroch um sie herum, über die Matratze zum Nachttisch, und fand ein Kondom in der Schublade.

„Setz es mir auf."

Sie riss das Paket mit den Zähnen auf und nahm die Latexscheibe heraus. Sie bewegte sich wieder neben sie zurück und griff unter ihn. Sie drückte das Kondom an seine pochende Eichel und rollte es auf seine Länge.

Logan fluchte und biss sich auf die Innenseite seiner Wange, um nicht zu kommen. Ty drang weiter tief in ihn ein. Alle paar Stöße änderte er den Winkel, um gegen Logans Prostata zu stoßen.

Logan atmete ein paar Mal tief durch, bevor er sprechen konnte. „Leg dich unter mich."

Logan hob einen Arm und ließ sie unter ihm in die Missionarsstellung gleiten.

„Spreize deine Beine."

Das tat sie. Sie war jetzt direkt unter ihm und sah ihm ins Gesicht. Ihre Lippen waren gespreizt und ihr Atem bewegte sich in schnellen Zügen.

Logan merkte, dass auch er keuchte.

„Spreize deine Muschi mit deinen Fingern."

Sie griff mit beiden Händen nach unten und trennte die Lippen ihrer Muschi.

Logan senkte sich langsam ab, um Ty nicht zu verdrängen, der seine Bewegungen pausiert hatte, bis Logan drin war.

Logans Schwanz stieß gegen Quinns Muschi und fand die richtige Stelle.

„Rutsch runter", befahl er.

Und das tat sie, indem sie ihn tief in sich hineinschob. Sie war nass genug, sodass es keinen Widerstand gab. Noch nie in seinem Leben hatte sich Logan so gut gefühlt. Sein Schwanz war in einer heißen, engen Muschi begraben, während er seinen Lover tief in seinem Arsch hatte.

Er könnte für immer so bleiben.

Ty hatte andere Gedanken. Er grunzte und stieß gegen ihn. Jeder Schub drängte Logan tief in Quinn hinein.

Quinn wand sich unter ihm und schrie bei jedem Stoß, den Ty machte, laut auf. Ihre Hände flatterten ziellos.

„Kneif dir die Brustwarzen", sagte Logan zu ihr.

Sie drückte ihre Brüste zusammen, knetete sie, ihre Finger verdrehten ihre beiden Brustwarzen. Ihre Hüften neigten sich, wodurch Logan weiter nach innen geriet, und sie stieß gegen ihn. Logan blieb vollkommen ruhig, als Quinn ihn von unten fickte und Ty ihn von hinten nahm.

Logan ließ seinen Kopf auf Quinns Schulter fallen; es fiel ihm schwer, sein Gewicht von ihr fernzuhalten. Seine Arme begannen zu zittern. Er leckte ihre Haut entlang des Schlüsselbeins und den Hals hinauf. Er fand eine empfindliche Stelle und zwickte sie. Sie warf ihren Kopf zurück und wölbte sich gegen ihn, wobei sie ihre Klitoris an seiner Leiste rieb. Logans Eier spannten sich an und er wollte einfach loslassen.

Quinn sank zurück auf die Matratze und Logan legte seine Stirn gegen ihre.

„Quinn", flüsterte er.

Sie öffnete ihre Augen und traf seine. Dann, plötzlich, weiteten sich ihre Augen. Sie wölbte sich wieder zurück und schrie. Er spürte das Zittern um seinen Schwanz, als sie kam. Kein einziges Mal verloren sie sich dabei aus dem Blick.

Logan ließ ein kehliges Stöhnen los, das tief aus seinem Inneren drang. Er verspritzte sein Sperma, seinen Schwanz noch pochend in ihr.

Eine Sekunde später grunzte Ty laut und drückte sich fest an ihn und machte kleine, tiefe Stöße, als er sein Sperma tief in Logan hineinschoss.

Sie waren feucht, klebrig und zufrieden, aber zu müde, um sich zu bewegen. Schließlich tat Ty es, indem er Logan freiließ, dessen verbrauchter Schwanz herausrutschte. Ty beugte sich vor und gab Logan einen Kuss auf den Hintern.

Logan stürzte auf Quinns Seite, wobei er darauf achtete, sie nicht zu zerquetschen. Er gab einen langen Atemzug von sich.

„Verdammt", war alles, was er sagen konnte.

„Verdammt", sagte Quinn, ihre Augen waren geschlossen, ihr Körper entspannt, aber immer noch in der Position, in der Logan sich aus ihr zurückzog.

Ty fiel auf die Matratze auf der anderen Seite von Quinn. „Verdammt. Nächstes Mal möchte ich in der Mitte sein."

Das Bett bebte vor ihrem trägen Lachen.

as könnte besser sein, als neben einem heißen Typen aufzuwachen? Aufzuwachen zwischen zwei von ihnen.

Nachdem sie in der Nacht zuvor etwas Energie gesammelt hatten, duschten sie noch einmal, bevor sie wie ein Wurf Welpen zu einem Haufen auf dem Bett zusammenbrachen. Alle Arme und Beine ineinander verschlungen.

Nach einem herzhaften, aber gesunden Frühstück verschwand Ty und Quinn half Logan beim Aufräumen der Küche.

Logan schrubbte das Geschirr. Quinn spülte es ab und stapelte es in den Geschirrspüler. Die Küche war riesig und hatte alle Geräte, die man sich vorstellen kann. Und einiges mehr.

Als sie fertig waren, sank Quinn in einen der Küchenstühle und legte ihre Hände um einen Tasse Kaffee. Sie nahm einen vorsichtigen Schluck.

Die Holzarbeiten in der Küche sahen, wie auch der Rest des Hauses, das sie bisher gesehen hatte, aus, als ob sie handgemacht wären. Die Schränke waren wunderschön, fast wie

Kunstwerke. Die natürliche Maserung des Holzes war durch die verwendete Beize herausgearbeitet worden.

„Ty und ich haben dieses Haus gebaut."

Logans Bemerkung lenkte ihren Blick von der Bewunderung für die Handarbeit weg und auf ihn. „Nur ihr beide?"

Sein Haar war locker um sein Gesicht herum, ein wenig wild, und sein Bart etwas länger, da er sich an diesem Morgen nicht die Zeit genommen hatte, ihn zu stutzen. Er lehnte sich mit dem Rücken gegen die Theke und verschränkte die Arme über der Brust. Seine Jeans passten ihm an allen richtigen Stellen und sein abgetragenes schwarzes Johnny-Cash-T-Shirt umschmeichelte seine Muskeln, die Ärmel waren nicht lang genug, um seine drahtigen Bizepsmuskeln zu verbergen. Sie waren sehr nett, aber definitiv nicht so groß oder so definiert wie die von Ty.

„Größtenteils. Wir hatten hier und da einige Subunternehmer. Elektrik, Beton und so weiter. Ty ist gut mit seinen Händen."

„Ja, das ist er." Quinn fühlte, wie die Hitze in ihre Wangen drang, als Logan lachte. „Nun, jedenfalls ist es ein wunderschönes Zuhause."

Logan neigte den Kopf und studierte sie. „Mir gefällt, wie du *Zuhause* und nicht *Haus* gesagt hast."

„Nun, es fühlt sich wie ein Zuhause an. Nicht nur wie eine Unterkunft."

Logan sagte einen Moment lang nichts. Er starrte sie nur an.

Plötzlich fühlte sich Quinn unwohl, erhob sich und bewegte sich vor die französischen Türen, die sich zu einer riesigen Holzterrasse hin öffneten. Das Sonnenlicht durch das Glas erwärmte ihr Gesicht, während der Kaffee, an dem sie nippte, ihr zittriges Inneres erwärmte.

Quinn fühlte, wie Logan hinter ihr aufstand, und beobachtete sein Spiegelbild im Glas. Er griff an ihr vorbei, um das Schloss an der Tür umzudrehen, und zog sie auf.

„Komm schon. Lass uns nach draußen gehen. Es ist wirklich schön draußen."

Sie folgte ihm auf die Terrasse, wobei sie vorsichtige Schritte machte, damit ihre nackten Füße keinen Splitter abbekamen. Sie ging zum hinteren Ende der Terrasse und lehnte sich an die Brüstung. Logan trat zu ihr, schlang seine Arme eng um sie und zog sie mit dem Rücken an sich. Sie lehnte sich an seine Brust und war ruhig genug, um seinen Herzschlag an ihrem Schulterblatt zu spüren. Er war langsam, stetig und beruhigend.

Sie blickte auf die Felder um das Haus herum. Das Land war größtenteils flach und es gab Hektar um Hektar Gras, soweit ihre Augen sehen konnten. Alles gut gepflegt. So würde wohl ein gut gepflegter Rasen für das Heim eines Riesen aussehen.

„Du lebst hier an einem wunderschönen Ort."

Er legte sein Kinn auf ihre Schulter und murmelte: „Danke."

„Was hat dich dazu gebracht, ein Rasenfarmer zu werden?"

„Ich weiß es wirklich nicht. Ich bin wohl einfach da reingerutscht. Mein Onkel, der in Kentucky lebt, betreibt dort eine Rasenfarm und ich hatte ihn einen Sommer lang besucht, als ich in der Highschool war. Er gab mir Arbeit und ich dachte, es sei ein einfacher Weg, Farmer zu werden. Viel einfacher als Kühe oder Schweine."

Quinn kicherte. „Das war deine einzige Option? Ein Farmer zu werden?"

Er zuckte mit den Achseln. „Nun, es war entweder legaler Grasanbau oder illegaler Grasanbau. Mein Onkel hat mir das auch irgendwie gleich klargemacht."

Quinn drehte sich leicht um und versuchte, seinen Gesichtsausdruck zu sehen, aber Logan hielt sie fester und behielt sein Kinn auf ihrer Schulter.

„Meine Mutter schickte mich in jenem Sommer weg, weil ich für sie ein bisschen anstrengend wurde. Sie war alleinerziehende Mutter und ich begann, mit den falschen Leuten abzuhängen."

Quinn schwieg und wartete ab, ob er mehr verraten würde. Das tat er nicht. Sie hatte das Gefühl, dass da noch viel, viel mehr war.

„Wusste sie damals, dass du schwul bist?"

Logan versteifte sich. Er ließ sie los und trat einen Schritt zurück. „Ich bin nicht schwul."

Quinn drehte sich um und öffnete den Mund, um darüber zu diskutieren, schloss ihn aber schnell wieder. Sein Gesichtsausdruck war dunkel und verschlossen. Er hatte seine Finger zu Fäusten geballt, die Arme an den Seiten steif.

„Wenn ich schwul wäre, würde ich keine Frauen mögen. Ich liebe Frauen." Er schüttelte den Kopf, sein Haar strich ihm ins Gesicht. Er schloss seine Augen, atmete zweimal ein und öffnete sie dann wieder. Quinn konnte sehen, wie er sich wieder sichtlich entspannte; seine Finger waren entspannt und seine Schultern gesenkt.

„Quinn, ich kann verstehen, dass du uns für schwul hältst. Aber in Wirklichkeit sind wir bisexuell."

„Tut mir leid." Sie blickte auf ihre nackten Zehen herab. „Ich wollte dich nicht verärgern. Das ist alles neu für mich." Das war eine Untertreibung.

Innerhalb von zwei Schritten schlang er eine Hand unter ihr Kinn und einen Arm um ihren Rücken. Er neigte ihr Gesicht nach oben. „Nein, mir tut es leid. Ich habe lange Zeit mit diesem Stereotyp gelebt."

Er lehnte sich an sie und stupste seine Nase an ihre. Ein Eskimo-Kuss.

„Ich bin froh, dass dies alles neu für dich ist. Ich möchte, dass du dieses Wochenende genießt und Dinge erlebst, die du noch nie zuvor erlebt hast."

Dann beanspruchte er ihren Mund. Er besaß sie für sich selbst und küsste sie gründlich genug, dass Quinn zitterte und ihre Schenkel zusammenpresste. Ihre Muschi pulsierte und wurde feucht. Er schob ihr eine Hand ins Haar und beugte ihren Kopf nach hinten, vertiefte den Kuss, ließ seine Hand nach unten gleiten, um ihren Hintern zu ergreifen und sie gegen seinen bereits härtenden Schwanz an sich heran-zuziehen.

Ohne Vorwarnung trat er zurück, unterbrach den Kuss, brach den Kontakt ab. Seine Lippen glänzten, ihre Wangen waren von seinem Bart gereizt.

Quinn rollte ihre Zehen ein und schloss ihre Augen, bereit, ihr Herz zu beruhigen, damit es nicht mehr so heftig klopfte. Sie schluckte hart. Nach einem Moment schaute sie ihn an.

Er streckte ihr seine Hand entgegen. „Komm, ich führe dich durch eine echte, ehrliche Rasenfarm."

Sie fuhren in der Kabine eines Monstertraktors. Dieser war eher ein Rasenmäher auf Steroiden. Es war ein furchteinflö-ßendes Stück Maschinerie und Quinn fragte sich, ob zum Fahren ein besonderer Führerschein erforderlich sei. Er hatte alle möglichen Hebel und sie achtete sorgfältig darauf, dass sie nicht einen davon anstieß.

Das war das Letzte, was sie brauchte – den Mäher runter-fallen zu lassen und eines seiner perfekten Felder zu ruinieren. Das wäre so, als würde man eine Haarschneidemaschine nehmen und sie versehentlich gegen den Kopf von jemandem stoßen und ihm eine schöne kahle Stelle geben, wo vorher keine war.

Nein. Sie behielt ihre Hände bei sich, als sie auf Logans Schoß fuhr, beide hüpften auf dem supergefederten Sitz. Zum Glück war die Kabine klimatisiert; der Tag war sehr warm geworden. Logan hatte sogar eine Stereoanlage in dem Ding, an die er seinen iPod anschließen konnte. Populäre Country-Musik spielte im Hintergrund, während er mit den Fingern an ihren denimbekleideten Oberschenkeln entlangfuhr.

Sie gingen auf ein weites Feld hinaus und Logan demonstrierte, wie die Ausrüstung benutzt wurde, während er organisiert auf dem Feld auf und ab fuhr und das Gras auf eine perfekte Länge trimmte, um den Wuchs zu fördern.

Sie erfuhr, dass das Murmeltier nicht gerade der beste Freund des Rasenfarmers war. Rehe ebenfalls nicht. Sie fragte nicht, wie er die lästigen Viecher losgeworden war, aber auf der Rückseite der Kabine hing eine Schrotflinte. Sie hatte Glück, dass sie beim Herumfahren nicht auf ungebetene Gäste trafen. Sie war nicht in der Stimmung, zuzusehen, wie er einem Murmeltier den Kopf wegblies. Nicht, dass sie sich einen Dreck um große Nagetiere scherte ...

Seine Hand, wenn sie nicht zum Schalten benötigt wurde, bewegte sich entlang ihrer Rippen nach oben. Sein Daumen strich fast gedankenverloren am unteren Teil ihrer Brust hin und her. Quinn war sich dessen jedoch voll bewusst. Ihre Brustwarzen wurden unter ihrem Halteroberteil steif. Sie wollte mehr als nur die gelegentliche Hand auf sich, aber die andere war zum Lenken nötig.

Während er mähte, legte er lange Wege hin und her über das Feld zurück, wobei der Geruch von frisch geschnittenem Gras das abgedichtete Fahrerhaus durchdrang.

„Das riecht gut", sagte sie schließlich und brach damit ihr angenehmes Schweigen.

Er schmiegte sich kurz an ihren Hals. „Hmm. Das tut es auf alle Fälle."

Quinn schlug ihm leicht auf den Arm. „Nein. Das Gras."

„Gras ist ein Aphrodisiakum", sagte er und drehte seinen Kopf, um eine enge Kurve für eine weitere Runde entlang des Felds zu machen.

„Ist es das?"

Sein Glucksen vibrierte gegen sie. „Für mich schon."

Sie tätschelte ihn noch einmal sanft auf den Arm. Er war so ein Spinner. „Sehr witzig."

„Schlag mich noch einmal und ich höre auf und lege dich über mein Knie." Seine Augen verdunkelten sich und er legte seine Hand vom Schaltknauf zurück auf ihre Taille.

Quinns Herzfrequenz stieg, als sie sich seine Drohung vorstellte. Ihre Muschi pulsierte gegen seinen harten Oberschenkel.

„Das habe ich gespürt."

„Und ich spüre dich", konterte sie. Sein Schwanz war hart gegen ihre Hüfte gerichtet. Sie wippte leicht mit den Hüften. „Ich schätze, ich könnte dich ausnutzen, während du mit dem Mähen beschäftigt bist."

„Das könntest du." Er warf ihr einen erhitzten Blick zu. „Aber das könnte gefährlich sein."

Quinn lächelte und bewegte eine Hand auf seine Brust. Sie fingerte an seinem Brustwarzenring durch sein dünnes T-Shirt.

„Quinn", warnte er, sein Oberschenkel wölbte sich unter ihrem Hintern.

Der Traktor stotterte und ruckelte sie vorwärts, sodass Logan schnell in einen niedrigeren Gang schalten musste, um die Geschwindigkeit auszugleichen.

„Siehst du?"

„Vielleicht brauchen wir eine Pause."

„Du bist schlimm. Aber ich habe früh genug eine Pause eingeplant."

Quinn neigte den Kopf und studierte sein Profil. Sein Haar war zu einem engen Pferdeschwanz zurückgezogen, den er durch die Öffnung einer Baseballmütze hinten gesteckt hatte, die den Namen von Logans Firma trug. Wäre der Pferdeschwanz nicht gewesen, sähe er aus wie jeder andere Hinterwäldler des Landes, der mit überdimensionalen Traktoren herumfuhr. Sie berührte seinen rauen Bart mit einem Knöchel.

Sie lächelte, als sein Kiefer sich bewegte. „Du hast gern das Ruder in der Hand, nicht wahr?"

Er antwortete ihr nicht, sondern konzentrierte sich nur darauf, den Mäher in einer geraden Linie zu halten.

„Das hast du. Es würde dir nicht gefallen, wenn ich deinen Plan durchkreuzen und mich jetzt gleich auf dich setze würde, richtig?" Ihre Stimme war tief und neckisch.

„Ich würde einen Unfall bauen."

„Nein, dann müsstest du den Traktor anhalten."

„Ich habe dir gesagt, dass wir bald eine Pause machen werden."

„Aber nicht jetzt."

Sein Kiefer verspannte sich. „Nein."

„Aber wenn ich dich noch einmal berühre, hörst du auf, legst mich übers Knie und versohlst mich." Das war keine Frage. Sie wusste, dass er es tun würde. Sie war in Versuchung, ihn zu testen. Sie erinnerte sich an die Schmerzen auf ihrer Haut, als er ihr das letzte Mal den Hintern versohlt hatte. Sie gestand sich selbst widerwillig ein, dass es ihr gefallen hatte.

Es ist nichts Falsches daran, mitten im Nirgendwo ein wenig Katz und Maus zu spielen.

Er schaute sie immer noch nicht an; er hielt seine Augen geradeaus gerichtet. Seine Lippen pressten sich zu einer dünnen Linie zusammen. Sie konnte nicht sagen, ob es vor Ärger oder vor Lust war. Sein Schwanz war immer noch stahlhart gegen sie gerichtet und ließ sie glauben, es sei Letzteres.

Mit einem verruchten Grinsen streckte sie die Hand aus und zog seinen Brustwarzenring durch das Hemd. Hart.

„*Fuck*!" Er knallte mit beiden Füßen auf das Kupplungs- und Bremspedal und brachte sie kurz zum Hüpfen. Quinn verlor das Gleichgewicht, stürzte nach vorne und stieß sich mit dem Oberschenkel gegen den Schalthebel, bevor sie in einem Bogen auf dem Boden landete. In der Kabine war nicht viel Platz und sie endete eingekeilt zwischen dem Boden und dem Armaturenbrett. Die ganze Luft strömte aus ihren Lungen und sie stieß ein schmerzhaftes Stöhnen aus.

„Scheiße." Logan riss den Notbremsgriff hoch und stand auf. Er griff Quinns ausgestreckte Hände, zog sie hoch und setzte sie in den Traktorsitz der Kabine. Er ging in dem engen Raum auf ein Knie und schaute sie an. Besorgnis durchzog sein Gesicht. „Geht es dir gut?"

Quinn nickte mit dem Kopf, etwas wackelig. Es ging ihr gut, oder nicht? Sie führte eine mentale Körperuntersuchung durch. Abgesehen von einem Kratzer am Ellbogen und einem Schmerz in der Hüfte ging es ihr gut. Kein sprudelndes Blut, keine Knochenbrüche, keine größeren Blutergüsse.

Nur ein wenig geprelltes Ego.

Seine Erleichterung wandelte sich schnell in Wut. „Das war Bullshit, Quinn. Du hättest dich ernsthaft verletzen können." Er stand auf, schnallte seinen Gürtel ab und schob ihn aus den Schlaufen heraus. Das Geräusch des weichen braunen Leders, das gegen den raueren Denim rutschte, ließ ihr einen Schauer über den Rücken laufen.

Quinns Augen weiteten sich. War er wütend genug, sie mit einem Gürtel zu versohlen? Das war einfach verrückt. „Logan, es tut mir leid …"

„Dafür ist es zu spät. Weißt du, was mit bösen Mädchen passiert, die ihre Hände nicht bei sich behalten können?"

Quinn öffnete ihren Mund, aber es kam nichts heraus, da sie sich in ihrem Kopf einige Optionen vorstellte. Einige erregten sie; die anderen erschreckten sie nur.

„Gib mir deine Hände."

„Logan …" Ihr Atem blieb ihr in der Kehle stecken.

„Gib. Mir. Deine. Hände." Sein Kommando war beim zweiten Mal langsamer, eindringlicher und in einem viel tieferen Tonfall. Ein Ton, der sagte: *„Verarsch mich nicht."*

Sie streckte eine Hand aus. Er schüttelte den Kopf.

„Beide."

Sie fügte die andere hinzu. Etwas widerwillig.

„Pack sie zusammen."

Sie tat es, indem sie ihre Handgelenke zusammensteckte. Er fasste sie mit einer großen Hand, schlang den Gürtel um sie und zog ihn fest. Er zog das freie Ende auf das Kabinendach und schob es dort durch einen Handgriff, wobei er das lose Ende zu einem sicheren Knoten verband. Er zerrte daran und testete es. Ihre Arme waren gefesselt und bis auf Schulterhöhe gestreckt.

Es war nicht unangenehm. Aber er hatte definitiv wieder die Kontrolle.

Genau wie er es mochte.

Er hob sie vom Sitz, schob sich unter sie und setzte sie wieder auf seinen Schoß. Quinns Finger wickelten sich um das Leder.

„Jetzt kann ich meine Arbeit erledigen."

Quinn sah keinen Sinn darin, ihn anzuflehen, sie freizulassen. Er hatte einen entschlossenen Blick und er wich ihrem Blick aus, als er die Kupplung betätigte, die Bremse löste und den Schalthebel mit etwas mehr Kraft als nötig in den ersten Gang schob. Der Traktor schleppte sich vorwärts und bald war er wieder in seiner Routine.

Ein Schweigen zwischen ihnen machte sich breit. Quinn saß auf seinem Schoß und Logan fuhr den Traktor.

Seine Zuversicht darüber, wie er sein Leben lebte, was er wollte und wie er es bekam, ging von ihm aus. Er war Stärke und Macht. Und hartnäckig. Das wurde Quinn schnell klar.

Die Erkenntnis, dass ihr das bei einem Mann tatsächlich gefiel, ließ sie innehalten. Tyson war körperlich der größere Mann. Aber es war Logan, der die Beziehung dominierte. Und da sie nur für ein Wochenende dort war, konnte sie damit umgehen, dass er die Kontrolle über sie übernahm. Es war nur bis Sonntag. Nach diesem Wochenende sähen sie sich vielleicht nie wieder.

Ihre Augenbrauen runzelten sich und sie zog eine Grimasse. Mehr konnte sie nicht erwarten. Nur ein Wochenende voller Spaß und Erkundung. Es war nur eine Herausforderung.

Logan wendete den Traktor auf einen Feldweg, der an den Rändern der umliegenden Felder entlangführte. Einige der Felder waren Kentucky Bluegrass, einige Zoysia, andere eine Mischung oder Hybride, wie er sie nannte, je nach Verwendungszweck des Rasens. Er hatte ihr auch andere Fakten erzählt, aber es gab zu viel, als dass sie sich an alles erinnern konnte. Sie hätte nie gedacht, dass die Rasenzucht so anspruchsvoll sei.

Der Traktor holperte über den unebenen Weg und riss den Gurt gegen ihre Handgelenke, was sie an ihre Einschränkung erinnerte.

Sie war des Schweigens überdrüssig und sagte: „Bekomme ich Hausarrest oder was?"

Schließlich grinste Logan und warf ihr einen kurzen Blick zu. „Das nennt man bestraft werden."

„Und ist meine Bestrafung schon fertig?"

„Hast du deine Lektion schon gelernt?"

„Du meinst die Lektion, beim Autofahren nicht am Nippelring zu ziehen?"

Er runzelte die Stirn. „Ist das die Lektion?"

Sie wusste es nicht, oder? Quinn nahm ihre Unterlippe zwischen die Zähne. „Ich denke schon."

„Da du es nicht sicher weißt, war die Strafe nicht effektiv genug. Ich glaube, ich brauche etwas Hilfe für die Bestrafung."

Hilfe? Worüber sprach er da?

Der Traktor blieb neben einem ramponierten betongrauen Truck stehen. Logan zog die Bremse und schaltete die Maschine ab. Er griff nach oben und löste den Lederknoten mit einem Handgriff, und als Quinn ihre gefesselten Hände in Richtung seiner Brust schob, schüttelte er den Kopf.

„Noch nicht. Lass uns gehen."

Sie kletterten aus der Kabine, Logan half ihr herunter, wobei eine Hand den Gürtel wie eine Leine umklammerte.

Als sie sich einem Graben näherten, bemerkte sie, dass Ty dabei war, zu graben, während Magnum zwischen dem Farm-Truck und dem Schmutzloch herumlief. Der Hund wedelte zur Begrüßung mit dem Schwanz, bewegte sich aber nicht aus dem kühlen Schatten des Fahrzeugs.

Ty hatte einen nackten Oberkörper und trug ein blaues, schweißgetränktes Kopftuch um den Kopf gewickelt. Seine Haut glitzerte wie eine Skulptur aus Obsidian. Seine Muskeln spannten und wölbten sich, als er eine Spitzhacke über seinen Kopf und in den harten Boden schwang. Seine Jeans waren bei der Anstrengung nach unten gerutscht und hielten sich kaum an seinen Hüften; seine dunkelblauen Boxershorts waren das Einzige, was die Oberseite seiner Pobacken bedeckte. Selbst diese waren schweißgetränkt.

Ty hörte auf zu schwingen, als sie sich näherten. Quinn bemerkte sofort den Blick, den er auf die gefesselten Handgelenke warf, und den fragenden Blick, den er Logan zuwarf.

Logan hob nur eine Schulter und sagte: „Sie brauchte eine Lektion."

Ty akzeptierte seine Aussage, als würde sie alles beantworten. Und vielleicht tat sie das auch. Vielleicht war dies für sie kein ungewöhnliches Ereignis. Vielleicht hatten sie jedes Wochenende eine andere Frau – oder sogar einen anderen Mann –, der sich ihnen beim Sexspiel anschloss. Was wusste Quinn schon? Sie könnte eine von vielen sein.

Der Gedanke bekam ihr nicht gut im Magen.

Vielleicht würde sie am Montag eine SMS bekommen, in der stand: *„Wir haben jemand Neuen gefunden ...*

„Wie kommt es, dass du immer das Sahnehäubchen bekommst und ich mir am Ende den Arsch abarbeite?"

Logan blickte auf Tys mit Baumwolle bedeckten Hintern herab. „Er ist immer noch da."

Ty hob einen Dreckklumpen auf und warf ihn auf Logan. Der Klumpen explodierte gegen seinen Oberschenkel zu einer Staubwolke und brachte beide zum Lachen.

Ty streckte seine Hand aus, Logan ergriff sie und half ihm aus dem Graben.

„Wie geht es voran?", fragte Logan ihn.

„Langsam. Dieses Bewässerungssystem bedarf einiger Verbesserungen. Vorzugsweise sollte es ersetzt werden, wenn wir das Geld hätten."

„Ja, ich weiß. Aber wir müssen aktuell das, was wir haben, erst einmal in Ordnung bringen."

Ty schnappte sich sein weggeworfenes T-Shirt von der Motorhaube des Trucks und wischte sich den Schweiß vom Gesicht. „Genau das tue ich."

„Ich weiß." Logan zog das nun feuchte und schmutzige T-Shirt aus Tys Hand und warf es zurück auf die Motorhaube des Trucks. Er schlang eine Hand um Tys Nacken und zog ihn in einen tiefen, intimen Kuss, während Quinn einfach nur dastand, hilflos mit einem Gürtel gefesselt, und sich wie ein Hund an der Leine fühlte.

Wenn sie solche Dinge vor ihren Augen taten, hatte sie das Gefühl, sie würde sich aufdrängen. Fast wie ein Voyeur, der in das Fenster eines Nachbarn schaute, während das Paar Liebe machte.

Sie erinnerte sich daran, dass sie nicht Teil ihrer Beziehung war. Sie war nur eine Besucherin.

Logan fuhr mit einer Hand über Tys feuchte Brust, bevor er an einer seiner Brustwarzen zwickte, was Ty zum Keuchen brachte. Damit war der Kuss beendet und sie standen nur Zentimeter voneinander entfernt und sahen sich einen Moment lang in die Augen. Sie war eifersüchtig auf die Nähe und die Leidenschaft, die sie teilten. Diese beiden Männer hatten mehr für sich gegenseitig übrig als die meisten verheirateten heterosexuellen Paare, die sie kannte. Kein Wunder, dass die Scheidungsraten so hoch waren.

„Du musst dich abkühlen", sagte Logan zu Ty, bevor er einen weiteren schnellen Kuss auf seine Lippen setzte und etwas Platz dazwischen ließ. Er zerrte an dem Gürtel und ließ das Leder sanft in ihre Handgelenke schneiden.

Logan zwang Quinn, ihm zu einer Wasserpumpe zu folgen, die nur wenige Meter von der Stelle entfernt war, an der Ty den Graben gegraben hatte. Auf dem Zapfhahn der Pumpe war bereits ein Schlauch aufgeschraubt und am Ende des Schlauchs befand sich ein Gartenschlauchzerstäuber. Er klappte den Pumpengriff hoch, drückte den Abzug des Sprühers und schoss Wasser über Ty.

Ty schrie und rannte zur Rückseite des Trucks.

„Das ist verdammt kalt, Logan!"

„Genau das ist der Punkt. Komm schon. Du musst dich sowohl abspülen als auch abkühlen. Sei kein Weichei."

Ty schrie: „Fick dich!", aber Quinn konnte sehen, wie er seine Stiefel auszog, seine Jeans auszog, seine feuchten Boxer-Shorts auszog und alles auf die Ladefläche des Trucks warf.

Er kam um seinen Schutzschild herum und stand dort herrlich nackt in der heißen Sonne. Seine Haut und seine Tätowierungen glänzten von einer Kombination aus Schweiß, Sonne und dem kühlen Wasser, mit dem Logan ihn bespritzt hatte.

Er breitete seine Arme aus und stand mit weit auseinander stehenden Füßen da. „Nur zu. Dieses Mal bin ich bereit. Gib dein Bestes."

Logan hob den Schlauch noch einmal hoch und spritzte Wasser über Ty. Dieses Mal lachte Ty und rieb sich das kalte Wasser über Kopf, Gesicht und Brust. Seine Hände bewegten sich über seinen Bauch hinunter zu seinem Schwanz. „Kümmert euch nicht um den kleinen Mann. Mir ist kalt."

Kleiner Mann? Quinn bemerkte nichts Kleines bei seiner Männlichkeit. Er war ein ebenso großer Mann, wenn er schlaff war, wie er es war, wenn er hart war. Als sie ihn schlaff sah, wollte sie ihn in ihren Mund nehmen. Es wäre das einzige Mal, dass sie ihn vollständig aufnehmen könnte; wenn er hart war, war es unmöglich. Es war einfach zu viel.

Sie wurde zurückgerissen, als sie das Ende des Ledergürtels erreichte, und bemerkte bis zu diesem Moment nicht einmal, dass sie sich auf Ty zubewegt hatte.

Logan drehte den Schlauch auf sie. „Macht Ty dich auch heiß und willig?"

Quinn keuchte, als das kalte Wasser sie traf. Ihr lief Wasser in den Mund und sie hustete. Sie zitterte, als er ihr Hemd durchnässte, und ihre Jeans wurde zu einer zweiten Haut.

Ihre Brustwarzen richteten sich auf und am ganzen Körper brach eine Gänsehaut aus, die von keinem der beiden Männer unbemerkt blieb.

Ty streckte die Hand aus und sagte zu Logan: „Gib ihn mir."

Logan warf den Schlauch hinüber und zerrte an ihrer „Leine", bis sie in der Nähe von Ty war. Er übergab das Ende an den größeren Mann.

Quinn zögerte nur einen Moment, fiel dann vor Ty auf die Knie und nahm ihn in den Mund, bevor einer von ihnen sie aufhalten konnte. Wenn sie sie überhaupt stoppen wollten.

Sie hatte es nie genossen, einem Mann Oralsex zu geben, bevor sie diese beiden traf, aber jetzt tat sie es umso mehr. Sie sehnte sich danach. Wollte nichts mehr, als Ty und Logan Freude zu bereiten.

Sie nahm ihn tief in sich auf, denn sie wusste, dass sein schlaffer Schwanz bald größer sein würde, als sie bewältigen konnte. Die Haut war samtweich und haarlos. Sie wollte seine Eier packen, aber sie war immer noch zurückhaltend. Sie blies ihn stärker und fühlte, wie er wuchs und sich verhärtete. Er schmeckte salziger, als seine Sehnsuchtstropfen hinten an ihrer Kehle austraten. Sie genoss ihn wie eine ausgehungerte Frau, eine, die noch nie einen Mann im Mund gehabt hatte. Sie blies ihn verzweifelt und schließlich war er so hart, dass sie nur ihre Lippen, ihren Mund, um einen Teil von ihm herumbekam. Sie leckte die dicke Eichel und leckte seine Lusttropfen mit ihrer Zunge auf. Sie fuhr mit der Zunge an der pochenden Ader entlang, die entlang seiner Länge verlief, auf und ab.

Seine Hände gruben sich in ihr Haar, fast bis zu dem Punkt, dass es schmerzhaft war … Aber nicht ganz. Sie wurde mit Gewalt von Tys Leiste weggezogen. Es war Logan, der mit seinen Jeans und den um die Knie geschlungenen Boxershorts dastand. Sein Schwanz wippte auf derselben Höhe wie ihr Gesicht.

Sie schaute zu ihm von ihren Knien im nassen Schmutz auf. Sein Ausdruck war nachdenklich, ein wenig distanziert, als er seinen Daumen zwischen ihre Lippen schob. Er drückte sie nach unten, öffnete ihren Mund und hielt ihren Kopf an den Haaren fest. Er steckte seinen Schwanz tief hinein. Tief genug, dass der Kopf an die Rückseite ihres Halses stieß. Sie bekämpfte ihren Würgereflex und zwang sich, ihre Muskeln zu entspannen. Sie schluckte ihn, ihr Speichel glitt seine Haut hinauf und erleichterte ihm das Hinein- und Herausgleiten zwischen ihren Lippen.

Ty hatte den Gürtel noch in der Hand und Logan ihr Haar. Ein Nervenkitzel ging durch sie hindurch. Sie fühlte sich wie eine Gefangene, ihre Zukunft unbekannt, ihre Freiheit und ihr Leben in ihren Händen.

Ty rückte näher an Logan heran und sie standen sich gegenüber. Einer dunkel, einer hell. Einer bekleidet, einer nackt. Logan zog seine Hüften zurück, aber ihr Gefühl des Verlusts war nur von kurzer Dauer, als Ty wieder in ihren Mund eindrang und leicht mit den Hüften drückte, um sie nicht zu verletzen.

Sie blieb auf ihren Knien, bis sie schmerzten; ihre beiden zeitweiligen Liebhaber wechselten sich mit ihrem Mund ab und machten sie nass. Bereiteten ihr Schmerzen. Brachten sie dazu, beide tief in ihr drin zu wollen. Zur gleichen Zeit.

Nach Sekunden, Minuten, Stunden – sie wusste es nicht,

sie verlor den Überblick – spürte Quinn Druck auf ihren Handgelenken und Logan zog seinen Schwanz aus ihrem Mund.

Er sagte zu Ty: „Lass sie uns festbinden."

„Wo?", fragte Ty.

„Die Kühlerhaube?" Logan schüttelte den Kopf. „Nein, zu heiß."

Er sah sich auf der Baustelle um, sein Blick fiel auf die freiliegenden Rohre, die Wasserpumpe und den Traktor, bevor er wieder auf dem Truck landete. Er ging zur Tür auf der Beifahrerseite des Trucks, öffnete sie und rief Ty herüber. Quinn hatte keine andere Wahl, als zu folgen, als der Gürtel enger wurde. Blut strömte durch ihre Adern und ihr Herz klopfte laut in ihren Ohren.

Logan nahm das lose Ende des Gürtels von Ty und legte es oben auf den Türpfosten, zog daran, bis ihre Arme über den Kopf gestreckt waren, bevor er sie kraftvoll zuschlug.

Quinn schloss ihre Augen und versuchte, ihre Atmung zu verlangsamen. Sie sollte in Panik geraten; sie sollte um Hilfe schreien. Aber sie wollte nicht. Noch hatten sie ihr nicht wehgetan; in der Tat war alles, was sie in den vergangenen zwei Tagen getan hatten, äußerst erfreulich gewesen. Sie hatte keinen Grund, ihnen zu misstrauen. Keinen.

„Zieh sie aus."

Wieder ging ein Flackern der Unsicherheit durch sie hindurch, sie war sich nicht sicher, ob sie sich so wohl dabei fühlte, nackt in der Öffentlichkeit zu sein wie Ty. Aber sie war so hitzig – sowohl von der Sonne, die auf sie herab-strahlte, als auch davon, dass sie beide Männer im Mund gehabt hatte. Das Ausziehen ihrer Kleidung könnte ihre Körpertemperatur verbessern, aber nur die Männer – *ihre* Männer, dachte sie sich – würden helfen können, das in ihr brennende Verlangen zu kühlen.

Logan öffnete den Knopf an ihrer Jeans und zog den Reißverschluss herunter. Die Jeans war noch nass und er kämpfte damit, sie die Beine herunterzurollen. Ihr Höschen klammerte sich an die durchnässte Jeans, sodass sie von der Taille abwärts nackt war.

Er ließ sie um ihre Knöchel gewickelt zurück, wodurch sie in ihrer Bewegung behindert wurde. Sie konnte es nicht ablegen; zwischen dem nassen Stoff und ihren Stiefeln war es unmöglich.

Und es gefiel ihr, ihnen ausgeliefert zu sein.

Als Logan sich erhob, fuhr er mit den Händen über ihre Waden, Knie und dann über ihre Oberschenkel. Er rieb seine Finger an den äußeren Falten ihrer Muschi und fühlte den Beweis dafür, wie bereit sie war. Als er sich aufrichtete, fasste er die Unterseite ihres Shirts mit den Fingern und zog es hoch und über ihre Brust und Arme, bis er an ihre gefesselten Handgelenke gelangte. Dort verknotete der das Shirt, aus dem Weg, und war offenbar nicht einmal bereit, die Fesselung zu lösen, um sie zu entkleiden. Er ließ sie nur in ihrem BH zurück; ein Teil eines anderen Dessous-Sets, das sie am Freitag bei Victoria's Secret gekauft hatte. Er hatte rosa Körbchen, halb satiniert und halb geschnürt, und sie zeigte ihre Brüste sehr vorteilhaft. Das Set hatte sie ein kleines Vermögen gekostet und sie hatte nicht damit gerechnet, dass der Slip im Dreck landen würde.

Logan verschwand plötzlich und Ty war da, zog ihren BH herunter und entblößte ihre Brüste vor der Sonne, den Elementen und beiden Männern. Ihr BH drückte ihre Brüste hoch, ihre Brustwarzen hart und spitz. Sie wartete auf Finger, einen Mund, auf alles Mögliche.

Logan tauchte wieder aus der Nähe des Trucks auf, lehnte sich über ihre Brust und nahm eine Brustwarze in den Mund. Quinn schrie auf. In seinem Mund verbarg sich ein Stück Eis aus der Kühlbox, die er in der Nähe ihrer Füße abgestellt hatte. Er schnippte mit seiner kalten Zunge an ihrer Brustwarze und saugte sie wieder tief ein, wobei der Eiswürfel ihre Brustwarze sich zu einem harten Punkt schmerzhaft zusammenzog. Schmerzhaft süß. Quinn ließ den Kopf zurückfallen und stöhnte. Logan nahm ihre andere Brust in seine aufgeraute Handfläche und knetete sie, wobei sie ein Stromschlag bis in die Zehen ereilte.

Ty erschien hinter ihm mit einem weiteren Eiswürfel in den Fingern. Er berührte damit die andere Brustwarze, wodurch diese genauso hart wurde wie die erste.

„Gefällt dir das?", fragte er.

Nicht auf ihre Antwort wartend, kreiste er den Würfel um ihren Warzenhof und hinterließ eine kühle, nasse Spur. Er schob das schmelzende Eis zwischen ihre Brüste und ihren Bauch hinunter. Quinn zog ihren Bauch ein und wich automatisch von der ungewöhnlichen Kühle an ihrer erhitzten Haut zurück. Logan fuhr fort, an ihren Brustwarzen zu saugen, bis der Würfel in seinem Mund zu Flüssigkeit schmolz. Er zog sich lange genug zurück, um die kleine Kühlbox zu öffnen und einen weiteren Würfel in seinen Mund zu stecken.

„Oh, es gefällt ihr. Alles, was wir mit ihr machen, hat ihr bis jetzt gefallen, und das ist erst der Anfang." Logan klang so selbstsicher.

Quinn zitterte bei Logans Worten. Sie beobachtete seine Bewegungen in Erwartung. Sein Kopf duckte sich und er erwischte ihre Lippen mit seinen, den Eiswürfel zwischen seinen Zähnen. Sie fuhr mit der Zungenspitze dagegen und riss ihn ihm aus dem Mund. Als er den Kuss vertiefte, stahl er ihn zurück und wirbelte ihn auf seiner und ihrer Zunge herum.

Ty zog eine Linie über ihren Bauch und um ihren Nabel herum, und die Kälte ließ sie erzittern. Aber es war nicht nur die Kälte, die eine Gänsehaut verursachte. Er schob zwei Finger zwischen die Spalte ihrer Muschi und folgte mit dem Eiswürfel, drückte ihn gegen ihre Klitoris und ließ ihren Körper mit einem Schock erzittern.

Logan unterbrach den Kuss, schenkte ihr ein hitziges Lächeln und verschwand wieder.

Ty streichelte das Eis entlang ihrer Spalte und sie bewegte ihre Hüften genug, um gegen seine Finger zu drücken. Sie wollte mehr als nur seine Finger in ihr, aber für den Moment würden sie reichen.

Nur Ty leistete Widerstand. Er neckte sie mit dem Eiswürfel, wobei er nur am äußeren Rand blieb und nicht in sie eindrang, wo sie das doch so sehr wollte.

Logan kehrte in ihr Blickfeld zurück, diesmal so nackt wie Ty. Die Sonne spiegelte sich in seinem Brustwarzenring und ließ ihn gegen seine goldene Haut und seine helle Behaarung strahlen. Das Licht fing die leuchtenden Rottöne in der Korallenschlangentätowierung ein, die sich um seine Hüften wand. Sein Schwanz war steif, der Kopf angeschwollen, bereit zum Spielen.

Er schenkte ihr ein schmutziges Lächeln. „Eines Tages werden wir beide in dir sein. Dich ausfüllen, bis wir dich nicht weiter ausfüllen können."

Eines Tages.

Es klang nicht plausibel. Die Handlung selbst und der Zeitpunkt.

Sie wollte morgen abreisen. Sonntag.

Sie hatten sie herausgefordert, zu kommen.

Und das hatte sie getan.

Sie war zu ihnen gekommen und sie war mit ihnen gekommen. Mehr erwartete sie nicht.

Sie wollte sie beide jetzt in sich haben, denn jetzt könnte

die einzige Gelegenheit dazu sein. Sie wollte ein Teil von beiden sein.

Ty bewegte seine Zunge um die Muschel ihres Ohres und saugte an ihrem Ohrläppchen, bevor er fragte: „Woran denkst du?"

„Ich will, dass du mich fickst", antwortete sie ihm.

Er ließ einen Atemzug heraus, die Wärme kitzelte ihr Ohr. „Ich werde dich ficken."

Quinn fing Logans Blick ein. „Ich will, dass du mich auch fickst."

„Das werde ich."

Sie schüttelte langsam den Kopf. „Nein." Ihr Herz klopfte. Sie konnte nicht glauben, was sie gerade sagen wollte. „Was du gerade gesagt hast. Dass ihr beide mich ausfüllt."

Jetzt war Ty an der Reihe, den Kopf zu schütteln. Er leckte an ihrer Unterlippe entlang und sagte: „Du bist noch nicht bereit." Er streichelte seine Lippen gegen ihre und lehnte sich weg.

„Macht mich bereit."

Ty warf Logan einen Blick zu, und Quinn folgte ihm. Logans Stirn runzelte sich in Gedanken.

Die Vorfreude schoss durch sie hindurch. Er dachte darüber nach.

Logan fragte Ty schließlich: „Hast du mitgebracht, was ich dir gesagt habe?"

„Ja."

Innerhalb von zwei Schritten öffnete Logan die Beifahrertür und löste den Halt an Quinns Fesseln. Er hob sie auf und legte sie auf dem Bauch auf die Sitzbank des Trucks, bückte sich, um ihr die Stiefel auszuziehen, und die Jeans verfing sich um ihre Knöchel. Er griff an ihr vorbei, öffnete das Handschuhfach, zog einen Streifen Kondome und eine

Tube Gleitmittel heraus und warf sie auf das Armaturenbrett des Trucks.

Sie hatten die ganze Zeit etwas geplant. Warum sonst sollten sie Gleitmittel und Kondome im Handschuhfach haben? Von Anfang an hatte Logan geplant, Ty hier draußen zu treffen.

„Lo, sie ist noch nicht so weit."

„Wir werden sie vorbereiten. Ist es das, was du willst, Quinn?"

Der Stoff der Sitzbank des Trucks gegen ihre geschwollenen Brustwarzen fühlte sich rau an. „Ja. Das will ich."

Ty packte ihre Oberschenkel und zog sie nach hinten, bis ihre Beine über die Seite der Bank hingen. Seine Finger spreizten sie und er ging auf die Knie. Er drückte seinen Mund gegen sie und brachte Quinn zum Schreien. Sie hob ihre Hüften an, als seine Zunge in ihren erhitzten Kern eindrang, seine Lippen drückten gegen sie. Er zupfte an ihrer Klitoris, während er mit zwei Fingern tief in sie glitt und sie langsam rein- und rausstieß.

Logan kletterte über sie und ihre Taille, sah Ty an und achtete darauf, sein Gewicht nicht auf sie zu legen. Sie spürte die Hitze seines Sacks auf ihrem Rücken. Er griff nach dem Gleitmittel und spreizte ihre Pobacken. Er spritzte das kühle Gel zwischen ihre Falte, bevor er das Fläschchen beiseite warf. Seine glatten Finger spielten auf ihrer erhitzten Haut, rieben zwischen ihren Pobacken, drückten sie erst zusammen und spreizten sie dann.

Logans Finger bewegten sich um ihr enges Loch, während Ty weiter ihre Klitoris streichelte und leckte, wobei er seine Zunge und seine Finger abwechselnd an dieser zarten Stelle entlangführte und sie so viel wimmern und sich aufbäumen ließ, wie sie ihr erlaubten.

Logan drückte einen Daumen gegen ihr Loch, wodurch

sie vor dem ungewohnten Gefühl leicht zuckte. Er neckte entlang der Naht zwischen ihrem Anus und ihrer Muschi, kreiste noch einmal um ihr enges Loch, drückte noch einmal leicht; nicht in ihren Eingang, sondern nur dagegen.

Quinn presste ihre Hüften gegen Ty zurück. Sein Mund bewirkte Wunder bei ihr und sie fühlte den langsamen Aufbau eines Orgasmus. Sie wollte jemanden in sich haben. Es war ihr egal, wer es war. Sie wollte, dass jemand sie hart, schnell und tief fickt. Und sie wollte es jetzt. Sie drückte fester gegen seine Finger, gegen seine Zunge. Bis das Zittern in ihr begann.

„Ich …" Sie keuchte. „Ich … komme."

Als ihr Körper gegen Ty zuckte, glitt Logan mit seinem Daumen an ihrem engen Ring vorbei.

„Oh Gott", rief Quinn.

Ty hörte nicht auf, sie mit seiner Zunge zu streicheln, während Logan seinen Daumen in und aus ihrem engen Kanal drückte.

„Das ist es, Baby. Fühlt sich gut an, nicht wahr?" Als er seinen Daumen entfernte, bewegte sich Logan nach vorne und schob seinen Schwanz zwischen ihre geschmierten Pobacken. Er quetschte ihren Arsch zusammen und pumpte dazwischen, wobei der Schaft ihren Rand massierte.

„Gott, ja."

„Willst du mehr?"

„Ja. *Bitte*."

Logan zog sich zurück und drückte zwei Finger gegen ihr Loch. Dann griff er nach dem Gleitmittel und spritzte mehr auf seine Finger und auf ihre Falte. Er massierte das Gleitmittel um sie herum und drückte ihr langsam zwei Finger hinein. Quinn spannte sich an.

„Schh, Baby, entspann dich. Du musst dich entspannen."

Quinn biss sich auf ihre Unterlippe, als das seltsame Dehnungsgefühl sie von Tys Handlungen ablenkte.

Ty bewegte sich für einen Moment weg. Sie hörte das Zerreißen einer Folienpackung und einen Moment später drückte sein Schwanz gegen ihre Muschi. Er fuhr vorwärts, trennte ihre Lippen, umhüllte sich in ihr. Er drängte hinein, so weit er konnte, bevor er sich, tief eingegraben, beruhigte. Er kreiste die Hüften gegen sie.

„Oh Mann, sie ist so verdammt eng."

Ty arbeitete sich in ihre Pussy hinein und wieder heraus, während Logan ihren Arsch mit seinen Fingern fickte und sie dadurch auflockerte. Das Gefühl der beiden in ihr schickte einen weiteren Stromstoß durch sie hindurch, wodurch sich ihre Brustwarzen zusammenzogen. Sie wehrte sich gegen sie.

„Sie ist auch hier hinten eng. Sie hat einen süßen jungfräulichen Arsch. Aber nicht mehr lange. Er wird mir gehören."

Logan bewegte sich von ihrem Rücken und verursachte ein seltsames Zuggefühl, als er seine Finger von ihr löste. Er lehnte sich auf der Fahrerseite zurück und rollte ein Kondom über, während er Ty zusah, wie er immer wieder in Quinn hineinfuhr. Logans Augenlider waren schwer und er streichelte sich ein paar Mal, bevor er sich wieder in Richtung Quinn bewegte.

„Okay", war das Einzige, was Logan zu sagen hatte, um Ty dazu zu bringen, sich zurückzuziehen, zurückzutreten und das Kondom abzustreifen. Ty hob Quinn aus dem Truck und in seine Arme, als Logan sich auf die Kante der Sitzbank setzte, wobei seine Beine aus der Beifahrerseite des Trucks heraushingen.

Er hob seine Arme und Ty reichte sie ihm. Sie wollten, dass sie auf seinem Schoß saß und Ty gegenüberstand. Sie tat es; Logans steifer Schwanz zuckte gegen ihren kleinen

Rücken. Sie fühlte das kühle Gleitmittel entlang ihrer Pobacken, als Logan es großzügig auf sie und seinen Schwanz auftrug. Als er fertig war, griff er um sie herum und fasste ihre Brüste und kreiste mit den Daumen um ihre spitzen Brustwarzen. Quinn keuchte und stieß sich gegen ihn zurück, wobei er seinen Schwanz zwischen ihre Pobacken steckte.

Außerhalb des Trucks stellte sich Ty zwischen ihre Beine und lehnte sich in das Fahrerhaus. Er fing ihren Kiefer mit seinen Fingern ein und zwang sie, ihn anzuschauen. „Bist du sicher?"

Quinn nickte. Sie war sich sicher. Sie war wegen einer Mutprobe hierhergekommen und sie wollte mutig sein. Sie wollte Dinge erleben, die sie noch nie zuvor erlebt hatte. Aber nicht mit irgendjemandem. Nicht einfach mit irgendjemandem. Nur mit diesen beiden Männern …

Und … *Oh* ...

Logan und Ty hoben sie an ihren Hüften hoch und senkten sie sanft ab. Logan griff seinen Schwanz, richtete ihn auf ihr Loch und drang ein.

Nein. Nein, er würde nie passen. Dies würde äußerst schmerzhaft werden. Es war unmöglich …

Mit den Füßen an den Türpfosten gelehnt, drückte er sich nach oben, als sie sie absenkten, wobei die Spitze seines Schwanzes ihren engen Ring streckte. Es brannte. Er schob sich vorwärts, sein Schwanz schlüpfrig mit Gleitmittel. Sie hielt den Atem an und konnte nicht atmen. Sobald er den engen Ring durchbrochen hatte, glitt er weiter hinein, füllte sie aus und spießte sie auf. Nahm sie vollständig.

Logans Atem an ihrem Hals war zerfetzt und rau. Sein Gewicht auf ihrem Rücken drückte sie zu Ty, dessen Schwanz gegen ihr Brustbein pochte, als er ihr half, sie zu halten. Tys Gesichtsausdruck war dunkel, als er sie studierte, um sicherzustellen, dass sie keine extremen Schmerzen hatte. Es gab

Schmerz, oh ja, es gab Schmerz. Aber es war eine andere Art von Schmerz, ein angenehmer Schmerz. Einer von Dehnen und Ziehen. Sie zwang sich selbst, nicht zu verkrampfen, sondern sich zu entspannen.

Tatsächlich war es das, was Ty ihr zuflüsterte. „Entspann dich. Entspann dich." Immer und immer wieder. Ein beruhigender Rhythmus. Plötzlich ließ er sie los. Er hielt sie nicht länger fest und sie schaute überrascht auf. Sie saß auf Logans Schoß; er war vollständig in sie eingedrungen.

Sie bewegte sich ein wenig und stöhnte. Er auch. Logan drückte sie an seine Brust und er brauchte sich nur leicht zu bewegen, damit sie ihn fühlen konnte, seine ganze harte Länge in ihr begraben.

„Ty", stöhnte er. Ty beugte sich nach vorne und küsste ihn mit angewinkelten Lippen. Logans Griff um sie wurde fester und er bewegte seine Hände nach oben, um ihre Brustwarzen zu fassen, wobei er sie zwickte und verdrehte.

Ty unterbrach den Kuss mit Logan, um Quinn zu küssen, wobei er ihre Lippen unter seinen begrub und seine Zunge mit ihrer spielte. Er küsste sie, während Logan seine Hüften unter sie schob und kleine Stöße gegen sie ausübte.

„Ty", stöhnte er erneut. „Ich werde nicht lange durchhalten." Er ließ Quinns Brustwarzen los, um nach einem Kondom zu greifen, die Verpackung aufzureißen und um Quinn herumzugreifen, um es über Tys Schwanz zu rollen. Er streichelte Tys harten Schwanz, als der dunklere Mann den Kuss mit Quinn vertiefte.

„Bist du sicher?", fragte Ty gegen ihre Lippen.

„Ich will dich auch in mir haben", antwortete sie, ein bisschen atemlos, ein bisschen besorgt darüber, wie das alles funktionieren würde. Würde es funktionieren? War es tatsächlich möglich, ihre beiden Männer gleichzeitig zu haben?

Logan führte Tys Schwanz zu Quinns glatter Öffnung. Sie

küsste Ty noch wilder und versuchte erneut, sich in Erwartung nicht zu verkrampfen. Logan beruhigte ihre Hüften mit seinen Händen, während Ty sich vorwärts drückte und langsam in sie eindrang.

Er hörte auf, als er auf Widerstand traf. Er hatte zuvor schon gesagt, dass sie eng sei, aber mit Logan in ihr fühlte sie sich noch enger an. Sie glaubte jetzt nicht, dass er überhaupt noch passen könnte. Aber er bewegte sich weiter nach vorn und streckte sie auf unmögliche Art und Weise. Und als er nicht mehr weiterkam, hielt er inne.

Ty starrte hinter sie und sie konnte sich nur vorstellen, dass die Männer Augenkontakt hatten. Sie kommunizierten mit unausgesprochenen Worten. Sie wollte das. Sie wollte ihre Liebe spüren.

Ty zog sich zurück und bewegte sich dann vorwärts, versank langsam in ihr und zog sich dann zurück. Er bewegte seine Hüften in einem langsamen Rhythmus und Quinn ließ ihren Kopf nach hinten gegen Logans Schulter fallen. Logan legte seine Lippen an ihre Kehle und knabberte an ihrer zarten Haut. Seine Finger fanden wieder einmal ihre Brustwarzen und er drehte sie sanft, während Ty sie fickte.

Logan saß still; sie konnte sich nur vorstellen, damit er sie nicht verletzte. Aber er atmete schwer und sah zu, wie Ty gegen sie, gegen ihn, tief in sie stieß. Beide ihre Schwänze in ihr begraben, mit nur einer dünnen Wand aus Fleisch dazwischen. Er hielt eine Hand auf ihrer Brust und legte die andere um den Hinterkopf von Ty, wobei er Ty zu sich zog.

Ihre Lippen trafen sich einen Augenblick lang wieder über ihrer Schulter, bevor sie auseinandergingen. Ty ging ein Stück zurück und flüsterte: „Lo, ich liebe dich."

„Ich liebe dich auch."

Und in diesem Moment liebte Quinn die beiden. Sie hatten sie in ihre Welt gebracht. Sie machten sie zu einem

Teil von ihnen, wenn auch nur vorübergehend, und sie fühlte sich geliebt.

Logan streichelte seine Lippen entlang ihrer Schulter, während Ty ihren Mund nahm und etwas fester, etwas schneller stieß.

Quinn wollte seinen Arsch packen, ihn näher an sich ziehen, ihn weiter in sie hineinzuziehen, aber ihre Hände waren immer noch gefesselt, zwischen ihren Körpern eingeklemmt. Logan drückte eine Hand zwischen sie und zog Kreise um ihre geschwollene Klitoris.

„Oh Gott …", wimmerte sie und rieb sich an Logans Schoß.

Er versteifte sich und versenkte seine Zähne in ihre Schulter, als er sich leicht anhob. Er schauderte unter ihr und grunzte gegen ihre Haut, als er kam.

Sein Kommen brachte sie in an den Rand des Wahnsinns. Sie bewegte sich härter gegen ihn, als Ty tiefer eindrang. Logans Schwanz wurde etwas weicher, was Ty mehr Raum in ihr gab. Jedes bisschen, das Logan aufgab, nahm Ty. Und er nahm sie hart ran, packte ihre Hüften grob mit den Fingern, hämmerte so lange auf sie ein, bis er sich verkrampfte und zwischen knirschenden Zähnen Luft holte.

Logan umkreiste ihre Klitoris schneller, drückte gegen den harten Knopf, bis sie zerbrach, schrie, nichts, alles, Worte, die keinen Sinn machten. Tys Hüften drückten sie fest gegen Logan, als er sie noch einmal rammte und tief drinblieb, sein Schwanz in ihr pulsierend, die seidenweichen Säcke der Hoden beider Männer gegen sie streifend.

Sie lehnte sich gegen Logan zurück und seufzte zufrieden auf, als Ty sich zurückzog und er sich den Schweiß von der Stirn wischte.

Er warf ihr einen besorgten Blick zu. „Geht es dir gut?"

Als Logan von ihr herunterrutschte, schlang er seine Arme um sie und umarmte sie fest.

Sie schaute Ty an, dann Logan und sagte: „Wunderbar. Aber ich bin mir nicht sicher, ob ich das jeden Tag tun möchte."

Logan lachte hinter ihrem Rücken auf und er gab ihr einen schnellen Kuss, wo er sie gebissen hatte.

„Du wirst später wund sein", sagte Ty, als er zur Rückseite des Trucks ging. Einen Augenblick später kam er zurück, das Kondom war weg und er hatte ein Handtuch in der Hand. Er gab es Quinn.

Bevor sie es nehmen konnte, packte Logan es und wischte den Schweiß sanft von ihrem Gesicht und Körper, besonders vorsichtig an den empfindlichen Stellen. Er wischte sich den Schweiß von der eigenen Stirn, bevor er es beiseite warf.

„Kannst du mich jetzt losbinden? Ich glaube, ich bin gründlich genug bestraft worden."

„Das würde ich auch sagen", antwortete Logan. Er schnallte ihre Handgelenke auf und rieb ihre Haut, wo sie vom Leder etwas wund war. „Du musst wohl öfter in Schwierigkeiten geraten."

KAPITEL 8

*L*ogan blieb ein paar Stunden zurück, um am Graben zu arbeiten, und Ty brachte Quinn mit dem Traktor zum Haus zurück.

Quinn landete in der überdimensionalen Whirlpoolwanne, wo sie ihren schmerzenden Körper einweichte. Als sie sich in das warme, seifige Wasser zurücklegte, dachte sie über all das nach, was in den letzten zwei Tagen geschehen war.

Sie sollte morgen abreisen und wusste nicht, ob sie dazu bereit war.

Nach ein paar Minuten kam Ty herein und gesellte sich zu ihr, fügte mehr heißes Wasser und mehr Schaumbad hinzu. Und während sie mit den Füßen und Fingern und Zehen ein wenig spielten, diskutierten sie über die Rasenfarm, darüber, wer Tys und Logans Kunden waren, und über die Strapazen, die der Besitz ihres eigenen Unternehmens mit sich brachte.

Ty erzählte Quinn, dass Logan das Unternehmen schon Jahre vor dem Treffen mit ihm gegründet hatte. Sie trafen sich im Bostoner Bulldogs-Stadion, kurz nachdem Ty verletzt wurde und sich zur Aufgabe gezwungen sah. Logan hatte den Football-Platz umgestaltet. Logan beteiligte Ty als Partner am

Geschäft, sodass er etwas mit seinem Leben anzufangen wusste und Logan helfen konnte, sein Geschäft wirtschaftlich zu verbessern. Sie waren ein großartiges Team und arbeiteten gut zusammen.

Quinn hörte zu und bemerkte in seiner Stimme die Liebe, die Ty für Logan empfand. Sie wollte diese Art von Liebe mit jemandem haben. Sie wollte jemanden, der sie verzweifelt wollte und brauchte. Sie vollkommen liebte.

Als Logan ins Haus zurückkam, zwang er die beiden, aus der Badewanne rauszusteigen, weil ihre Hände und Füße runzlig und voller Wasser waren. Er duschte schnell und sie genossen gemeinsam ein spätes Essen.

Quinns körperlicher und sexueller Hunger waren gestillt, daher ließen sie sich im Wohnzimmer nieder, um sich einen Film anzusehen.

Logan trug sie ins Bett, wickelte die Laken eng um sie und gab ihr einen Kuss auf die Stirn.

Quinn war sich nicht sicher, ob sie erwarteten, in dieser Nacht noch einmal Sex mit ihr zu haben, aber Logan sagte ihr, sie solle schlafen; sie müsse sich von dem Abenteuer des Nachmittags erholen. Sie wollte protestieren, aber sobald sie ihre Augen schloss, war sie auch schon eingeschlafen.

Sie war sich nicht sicher, wie lange sie geschlafen hatte, bevor Bewegungen im Bett sie aufweckten.

QUINN WAR zwei Stunden zuvor zu Bett gebracht worden, als Logan Ty schließlich überredete, ebenfalls schlafen zu gehen. Sie hatten den Film fertig geschaut und jeweils ein paar Bier getrunken, als Ty ebenfalls begann, den Kampf mit dem Schlaf zu verlieren. Logan schaltete den Fernseher aus und kehrte zu Ty zurück, der mit dem Kopf wieder auf dem Kissen lag und die Augen geschlossen hatte.

„Ty", flüsterte er und fuhr mit den Fingern über die mit einem T-Shirt bedeckte Brust des größeren Mannes.

Tys Augenlider hoben sich ein wenig und er grinste Logan zur Antwort an. „Habe ich geschnarcht?"

„Nein." Logan streckte eine Hand aus, um ihn hochzuziehen, und Ty packte sie. Logan stöhnte aufgrund Tys Gewicht. „Scheiße. Zwischen deinem Training und dem Ausheben des Grabens verlierst du mit Sicherheit keine Muskeln."

Ty erhob sich und erinnerte Logan daran, wie viel größer er doch war als er. Logan schlang seine Arme um die Taille von Ty und drückte seine Hüften gegen ihn.

„Du magst meine Muskeln."

Logan kratzte seine Zähne entlang einer von Tys Brustwarzen. „Ich *liebe* deine Muskeln wahnsinnig."

„Siehst du?" Ty packte Logan am Hintern und drückte zu. „Ich liebe deinen knackigen Arsch."

Logan streichelte die dunkle Haut von Tys Hals und kostete mit seiner Zunge die Salzigkeit. „Nun, heute Abend wirst du ihn nicht bekommen", murmelte er gegen seinen Hals.

Tys Lachen dröhnte gegen ihn. „Nein?"

„Nein. Nur weil du gestern Abend einen kleinen Vorgeschmack darauf bekommen hast, oben zu sein, heißt das noch lange nicht, dass es so bleiben wird."

Logans Finger spreizten sich entlang des Rückens des größeren Mannes und bewegten sich nach unten, bis er Tys Hintern umklammerte, der sich eng in seiner Jeans verbarg.

„Was machen wir nur, Lo?"

Logan wusste, worauf Ty hinauswollte, aber er wollte wirklich nicht darüber reden. „Wie meinst du das?"

„Du weißt, was ich meine. Wegen Quinn."

„Wir haben nur etwas Spaß."

„Ist das alles, was es ist?" Ty lehnte sich in Logans Armen zurück und schaute nach unten und suchte sein Gesicht.

Logan war vorsichtig, nichts zu verraten. „Was sollte es sonst sein?"

„Ich weiß nicht. Alles, was ich weiß, ist, dass ich nicht will, dass jemand zwischen dich und mich kommt."

Logan wusste nicht, was er Ty darauf antworten sollte. Er hatte noch nie gehört, dass sein Lover verunsichert war, und das war im Moment unverkennbar.

„Sie reist morgen ab", erinnerte Ty ihn daran.

„Ja."

„Wie wirst du dich dabei fühlen?"

Logan zuckte mit den Schultern. „Das war zu erwarten. Es war der Deal ... oder die Herausforderung, denke ich." Er umarmte Ty näher. „Ich habe dich."

„Werde ich dir nach diesem Wochenende genug sein?"

Logan zog sich grob zurück und stemmte seine Hände in die Hüften. „Ty. Hör verdammt noch mal auf mit damit."

„Hey, ich sage nur, was ich sehe. Ich mag sie auch, weißt du."

„Ty", knurrte Logan warnend.

„Sie ist klug. Sie ist mutig. Sie ist überaus sexy ..."

„Und was ist dein Punkt?"

„Willst du, dass es morgen endet?"

„Kommst du endlich auf den verdammten Punkt?"

„Warum bitten wir sie nicht, für eine Weile zu bleiben? Und sehen mal, wohin das führt."

Logan schüttelte frustriert den Kopf. „Und ich dachte, du wärst besorgt, dass sie zwischen uns kommen könnte."

Jetzt war Ty an der Reihe, mit den Schultern zu zucken. „Ich will damit nur sagen, dass ich bereit bin, zu entdecken, was das ist, wenn du es auch bist. Wenn unsere Beziehung nicht damit umgehen kann, dass sie ein Teil davon ist, dann gibt es dafür einen Grund."

Tys Blick war ernst. Etwas zu ernst für Logans Geschmack. Er liebte Ty und glaubte, ihre Beziehung sei stark, aber wollte er sie wirklich riskieren?

Er wusste es nicht.

Sein Zorn verflog schnell. Er war nicht sauer auf Ty; er war wütend auf sich selbst. Weil er nicht zugeben wollte, dass er Gefühle für Quinn haben *könnte*.

Er war zu müde und es war zu spät für diese Diskussion. Er streckte seine Hand nach Ty aus. „Komm, lass uns darüber schlafen."

Ty packte sie und drückte sie zusammen. Logan führte ihn in das Schlafzimmer, wo Quinn unter den Laken auf einer Seite des übergroßen Bettes zusammengerollt war.

Ty legte einen Finger auf seine Lippen und zog Logan auf die andere Seite. Sie halfen sich gegenseitig beim Ausziehen, Logan wollte die Kleidung nur in die Ecke werfen, aber Ty faltete alles ordentlich zusammen.

Logan beobachtete, wie sich Tys Muskeln wölbten, als er die Kleider auf die Kommode legte und die Decke zurückzog. Logans Eier zogen sich zusammen und er war hart, als Ty sich aufrichtete und zu ihm zurückkehrte.

Logan griff nach seinem eigenen Schwanz und zog Tys Aufmerksamkeit auf sich. Er drückte die Wurzel zusammen, bevor er seinen Schwanz bis zur Spitze in die Faust nahm.

Ty sank auf die Bettkante und tätschelte die Matratze. Aber Logan gehorchte nicht. Er war der Aktive, und nach gestern brauchte Ty eine kleine Erinnerung. Er trat zwischen Tys Knie, wickelte seine Finger um die Rückseite von Tys glattem Kopf und zog ihn nach vorne, bis sein Schwanz an Tys Lippen anschlug.

Ty öffnete seinen Mund, als eine seiner Hände Logans Sack gleichzeitig nahm und die andere sich nach hinten bewegte, um seine Pobacke zu packen, was Logan dazu brachte, seinen Kopf zurückzuwerfen und ein Stöhnen zurückzuhalten. Tys heißer Mund schluckte ihn tief, lutschte und leckte an seinem Schwanz entlang. Zur gleichen Zeit strich seine andere Hand an Logans Spalte entlang, wobei die Finger seinen Anus streichelten und das enge Loch umkreisten. Dann nahm Ty Logans Sack in die Hand, zerrte sanft daran und knetete dann.

Ty blies ihn härter, seine Wangen höhlten sich mit jedem Hub seines Mundes aus. Das Einzige, was Logan mehr wollte, als seine Ladung in Tys Mund loszulassen, war, Tys Arsch mit seinem heißen Sperma zu füllen – eine Erinnerung daran, dass Ty ihm gehörte.

Logan neigte seine Hüften und stieß zu. Ty hatte kein Problem damit, seine Kehle zu entspannen und seinen Schwanz zu schlucken. Immer und immer wieder, bis Logan sich wegdrücken musste und den Kontakt abbrach. Tys Lippen glänzten mit Speichel und Lusttropfen. Logan beugte sich vor und küsste den Mund seines Untergebenen und kostete seine eigene Essenz zusammen mit der von Ty.

Er stöhnte in Tys Mund, stieß ihn zurück auf das Bett und bedeckte ihn schnell mit seinem eigenen Körper. Ihre Schwänze trafen sich und Logan erhob sich gegen ihn. Er hielt sich lange genug aufrecht, um das Gleitmittel auf dem Nachttisch zu greifen, und spritzte es großzügig zwischen sie, wodurch ihre Schwänze glitschig wurden. Ty streckte eine Hand nach unten, griff nach ihren beiden Ruten und streichelte sie als eine.

Logan leckte mit seiner Zunge entlang der Bauchmuskeln von Ty und um eine dunkle Brustwarze herum. Er nahm eine zwischen die Zähne und knabberte vorsichtig daran. Ty wölbte seinen Rücken und glitt mit seiner Hand schneller an ihren zusammengefügten Schwänzen auf und ab. Logans Zunge wirbelte um die harte Brustwarze, leckte an seinen Brustmuskeln entlang und bis zur Spitze seines Halses. Er versenkte seine Zähne in die zarte Haut, wo Tys Hals auf sein Schlüsselbein traf, und stieß fester in Tys Faust. Ty lockerte seinen Griff und erlaubte Logan, seinen Sack auf Tys harten Schwanz nach oben zu schieben.

Logan griff zwischen sie und schob Tys Erektion zwischen Logans Beine, sodass sie an seiner zarten Naht entlang glitt. Logan drückte seine Oberschenkel zusammen und hielt Tys Schwanz fest, als Ty gegen ihn stieß, wobei er seinen Kopf zurückwarf und Logan mehr von seiner Kehle entblößte.

Und Logan nutzte das aus.

Er zwickte an Tys Halsschlagader entlang und schnappte sich dann sein Ohrläppchen, bevor er seine Lippen an Tys Ohr drückte.

„Umdrehen", befahl er leise.

Zuerst bewegte sich Ty nicht. Logan wusste, dass er absichtlich Widerstand leistete. Es war alles ein Teil ihres Spiels.

„Dreh dich um und gib mir deinen Arsch."

Ty wandte sein Gesicht ab und schloss seine Augen.

„Ich werde deinen Arsch ficken ..." Logan stieß gegen Tys Unterleib. „Hart. Tief. Ich nehme mir, was mir gehört."

Ty drehte sich zu ihm um, sein Lächeln war breit. „Du willst es; du nimmst es dir", sagte er, leise genug, um Quinn nicht aufzuwecken.

Logan dachte in diesem Moment nicht, dass er noch härter werden könnte. Er war in der Stimmung für Rauheit, für das Erobern, für das Nehmen dessen, was ihm gehörte.

Aber er wusste immer noch genau, dass Quinn in der Nähe war.

„Tu es. Dann nimm mich." Ty griff nach oben und schnippte an Logans Nippelring, bevor er ihn zwischen seinen Fingern fing und ein wenig verdrehte. Genug, um Logan die Zähne zusammenbeißen zu lassen.

Das Vergnügen war groß, und er wollte – musste – sich in Ty begraben. Bald.

Er beschloss, nicht auf Gefügigkeit zu warten. Er rutschte auf Tys Seite und zog Ty an sich, wobei er Tys runden, muskulösen Hintern gegen seinen pochenden Schwanz drückte. Er schnappte sich noch einmal das Gleitmittel und bereitete sich vor. Er schlang einen Arm um Ty und zog ihn noch näher heran, als sein Schwanz nach Tys Öffnung suchte. Logan griff nach unten, fand sie und führte sich genau an die richtige Stelle.

Er stieß hart hinein.

Ty war bereit. Er entspannte seine Muskeln und Logan traf auf keinen Widerstand, als er sich an dem beringten Muskel vorbeidrängte. Er versank in seinem Geliebten, vergrub sich bis zu den Eiern. Er blieb für einen Moment ruhig und verschnaufte. Sie lagen auf der Seite und Logan löffelte mit dem Mann, den er liebte, als er ihn ganz nahm. Er ließ einen zittrigen Atem aus, während Ty zwischen den Zähnen zischte.

Bevor Logan sich orientieren konnte, drängte Ty gegen ihn zurück, sodass Logan nicht warten konnte; er traf jede Bewegung von Tys Hüften mit einer seiner eigenen. Er schob ein Bein zwischen Tys und griff herum, um Tys Schwanz in die Hand zu nehmen. Er wirbelte seinen Daumen um die glatten Lusttropfen und benutzte sie, um seine Faust zu schmieren, während er im Rhythmus seines Stoßes über Tys Schwanz strich. Ty wölbte seinen Rücken, schob seinen

Arsch in Logans Schoß, und er griff nach oben und verschränkte seine Finger in Logans losen Haaren. Tys Hände krümmten sich zu Fäusten und Logan spürte den Zug an seiner Kopfhaut. Dadurch stieß er noch härter zu, seine Oberschenkel klatschten gegen die glatte, dunkle Haut von Tys Hintern.

Logan hatte einen fernen Gedanken, dass sie zu laut waren, sich zu viel bewegten und das Bett zum Wackeln brachten. Aber er konnte nicht aufhören. Er wollte nicht aufhören.

Er winkelte seine Hüften ein wenig an und stellte sicher, dass er Tys süßen Punkt traf, und er wusste, dass er ihn gefunden hatte, als Ty an seinen Haaren zog und schrie. Zwei weitere tiefe Stöße und Ty kam in seidenen Schüben über Logans Hand, über seinen eigenen Bauch, über die ganzen Laken.

Logan setzte sein Gewicht ein, legte Ty auf den Bauch und wickelte einen Arm unter Tys Hüften, um sie gerade genug anzuheben. Gerade genug, damit er schneller und härter in Tys Arsch pumpen konnte. Logan warf den Kopf zurück und keuchte, als sich seine Eier bei jedem Stoß verkrampften. Tys enger Ring drückte seinen Schwanz zusammen, bis er sich nicht mehr zurückhalten konnte, und er grunzte, als sein Schwanz tief in Ty zuckte und er sein Sperma in seinen Mann ergoss. Seinen Geliebten.

Er blieb bis zum letzten Tropfen in ihm drin, bis der letzte Tropfen aus seinem Schwanz gemolken war. Mit einem langen, zufriedenen Seufzer zog er sich langsam zurück. Er küsste Ty auf den unteren Rücken und verpasste ihm einen spielerischen Klaps auf den Hintern.

Sie würden die Laken wechseln müssen.

Scheiße!

Logan sah hinüber zu *Quinns* Schlafplatz und stupste Ty

an. Sie saß aufrecht mit dem Laken unter den Achseln und ihre Augenlider waren schwer, als sie sie beobachtete. Ihr Haar war um ihr Gesicht herum zerzaust, ihre Unterlippe sah geschwollen aus, als ob sie sie zwischen den Zähnen gehabt hätte, und sie hatte eine Rötung, die von der Brust bis zu den Wangen blühte.

Logan dachte nicht, dass sie vor Verlegenheit rot war.

Scheiße!

Ty machte den Anfang und lenkte sie von Logan ab. „Entschuldige, Quinn. Wir wollten dich nicht stören."

„Es ist alles in Ordnung."

Ihre Stimme war tief und heiser, sodass Logan ein Bauchkribbeln bekam. Sie war definitiv von dem, was sie gesehen hatte, erregt worden. Logan setzte sich auf und legte eine Ecke des Lakens über seinem Schoß.

Ty stand auf. „Ich werde jetzt duschen gehen."

Er verschwand schnell und überließ es Logan, sich mit den Nachwirkungen auseinanderzusetzen. Logans Blick ging von Tys Rückzug zurück zu Quinns errötetem Gesicht.

„Wir wollten dich nicht ausschließen."

Quinn sagte nichts und Logan runzelte die Stirn.

„Wir dachten, du wärst noch wund wegen heute Nachmittag." Das war etwas weit hergeholt, aber größtenteils wahr. Sie wollten sie wirklich nicht stören; sie hätten im Wohnzimmer bleiben sollen. „Quinn?"

Ihre Augen hatten einen glasigen Blick und nun brachte ihn die Neugierde um.

„Quinn?"

Er kroch näher an sie heran und erkannte, dass er nur einen ihrer Arme sehen konnte. Die andere war unter dem Laken versteckt.

Scheiße!

„Quinn ...?" Er legte eine Hand über das Laken, wo ihre war, und er fühlte, wie sie sich bewegte. „Brauchst du Hilfe?"

Sie nickte kaum, als sie zwischen den geöffneten Lippen Luft holte. Mit dem Laken dazwischen führte er ihre Finger, umkreiste ihre Klitoris, streichelte ihre Schamlippen. Er konnte die feuchte Hitze sogar durch die Baumwolle hindurch spüren. Ihre Hüften hoben sich ein wenig an und ihre Handbewegung wurde hektisch.

Sie warf ihren Kopf nach hinten gegen das Kopfteil und Logan lehnte sich hinein und sprach leise in ihr Ohr: „Komm schon, lass los."

Ihr rasender Rhythmus verlangsamte sich, als ihre Hand unter seiner zuckte. Quinn schrie auf, ihre Brust hob sich, als sie unter ihrer Berührung zitterte.

Nach einem Moment verlangsamte sich ihre Atmung und ihre Augen wurden klarer.

Er schenkte ihr ein Lächeln. „Fühlst du dich besser?"

Sie lachte zitternd und er nahm sie in seine Arme und legte das Laken um sie. Das Bett roch nach Sex und sie würden definitiv die Laken wechseln müssen.

Sie lehnte ihren Kopf an seine Schulter und er streichelte seine Lippen gegen ihre Schläfe.

„Nochmals, es tut mir leid."

Sie verdrehte sich in seinen Armen, um ihm in die Augen zu schauen. „Was tut dir leid?"

„Oh ... mal sehen. Dich aufzuwecken, dich nicht mit einzubeziehen ... Ich weiß nicht. Such dir etwas aus."

„Logan, ich bin hier das dritte Rad. Das weiß ich. Das hat Spaß gemacht, aber ..."

„Aber?" Er kniff sie sanft.

Sie zuckte die Achseln. „Aber es wird enden."

Er beschloss, seine und Tys frühere Diskussion nicht preiszugeben. Er würde bis morgen warten. Sie hatten Zeit.

„Deine Beziehung zu Ty ist etwas Besonderes. Euch beide intim zu sehen ... Ich kann nur sagen, es war bewegend. Ich meine, ich kann sehen, wie sehr ihr euch gegenseitig liebt. Ich kann es tatsächlich *sehen*. Spüren. Es *fühlen*, einfach nur, wenn ich in der Nähe von euch beiden bin."

„Aber du kannst ..." *Ein Teil davon sein.* Logan stoppte sich selbst.

Quinn wollte den Rest hören. „Ich kann was ...?"

„Du kannst das genießen, solange du hier bist."

„Das werde ich. Das tue ich. Aber ich wünschte, ich hätte eine emotionale Verbindung zu jemand Besonderem wie ihr beide."

Logan sagte nichts und Quinn erwartete nicht wirklich eine Antwort. Sie wollte nicht, dass er ihr eine Mitleidsparty schmiss. Sie fühlte sich im Moment nur ein wenig emotional. Das würde vorbeigehen.

Sie beschloss, das Thema zu wechseln, und wollte unbedingt eine Erklärung dazu hören. „Ihr Jungs habt kein Kondom benutzt."

„Nein." Er wuschelte ihre Haare und atmete tief durch.

So leicht würde er nicht davonkommen. „Warum nicht?",

„Wir lassen uns regelmäßig testen."

„Wenn ich also getestet wäre und verhüten würde, dann wäre es nicht nötig, Kondome zu benutzen?"

„Verhütest du denn?"

Eine Frage, die mit einer Frage beantwortet – oder nicht beantwortet –wurde.

Sie tat es, aber sie war sich nicht sicher, ob sie schon bereit war, dies zu verraten. Oder ob sie es jemals verraten würde. „Nein."

„Okay. Damit ist die Sache erledigt."

„Wünscht ihr euch jemals Kinder?"

Es gab eine lange Pause.

„Ich weiß es nicht. Ty und ich haben nie darüber gesprochen. Du?"

„Ich weiß es auch nicht. Ich bin noch nicht an dem Punkt in meinem Leben, an dem ich bereit bin, diese Entscheidung zu treffen."

„Wann wäre dieser Punkt?"

„Wenn ich mit jemandem zusammen bin, den ich liebe, und dieser Jemand mich auch liebt und einfach nicht nur leere Worte sagt."

Logan sagte nichts, aber er nickte.

Ob er mit ihrer Entscheidung oder mit der Idee einverstanden war, dass jemand in der Lage sein könnte, die drei kleinen Worte „Ich liebe dich" zu sagen und es nicht zu meinen, würde sie wohl nie erfahren.

Ty kam in den Raum, nackt, aber frisch aus der Dusche. Das war ein Vorwand für Logan, sich von ihr zu lösen und aufzuräumen.

Sie half Ty, die Laken zu wechseln und die Bettbezüge zu richten. Sie beobachtete ihn in Anerkennung seiner muskulösen Körperbewegungen. Er war wirklich wie ein Kunstwerk, eine Skulptur aus Fleisch und Blut.

Logan kehrte kurz zurück, die Haare zu einem Pferdeschwanz nach hinten gezogen – sie nahm an, um es trocken zu halten, während er sich gewaschen hatte. Er zog das Haarband heraus und warf es auf den Nachttisch, bevor er den Kopf schüttelte und die Haare frei um sein Gesicht schwangen. Sie zog definitiv sein offenes Haar vor.

Er packte sie an der Taille und stürzte sie auf das Bett. Er lachte, als sie überrascht quiekte. Einen Augenblick später folgte Ty, der sich neben ihr zusammenrollte. Die Männer klemmten sie fest zwischen sich und erinnerten sie an das Sprichwort: „So behaglich, wie es nur sein kann."

Quinn schlief ein und fühlte sich in der Umarmung sicher.

KAPITEL 9

Quinn wollte nicht glauben, dass der Sonntag schon da war. Sie zögerte das Öffnen der Augen hinaus, weil sie noch nicht bereit war, zu gehen.

Aber sie musste. Sie musste in die Realität zurückkehren. Zurück zu ihrem Leben. Ihrer Arbeit. Ihren Verantwortlichkeiten. Ihren Eltern.

Uff.

Sie hätte das ganze Wochenende verpasst, wenn sie nicht in diesem schrecklichen Kleid zu dieser Hochzeit gegangen wäre. Sie müsste Gina dafür danken, dass sie geheiratet hatte.

Sie müsste sich bei Lana und Paula dafür bedanken, dass sie sie herausgefordert hatten, Logan anzusprechen.

Und sie müsste Peter dafür danken, dass er sie so sauer gemacht hatte, dass sie sich betrank, was sie wiederum mutig genug gemacht hatte, tatsächlich zu versuchen, Logan anzusprechen.

Auch wenn der ursprüngliche Versuch gescheitert war.

Quinn lächelte und streckte sich faul; ihre Gliedmaßen kamen mit glatter Haut in Berührung. Die Körperwärme, die von beiden Männern ausging, wärmte sie bis auf die Knochen.

Ein Arm kam von hinter ihr, wickelte sich knapp unterhalb ihrer Brüste um sie, um sie an eine harte, aber drahtige Brust zu ziehen. *Logan.*

Sein Gesicht vergrub sich in ihrem Haar und er atmete tief ein. „Guten Morgen."

Sie streckte die Hand aus und nahm Kontakt mit Ty auf, der immer noch leise schnarchte. Quinn öffnete die Augen und sah, dass er flach auf dem Rücken lag und das Laken weder seine Morgenlatte noch irgendeinen anderen Teil seines prächtigen Körpers bedeckte, außer von den Knien abwärts.

Sie streckte einen Finger aus und fuhr damit entlang des Randes der dicken schwarzen Flammen-Tätowierung, die seine Seiten hinauflief. Sie folgte ihm bis zum unteren Ende des großen Tattoos, das unterhalb seiner Hüften endete. Sein harter Schwanz zuckte als Reaktion und sie ließ ein leises Geräusch aus und schaute auf. Er war nun hellwach und beobachtete sie aufmerksam.

„Wirst du beenden, was du angefangen hast?" Tys Stimme war rau von der Nachtruhe und tiefer als normal und ließ ihr einen Schauer über die Wirbelsäule laufen. Der Schauer traf auf dem Weg einige empfindliche Stellen. Und ein paar, die ein wenig wund waren.

„Sicher." Sie zog sich aus Logans Armen und kletterte auf Ty, schwang die Beine über seine Taille und legte ihre Handflächen auf seine Brust, um ihr Gleichgewicht zu halten, während sie sich niederließ. Sie fuhr mit ihren Handflächen über seinen Brustkorb und über seine Hüftknochen.

„Wann hast du dir das stechen lassen?"

Als Reaktion darauf bewegten sich seine Muskeln unter

ihren Handflächen und erinnerten sie daran, wie Magnum im Schlaf zuckte.

„Während meines letzten Jahres am College."

Sie staunte darüber, wie dunkel sein Hautton war und wie eine schwarze Tätowierung darauf sogar sichtbar sein konnte. Aber das war sie, und es machte sie an. Sie hatte sich nie zu Männern mit Tätowierungen hingezogen gefühlt – sie schienen ihr immer zu gefährlich. Auch nicht zu Männern mit langen Haaren – zu wild. Aber sie hatte sich geirrt. Zumindest bei diesen beiden.

Zwei. Nun, auch das war eine Sache, von der sie nie gedacht hätte, dass sie daran interessiert sein würde.

Und hier lag sie auf einem großen schwarzen, tätowierten – ganz zu schweigen nackten – Mann und wurde von einem anderen beobachtet. Sie blickte zu Logan hinüber. Er lag auf der Seite, den Kopf auf den Ellbogen gestützt, und starrte sie genauso an.

Er studierte sie aufmerksam, sein Schwanz nicht ganz hart an seinem nackten Oberschenkel liegend. Er lag ausgestreckt da wie ein leckeres Frühstücksbuffet.

Quinn war sich plötzlich der Art und Weise bewusst, wie ihre Muschi gegen Tys Unterbauch drückte; er konnte wahrscheinlich spüren, wie feucht sie bereits war.

Sie bewegte sich ein wenig, gerade genug, um die Schamlippen zu teilen, damit er mehr von ihr auf seiner Haut spüren konnte, die Hitze, die Glätte. Ihre Klitoris berührte gerade ein wenig seine Haut. Seine Hände kamen nach oben, um ihre Hüften zu greifen.

„Hat das irgendeine Bedeutung?" Sie bewegte sich noch einmal und kippte ihre Hüften, bis ihre Klitoris stärker gegen ihn drückte, wodurch sie anschwoll und sich verhärtete.

Er zog eine Grimasse und schenkte ihr ein strahlendes Lächeln. „Nicht wirklich. Ich fand es einfach cool."

Sie schenkte ihm ein Lächeln zurück, als sie sich umdrehte, um auf seinen Knöchel zu blicken, und drückte absichtlich fester gegen ihn, neckte ihn. „Und das da?"

Ty zuckte heftig unter ihr zusammen und sie musste sich keuchend zurückziehen. Die Bewegung gegen ihr empfindliches Fleisch brachte sie dazu, sich an ihm zu reiben.

Der Mistkerl wollte sie necken?

Das konnte sie auch.

„Ich habe es machen lassen, als ich nach der NFL-Draft ein bisschen zu viel gefeiert habe."

Sie drehte sich um und beobachtete den Rest von ihm. Sie beugte sich nach vorne, um einen Finger auf seinen rechten Bizeps zu legen, und nutzte dabei die Chance, gegen seine Brustwarze zu streichen.

„Betrunken, hm? Und was hat es mit den passenden weißen Tigern auf sich?"

Sie rutschte zurück, bis sich Tys Schwanz zwischen den Spalten ihrer Arschbacken festsetzte. Sie wollte ihn auf keinen Fall so nehmen. Sie war noch zu wund vom ersten Mal; außerdem war Ty viel größer als Logan. Und Logan war schon genug gewesen.

Sie konnte die warme Klebrigkeit seines Schwanzes auf ihrem Rücken spüren. Sie lehnte sich nach vorne und bewegte ihre harten Nippel leicht zu seinen Bauchmuskeln. Gerade so viel, dass sie es beide spüren konnten. Er presste seine Bauchmuskeln zusammen und ihre Brustwarzen wurden noch härter.

Er hatte ihr immer noch nicht geantwortet.

„Die passenden Tiger?", bohrte sie nach.

Ihre Muschi ritt auf seinem Schambein und es würde ihr nicht viel abverlangen, um so davonzukommen. Aber sie wollte mehr – auch wenn sie ein bisschen wund *war*.

Sie wollte ein Abschiedsgeschenk. Etwas für sie, um sich

an sie zu erinnern. Dies war ihr letzter Tag und sie wollte sie beide mindestens noch einmal haben.

Ty stieß einen hörbaren Atemzug hervor, bevor er antwortete. „Lo, willst du das beantworten?"

Aus den Augenwinkeln sah sie, wie sich Logan endlich bewegte. Er kam hinter sie und hob ihre Haare hoch, wobei er sie auf den Nacken und entlang der Schultern küsste.

„Hmm. Der weiße Tiger." Er drückte seine Lippen auf die Spitze ihrer Wirbelsäule und begann dann eine Spur ihren Rücken hinunter. Seine Lippen waren warm und weich auf ihrer Haut.

Ty ließ ihre Hüften los und nahm ihre Brüste in die Hand und drückte sie zusammen. Knetete. Quetschte. Quinn wölbte ihren Rücken und ermutigte ihn, mehr zu tun.

Logan hatte die Lippen auf ihrem unteren Rücken, als er sagte: „Unser erstes Date war im Franklin Park Zoo und sie hatten gerade einen weißen Tiger namens Luther erworben."

Als er für einige Augenblicke nicht weitermachte, warf Quinn ihm einen Blick über die Schulter zu. Logan leckte die glitzernden Lusttropfen von der Krone von Tys Schwanz. Er wirbelte seine Zunge an dem geschwollenen Kopf entlang, bevor er aufschaute und sie dabei erwischte, wie sie ihn beobachtete.

„Wir standen vor Luthers Gehege, als wir uns zum ersten Mal küssten …"

„Und wir wollten uns für immer an diesen Wendepunkt erinnern", beendete Ty für ihn, den Kiefer eng zusammen gepresst, während Logan weiterhin Tys harte Länge hinunterleckte und sein heißer Atem gegen Quinns Haut blies.

Ty zuckte unter ihr und kippte seinen Kopf zurück in sein Kissen. Quinn streckte seine Hände nach oben, die immer noch ihre Brüste umklammerten, und sie führte seine Finger zu ihren Brustwarzen, wo sie drückte und ihm zeigte, was sie wollte.

Er schenkte ihr ein schiefes Lächeln, als ob er sich amüsierte, aber mitten in zu viel Vergnügen steckte, um lachen zu können. Quinn beugte sich vor, um seine Finger, die ihre Brustwarzen genau richtig bedienten, nicht zu verdrängen, und hielt seine Lippen fest. Ihre Zungen fanden sich und kämpften, und sie stöhnte in seinen Mund, während er ihre Brustwarzen noch stärker zwickte, sodass sie einmal gegen seinen Beckenknochen stieß.

Nur einmal. Noch einmal und sie würde kommen. Sie wollte warten.

Logan legte eine Hand auf die Mitte ihres Rückens und drückte sie ganz nach unten, bis sie auf Tys Torso lag, seine Muskeln hart gegen ihre Brüste, hart genau dort, wo sie weich war.

Einen Augenblick später drangen Finger in sie ein, sondierten, testeten ihre Nässe, rieben an ihrer Klitoris, tauchten ein. Er öffnete sie weit, entblößte sie, hielt sie offen, als Logan mit qualvoller Langsamkeit seinen Schwanz in sie drückte. Nach und nach, indem er ihr nur eine Kostprobe gab, bevor er sich wieder zurückzog. Jedes Mal, wenn er sie nahm, ging er ein wenig tiefer, gab ihr ein wenig mehr, bevor er sie leer und voller Verlangen zurückließ.

Schließlich war er vollständig in ihr. Er zog kleine Kreise tief in ihr, bewegte sich gar nicht erst hinein oder hinaus, sondern drehte nur seine Hüften so weit, dass sie ihren Kuss mit Ty unterbrach, ihr Gesicht in seinem Nacken vergrub und gegen seine Haut fluchte.

Sie wollte von Logan genommen werden, sie wollte hart gefickt werden; diese kleinen Bewegungen machten sie verrückt.

Etwas drückte gegen ihre Klitoris, etwas Heißes, Glattes

und Glitschiges. Es war kein Finger, nein. Der dicke Kopf von Tys Schwanz rieb an ihrem empfindlichen Knopf. Er schob und kreiste auf die gleiche Art und Weise, wie Logan es mit seinen Hüften tat.

Quinn rammte ihre Handflächen in Tys Brust und wölbte ihren Rücken, drückte hart gegen die beiden, als sie fast verrückt wurde; ihre Pussy presste sich auf Logan, ihre Lippen umschlossen Ty. Ihr Rumpf pulsierte, als sie den Kopf zurückwarf und schrie: „Oh Gott. Oh mein Gott!"

Noch bevor sie zu Atem kommen konnte, war Logan verschwunden. Er zog sein Kondom grob ab und griff sich ein anderes.

Ihre Atmung unter Kontrolle, sog Quinn Tys Unterlippe in ihren Mund und knabberte daran. Sie war voll und köstlich und schmeckte genau wie Ty.

Ja, sie war dabei, seinen Geschmack kennenzulernen. Seinen Duft. Die Beschaffenheit seiner Haut, die Art und Weise, wie sich der Ton seiner Haut veränderte. Um seine Gelenke herum dunkler, um die Kurven seiner Muskeln herum etwas heller. Dunkle Brustwarzen …

Und ein tief violetter Schwanz, den Logan zu ihrer noch feuchten, noch bereiten Muschi führte. Er hatte sich die Zeit genommen, das frische Kondom auf seinen Lover zu rollen, und mit einer Hand auf Quinns Hüfte und einer auf Tys Schwanz brachte er sie wie ein Puzzle zusammen. Er führte das eine Stück mit dem anderen zusammen. Nur passten diese Stücke nicht ganz so perfekt. Das eine war zu groß, um in das andere zu passen. Aber es funktionierte trotzdem.

Ah.

Ty beobachtete sie aufmerksam. Quinn wich seinem Blick nicht aus, als er seine Hüften anhob und in sie hinein- und herausrutschte und sie ausfüllte, bis sie nicht mehr ausgefüllt werden konnte. Er streckte sie, bis kein Platz mehr war.

Was schmerzhaft hätte sein sollen, war es nicht. Es war
…

Richtig.

Quinn drängte sich in eine sitzende Position zurück und
nahm so viel wie möglich von ihrem dunklen Liebhaber in
sich auf. Sie wünschte, sie hätte noch mehr aufnehmen
können. Alles von ihm. Ihre blassen Hände gegen seine
dunkle Haut waren ein erstaunlicher Kontrast, der ihre
Aufmerksamkeit für einen Moment auf sich zog, bis sie
Logans Stimme hörte.

„Willst du auch mehr über meine erfahren?"

Seine Tattoos?

Natürlich.

Sie ließ ein atemloses „Ja" verlauten.

Logan bewegte sich hinter sie, drückte Tys Knie zurück
und spreizte die Beine des anderen Mannes, wodurch Quinn
fast das Gleichgewicht verlor.

Ty packte ihre Arme und hielt sie fest, hielt sie still,
während er Logans Führung übernahm: Er zog seine Beine
zurück und setzte beide Logan aus. Er wollte dem anderen
Mann vollständigen Zugang geben, damit er das tun konnte,
was er wollte. Mit ihr. Mit ihm.

Mit ihnen.

Logans Brust drückte gegen Quinns Rücken, als er um sie
herumgriff, um ihre Brüste zu kneten, um dort weiterzuma-
chen, wo Ty aufgehört hatte. Er zwickte und drehte ihre
Brustwarzen, bis sie sich wand und schrie.

„Das Stammesband war meine erste Tätowierung. Meine
Frau wollte, dass ich es bekomme."

Frau.

Quinn wollte Fragen stellen, aber sie konnte es nicht. Ihr
Verstand drehte sich, Tys Schwanz war tief in ihr vergraben,
seine Eier drückten gegen ihren Anus, Logans Finger neckten

und spielten an ihren Brustwarzen, der Krümmung ihrer Brüste entlang.

„Die Korallenschlange ..."

Logans Zähne streiften entlang der empfindlichen Haut ihres Halses, entlang ihrer Halsschlagader. Er küsste die Länge ihres Kiefers.

„Die war, um sie zu verärgern. Sie hatte Angst vor Schlangen und hatte mir gesagt, dass sie es nicht wollte ..."

Logan drückte seine Brust fester gegen sie und sie fühlte, wie Ty unter ihr zuckte, als Logan mit einem Stoß in ihn eindrang.

Tys Finger gruben sich in Quinns Handgelenke und Logan ließ einen zischenden Atem an ihrem Ohr aus.

„Der Nippelring ..."

Logan grunzte, als er wieder hart zustieß. Ty warf seinen Kopf zurück, ein langes, leises Stöhnen entglitt ihm. Seine Brust und sein Schwanz hoben sich und er versuchte, tiefer in Quinn einzudringen.

Sie schrie auf und erhob sich gegen ihn.

„Nun, der Nippelring ..." Logan grunzte erneut, sein Unterbauch schlug gegen das Kreuz von Quinn. „Das war es, was das Fass zum Überlaufen brachte."

Das Fass?

Quinn verlor den Sinn dieses einseitigen Gesprächs. Sie wollte nicht so sehr nachdenken. Sie wollte nur fühlen.

Mit einer Hand noch auf ihrer Brust wickelte Logan die andere um ihre Taille und begann einen Rhythmus für beide: Quinn ritt auf Tys Schwanz und Logan nahm Tys Arsch. Logan bewegte seine Hüften und nahm Quinn mit auf die Reise.

Ty schloss seine Augen, teilte seine Lippen und ließ ihre Handgelenke los, bevor er sie verletzte oder brach.

„Heilige Scheiße, Lo ..."

Logan setzte seinen Angriff auf Tys Hintern fort, stieß tief und hart zu, ohne eine Pause einzulegen, was dazu führte, dass Ty sich gegen ihn und gegen Quinn lehnte.

Sie fiel nach vorne, fasste seine Brustwarze in ihrem Mund, lutschte hart und streifte ihre Zähne über die kleine, steife Spitze.

„Gott, ich werde … Ah, fuck!"

Er stieß nach oben und verkrampfte, sein Schwanz zuckte in ihr. Sie verkrampfte sich auch, als sie spürte, wie die Wellen in ihrem Inneren begannen. Sie umklammerte Ty fest in sich und wollte sein heißes Sperma melken.

Sie brach erschöpft auf Tys Brust zusammen, bis Logan ihr leicht auf den Hintern schlug. Er packte sie, drückte seine Finger tief in das Fleisch ihrer Hüften und pumpte. Auch wenn er in Tys Loch pumpte, war es fast so, als würde er sie von hinten ficken. Sie beobachtete ihn mit ungehemmtem Interesse über ihre Schulter. Seine langen Haare bedeckten teilweise sein Gesicht, aber sie konnte sehen, wie er sich zusammenzog, sein Kiefer, seinen Nacken, seine Brustmuskeln. Mit jedem Stoß der Hüften zog sich sein Arsch zusammen und entspannte sich, bis er einfach aufhörte.

Er schloss die Augen und zog eine Grimasse. Quinn konnte sich vorstellen, wie Logans heißes Sperma Tys Kanal füllte. Ein Liebhaber füllte den anderen.

Dann war es vorbei. Schweigen. Stille.

Sie waren noch miteinander verbunden. Zusammen. Niemand wollte sich bewegen …

Niemand wollte der Erste sein, der ihre Nähe durchbrach.

KAPITEL 10

Quinn schloss die Tür ihres Stadthauses mit dem Fuß, die Arme voller Lebensmittel.

Die Stille begrüßte sie. Das Haus war ruhig und leer.

Einsam.

Sie begab sich in den hinteren Teil ihres zweistöckigen Stadthauses in die kleine Küche, wo sie die braunen Papiertüten voller Notwendigkeiten auf die winzige Kücheninsel setzte.

Die Küche auf der Farm war mindestens dreimal so groß wie ihre. Sie hatte nicht einmal Platz für einen Tisch. Seit sie zu Hause war, hatte sie sowieso keine Lust mehr zu kochen gehabt.

Sie fühlte sich tief unten in der Magengrube leer. Als ob etwas fehlen würde.

Sie ignorierte die Einkäufe und ging zur Glasschiebetür, die zu einer kleinen Terrasse führte. Eine Terrasse in der Größe einer Briefmarke, die auf die Rückseite des Stadthauses eines anderen schaute. Hier gab es keine Grasfelder. Keine weiten und offenen Räume.

Keinen Logan. Keinen Ty.

Sie vermisste die Männer bereits. Und es war erst Montag.

Sie hatte die Farm am Sonntagabend verlassen, nachdem sie ein unglaubliches Abendessen gekocht hatten. Sie hatte mit Erstaunen beobachtet, wie sie sich in der Küche bewegten, Geschirrtücher aneinanderschlugen, Witze machten, sich gelegentlich gegenseitig berührten und so taten, als sei es ein Zufall.

Nach dem Abendessen saßen sie um den Tisch und das Gespräch war ernst geworden.

Logan hatte sie gebeten, zu bleiben. Zumindest für eine Weile.

Sie sagte ihm nein. Sie hatte einen Job. Eine Familie. Aber ehrlich gesagt waren das alles keine guten Ausreden.

In Wahrheit war sie besorgt darüber, was die Leute sagen würden. Was die Leute denken würden. Ihre Arbeitskollegen, ihre Freundinnen? Ihre Familie? *Argh.*

Sie musste ihre Optionen abwägen. War der Genuss zweier Männer den Preis wert? Vor ihrem Wochenende auf der Farm hätte sie Nein gesagt. Nun …

Sie konnte es nicht sagen.

Sie musste sich daran erinnern, dass sie ein praktischer Mensch war. Sie war eine Finanzanalystin, um Himmels willen. Mit zwei Männern zu schlafen war nicht praktisch. Vor allem, wenn es zur gleichen Zeit war.

Logan ließ sie schließlich mit einem Abschiedsvorschlag gehen: „*Denk darüber nach.*"

Sie hatte darüber nachgedacht. Ohne Unterlass. Bei der Arbeit. Und auf jeden Fall zu Hause, als sie am einsamsten war.

Ein Wochenende. Zwei Männer. Und sie fühlte … Sie

fühlte, dass sich etwas in ihr verändert hatte. Etwas, das nie wieder zur Normalität zurückkehren würde.

Normalität.

Mist. Was *war* schon normal? Eine Beziehung mit Peter? Kaum.

Ihr Handy vibrierte drüben auf der Küchentheke und ließ sie aufspringen. Es war wahrscheinlich Lana. Oder Paula.

Sie nahm es in die Hand und sah sich die Anruferkennung an. *Logan.* Verdammt, woher wusste er, dass sie an ihn dachte?

Sie wischte über den Bildschirm.

Noch bevor sie Hallo sagen konnte, begann er zu sprechen. „Quinn. Ich vermisse dich."

Quinn verließ die Küche und ging in das angrenzende Wohnzimmer. Sie sank in den Ledersessel, den sie liebte, und steckte ihre Füße unter ihre Beine.

„Du vermisst mich. Und Ty?"

„Ty ist genau hier. Er vermisst dich auch."

„Es hat Spaß gemacht …"

„War das alles?"

War es das? Nein.

Aber vor diesem Empfang vor zwei Wochenenden hatte sie Männern abgeschworen. Sie hatte einen anderen Mann in ihrem Leben gebraucht wie ein Loch im Kopf. Und jetzt? Wollte sie sich nun wirklich mit gleich mit zwei Männern einlassen?

Sie war verrückt.

Okay. Vielleicht *brauchte* sie Männer. Für bestimmte Dinge. Aber sie brauchte keine Beziehung.

„Es war eine dumme Mutprobe …"

„Du machst dir selbst etwas vor. Es hatte nichts mit der Herausforderung zu tun. Du hättest letztes Wochenende nicht kommen müssen, aber du hast es trotzdem getan."

Quinn konnte dem, was er sagte, nicht widersprechen. Sie griff das Telefon fester.

„Bereust du es?"

„Du weißt, dass ich das nicht tue", flüsterte sie.

„Dann komm zurück", drängte Logan. Sie konnte Ty im Hintergrund hören, aber sie konnte seine Worte nicht verstehen. „Schau am Wochenende wieder vorbei."

„Ich weiß nicht …"

„Was ist schon ein weiteres Wochenende?"

„Ich habe schon etwas vor." Das war wahr, aber ein wenig ausgeschmückt.

„Das ganze Wochenende über?"

Quinn fluchte leise. Sie hätte wissen müssen, dass Logan nicht nachgeben, eine einfache Antwort akzeptieren und es dabei belassen würde.

„Ich habe meinen Eltern versprochen, sie zum Abendessen zu treffen."

Er war ein Dominanter. Er würde sie drängen, bis er die gewünschten Antworten erhielt. „Wann?"

„Sonntag."

Er hatte die Kontrolle. „Dann triff sie. Du kannst ja Sonntagmorgen nach dem Frühstück fahren."

Dem konnte sie nicht widersprechen.

Er wusste, was er wollte, wann er es wollte und wie er es bekommen konnte. Und dieses Wissen sorgte für Anspannung bei ihr und ließ ihr Blut durch ihre Adern rauschen.

Seine Stimme wurde leise und eindringlich. „Wir fordern dich heraus."

Am Ende stimmte sie zu. Sie akzeptierte ihre Herausforderung.

Die Aussicht auf weitere vier Tage Warten brachte sie um.

Am Dienstag war sie bei der Arbeit unruhig und am Mittwoch tauchten Paula und Lana unerwartet in ihrem Büro auf. Sie stürzten sich auf die Stühle, die gegenüber ihrem Schreibtisch standen, und stellten fettige Tüten mit Essen auf ihren ehemals sauberen Schreibtisch.

„Fried Chicken von Charlie's Chicken Shack", krähte Lana und legte ihre Füße auf Quinns Schreibtisch.

„Dein Lieblingsessen."

Quinn stimmte dem nicht zu. Es war Paulas Lieblingsessen, nicht ihres. Aber es roch gut.

Paula begann, sich durch die Tüten zu wühlen, wobei sie billiges Plastikgeschirr und ein Bündel Servietten herausholte und Essen und Krümel und Plastikbesteck auf ihrem Schreibtisch verstreute.

Quinn zog eine Grimasse und wand sich auf ihrem Stuhl. Nicht nur, dass sie es nicht mochte, wenn jemand ihren persönlichen Bereich durcheinanderbrachte, ihr Hintern war immer noch wund von den außerplanmäßigen Aktivitäten des letzten Wochenendes.

Sie hörte den Frauen halb zu, wie sie über Dinge plapperten, die nicht wirklich wichtig waren, aber sie waren ihre Freundinnen und sie liebte sie, also versuchte sie, darauf zu achten.

„Wo warst du am Samstag? Ich habe dich auf dem Handy angerufen. *Und* eine Nachricht hinterlassen. Die du übrigens nicht beantwortet hast."

Quinn winkte abweisend mit der Hand. Sie warf Lana schnell einen Blick zu, dann ging sie zu den Papieren auf ihrem Schreibtisch und schob sie dort herum. „Ich, äh …"

Mist. Sie war noch nie gut darin gewesen, sich spontan Entschuldigungen einfallen zu lassen.

„Ich habe vergessen, mein Telefon aufzuladen."

Lahm. So lahm. Aber Lana stellte es nicht infrage, denn Paula war schon beim nächsten Thema.

„Was sind deine Pläne für *dieses* Wochenende?"

Quinns Computer klingelte und sie rief ihren Posteingang auf.

Abgelenkt antwortete sie: „Elternbesuch."

Eine E-Mail von Ty.

Sie hatte bereits Ja gesagt. Glaubten sie wirklich, dass sie mehr Überzeugung brauchte?

Paula zerknüllte eine der braunen Tüten und warf sie in Quinns Papierkorb. Quinn presste die Zähne zusammen. Genau das wollte sie: Ihr Büro sollte für den Rest des Tages nach Brathähnchen riechen.

„Du fährst übers Wochenende zu deinen Eltern?"

Der Betreff der E-Mail war *WICHTIG* und hatte ein rotes Ausrufezeichen daneben. Mist, vielleicht stimmte etwas mit Logan oder Ty nicht.

„Äh … ja."

Lana unterbrach ihre Gedanken. „Letztes Wochenende unerreichbar, dieses Wochenende weg. Ich glaube, sie hat einen heimlichen Liebhaber."

Beide Frauen sahen einander an und lachten. Quinns kniff ihre Augenbrauen zusammen. Sie dachten nicht, dass sie einen Liebhaber haben könnte? Sie war versucht, es ihnen zu sagen, wusste es aber besser. Sie wollte dieses Fass nicht aufmachen. Das würde bedeuten, den Rest der Nacht damit zu verbringen, Fragen ausweichen zu müssen. Sie würden *alle* Details haben wollen. Details, die sie nicht preiszugeben bereit war.

Lana schnaubte. „Quinn, du *magst* deine Eltern nicht einmal. Warum solltest du daher am Wochenende zu ihnen fahren?"

„Hey, ich mag meine Eltern!"

„Ja, du beschwerst dich nur darüber, wie kontrollierend sie sind …"

„Wie versnobt …", stimmte Paula ein.

Lana machte ein Gesicht. „Wie hochgestochen. Sollen wir weitermachen?"

Sie hatten *urteilend* wohl vergessen.

„Ich versuche, es wiedergutzumachen."

Lana und Paula sahen sich an und lachten. Schon wieder.

Meine Güte, die Mädchen gaben ihr heute wirklich keine Pause. Aber dann wiederum kannten sie sie. Zu gut. Mist. E-Mail. E-Mail. Sie wandte ihre Aufmerksamkeit wieder ihrem Computer zu.

Sie machte einen Doppelklick und als sie das tat, erschien ein Foto im Hauptteil der Nachricht. Zwei nackte Männer standen in einer Umarmung und küssten sich, wobei ihre Hände die Erektionen des anderen streichelten. Das Foto war knapp über ihren Mündern abgeschnitten, sodass sie ihre Gesichter nicht sehen konnte. Aber sie erkannte die muskulösen Körper, die schönen Farben der Korallenschlange, die sich um Logans Hüften wand, seinen Brustwarzenring, die tiefdunkle Färbung von Tys Haut und seine erkennbaren Tätowierungen. Unter dem Foto stand: *„Etwas, um dich über die Mitte der Woche zu bringen."*

Ihr Atem stockte, als sie das Foto erneut studierte. Sie wollte dort sein. Sie wollte in ihren Computerbildschirm springen und sofort dort sein und sie berühren. Sie erforschen. Von ihnen gestreichelt und gehalten werden.

„Was ist los, Quinn?"

Sie bewegte den Cursor von der Schaltfläche „Löschen" weg und minimierte stattdessen einfach den Bildschirm. Sie wollte sich das Bild später noch einmal ansehen. Wenn sie allein war.

„Nichts. Nur eine nigerianische Betrugs-E-Mail."

Sie schlug die Beine unter ihrem Schreibtisch übereinander und drückte die Oberschenkel zusammen.

Das war's. Sie rief die Jungs an, nahm sich am Freitag einen persönlichen Tag frei und machte sich früh auf den Weg.

KAPITEL 11

*E*s war wie ein Déjà-vu. Ein weiterer Freitag und eine weitere Fahrt auf dem langen, staubigen Steinweg zu Logan und Tys Farm.

Und Quinn war diesmal genauso aufgeregt wie beim letzten Mal.

Auf der Suche nach einem Lied, das ihre Nerven beruhigen würde, wechselte sie von einem Radiosender zum anderen hin und her. Schließlich entschied sie sich für einen Klassik-Rock-Sender. Als sie den Blick wieder auf die Fahrbahn richtete, ließ sie einen Schrei aus und trat mit dem Fuß auf das Bremspedal. Die ABS-Bremsen des Infiniti brachten den Wagen auf den Steinen zum Stehen, eine Staubwolke stieg um ihn herum auf.

In der Wolke saß ein vierrädriger Geländewagen, der diagonal in der Fahrspur geparkt war. Und ihr den Weg versperrte.

Auf dem Allradfahrzeug saß eine von Kopf bis Fuß ganz in Schwarz gekleidete Gestalt: Maske, langärmeliges Hemd, Handschuhe, Cargohose und Stiefel im Kampfstil.

In ihrem Kopf drehten sich die Gedanken. Worte wie

Wegelagerer, Räuber, Entführer. Unheimlich. Und einen Bruchteil einer Sekunde später hatte sie einen weiteren lächerlichen Gedanken: Es war zu heiß draußen, um so angezogen zu sein.

Quinn ergriff das Lenkrad, ohne sich bewegen zu können. Sie starrte den Mann nur an, unfähig, wegzusehen. Ihr Herz klopfte in ihrer Brust, als er eine Hand hob und auf sie zeigte. Ihr Atem blieb ihr in der Kehle stecken.

„Was ... zum Teufel?"

Wer auch immer es war, welches Spiel er auch spielte, was auch immer seine Absichten waren ... Sie musste da raus.

Pronto.

Ihre Hand ging zum Schalthebel, bereit, ihn in den Rückwärtsgang zu schieben, als eine dunkle Gestalt vor ihrer Tür stand, diese aufriss und sie herauszog, während die erste über die Beifahrerseite kam.

Sie hätte ihre verdammten Türen abschließen sollen!

Die zweite Person knallte ihr Fahrzeug auf Parkposition und löste ihren Sicherheitsgurt, als die erste Person sie aus dem Fahrersitz zerrte. Er packte ihre Handgelenke und steckte sie hinter ihrem Rücken zusammen.

Quinn schrie und trat mit den Fersen nach Schienbeinen und höher hinaus. Man verband ihr schnell die Augen und knebelte sie, die Hände waren hinter ihr mit einem weichen Seil gefesselt. Sie wurde auf den Bauch und, soweit sie es beurteilen konnte, auf den Rücksitz ihres eigenen Autos geworfen.

Die Angreifer sagten kein Wort, als sie ihr die Knöchel zusammenbanden, um sie am Treten zu hindern.

Sie schnappte nach Luft, wobei der Knebel sie in Panik versetzte. Sie zwang sich, durch die Nase zu atmen. Langsam, stetig. Bis sie die Autotür zuschlagen hörte und fühlte, wie sich das Fahrzeug vorwärtsbewegte. Sie hielt den Atem an und versuchte zu sehen, ob sie erkennen konnte, ob sie die Fahrspur weiterfuhren oder umdrehten. Doch zwischen der Angst und der Augenbinde war ihr Orientierungssinn verwirrt.

Sie hatte keine Ahnung, wohin sie sie brachten. Sie hatte keine Ahnung, wer sie waren.

Sie war am Arsch.

Quinn versuchte, die Augenbinde mit ihrer Schulter abzureiben. Es gelang ihr nicht: Sie konnte sie ein wenig nach oben schieben, aber nicht genug, um etwas anderes als einen Lichtschein sehen zu können.

Das Auto hüpfte unter ihr und selbst durch das Blut, das in ihren Ohren rauschte, hörte sie die Steine vom Boden ihres Wagens abprallen. Und plötzlich wurde ihr Körper nach vorne geworfen und kam gegen die Rückenlehne der Sitzbank zur Ruhe. Sie ließ ein dumpfes „Uff" um das schrecklich schmeckende Tuch in ihrem Mund heraus.

Sie hörte das Wimmern des Allradfahrzeuges, als es sich dem angehaltenen Fahrzeug näherte, und innerhalb von Sekunden wurden beide Hintertüren ihres Wagens geöffnet und Hände griffen nach ihr, zogen und zerrten an ihr.

Über dem Geräusch von Füßen, die auf Steinen gingen, hörte sie einen Engel.

Magnum.

Der Hund umkreiste sie und bellte aufgeregt. Sein tiefes Schäferhundbellen war unverkennbar. Sie wurde gerettet.

Sie hörte ein tiefes Grunzen zu ihrer Rechten, als der Entführer nach ihrem Ellbogen griff.

Sie hörte ein Quietschen, Magnum schrie vor Schmerz auf.

„Scheiße! Magnum! Geh aus dem Weg!"

Logan. Es war Logans Stimme zu ihrer Rechten.

„Hol den Hund von den Füßen weg."

Sie wollte fragen, was zum Teufel los war. Was ging da vor sich? Aber das Tuch in ihrem Mund hatte ihr den gesamten Speichel aus dem Mund gesaugt. Selbst wenn man es entfernen würde, war sie nicht sicher, ob sie sprechen könnte.

Sie hörte irgendwo vor sich ein scharfes Pfeifen und den Hund, der die Treppe hinaufkletterte. Sie konnte sich genau vorstellen, wo sie sich jetzt befand.

Ihr Puls verlangsamte sich um einen Bruchteil und ihre Atmung beruhigte sich ein wenig.

Was war ihre Absicht? War dies ein Spiel?

Scheiße! Es *war* ein Spiel; sie spielten Rollenspiele.

Zumindest hoffte sie das.

Denn wenn das nicht der Fall war, würde sie zu Idee Nummer eins zurückkehren müssen: Sie war am Arsch.

TY HIELT die Eingangstür für Logan offen, der sich Quinn über die Schulter warf, als er sich die Vordertreppe hinaufkämpfte, wobei er offensichtlich versuchte, nicht das Gleichgewicht zu verlieren. Ty schüttelte den Kopf. Er war stärker; er hätte derjenige sein sollen, der sie in das Haus trug.

Er war froh, die heißen Skimasken abzunehmen, die er und Logan bei der vorgetäuschten Entführung getragen hatten.

Er war derjenige, der daran gedacht und gehofft hatte, dass er es nicht bereuen würde.

Er hoffte, sie würde nicht zu sauer sein.

Zuerst dachte er, die Idee würde Spaß machen, bis er sah, wie verängstigt Quinn war, als sie ihr Auto entführten. Und diese scheußlichen Absätze, die sie anhatte. Gott, sie hätte sie verstümmeln können.

Logan ging an ihm vorbei und Ty schloss die Tür hinter ihnen ab. Das war das Letzte, was sie brauchten: jemanden, der unangekündigt auftauchte und einfach hereinspazierte. Die Polizei würde definitiv glauben, dass sie Quinn gegen ihren Willen entführt hätten.

Ty holte Logan ein und nahm ihm Quinn ab. Logan zeigte bereits Anzeichen von Müdigkeit und Ty wollte nicht riskieren, dass sie fielen, wenn sie die Kellertreppe hinuntergingen.

Er war froh, dass Quinn aufgehört hatte zu kämpfen, und hoffte, dass sie erkannte, dass dies alles nur Spaß war. Er warf sie über seine Schulter. Sie roch so gut. Einer seiner Arme griff ihre Oberschenkel, hielt sie fest und ließ seine andere Hand ihren Hintern stützen. Und ihr Hintern war so weich …

Er lenkte seine Aufmerksamkeit wieder auf die Kellertreppe. Eine weitere Sache, die er vermeiden musste, war, einen Schritt zu versäumen und zu riskieren, dass beide in die Tiefe stürzten. Logan war vorausgegangen und war dabei, den Apparat aufzubauen, den Ty gerade in Vorbereitung darauf gebaut hatte.

Logan wartete auf ihn mit einem angespannten, wenn nicht sogar geilen Blick in seinen Augen.

Ty musste lachen. Logan hatte seiner Idee mit großer Vorfreude zugestimmt.

Quinn entspannte sich noch weiter, als er lachte. Er war sich jetzt sicher, dass sie wusste, dass sie es waren und nicht irgendwelche verrückten Teufel.

Er trat an das hausgemachte Andreaskreuz heran. Er hatte die ganze Woche daran gearbeitet. Logan wollte es ausprobieren und in ihrem Spiel während der Woche verwenden, aber Ty hatte das abgelehnt. Er wollte Quinn als Erstes darauf haben.

Er hatte den X-förmigen Holzrahmen an der Kellerwand

befestigt und dafür gesorgt, dass er sicher war und niemanden verletzen würde. Er hatte es so sicher gemacht, dass es eine feste Einrichtung im Keller sein würde und für zukünftige Spiele genutzt werden konnte, ob Quinn nun ein Teil davon war oder nicht.

Anstelle von Fesseln und Handschellen hatte er sie mit weichen Seilschlaufen versehen, die bei Bedarf zur Fesselung der Hand- und Fußgelenke und sogar ihrer Taille verwendet werden konnten. Das weiche Seil, das er gekauft hatte, war aus Seide, weich genug, um nicht an ihrer zarten Haut zu scheuern. Er wollte ihr keine Schmerzen oder Unannehmlichkeiten verursachen – nur Lust und Begehren.

Er lehnte Quinn gegen das Andreaskreuz und sie brach mit leicht gebeugten Knien dagegen zusammen. Logan beugte sich zu ihren Knöcheln, löste die provisorischen Fesseln und steckte ihre Füße in die geschlungenen Seile, während Ty ihre Handgelenke hinter ihrem Rücken befreite und sie in die Schlaufen am oberen Ende des Kreuzes legte.

Innerhalb weniger Minuten war sie auf dem aufrechten Rückhaltesystem gespreizt. Ihre Hand- und Fußgelenke waren gefesselt und weit geöffnet, sodass sie vollständigen Zugang zu ihr hatten. Jetzt mussten sie nur noch ihre Kleidung loswerden. Die hohen Absätze – etwas, das sie wohl bei ihrer Arbeit trug – rutschten ihr leicht von den Füßen. Logan nahm sich die Zeit, sie zu entfernen, ihre Sohlen zu streicheln, die Finger zwischen die Zehen zu schieben, bis sie sie einrollte.

Logan schob gemächlich seine Handflächen an ihren Waden hoch, während Ty zu einem scharfen Messer griff. Er hatte keine andere Möglichkeit, sie zu entkleiden, während sie gefesselt war. Er würde ihr die Kleidung zerschneiden müssen. Als er sie langsam zerschnitt – zuerst ihren Rock, dann ihre Bluse, sodass sie nur noch ein Höschen und einen BH trug – versprach er sich selbst, alles zu ersetzen.

Ihr Dessous-Set sah schick und teuer aus, definitiv gut durchdacht. Er zögerte, bevor er es zerschnitt.

Quinn hatte immer noch verbundene Augen und war geknebelt, sodass er sich nahe an ihr Ohr lehnte, als Logan aufstand und das Messer aus seiner Hand riss.

„Wir werden alles ersetzen, was wir ruinieren."

Damit schob Logan das Messer zwischen ihre Brüste und befreite sie, als er durch den Stoff schnitt, der die Körbchen zusammenhielt. Er schnitt beide Schulterträger durch und schleuderte den nun nutzlosen BH durch den Raum. Ty sah zu, wie über Quinns Haut Gänsehaut ausbrach, als Logan auf die Knie ging und die straffe Haut ihres Bauches und ihrer Hüften streichelte, bevor er auch den schwarzen Spitzenstoff ihres Höschens zerschnitt.

Ty fuhr mit der Zunge über einen von Quinns steifen und verführerischen Nippeln und dann über den anderen. Ihr Rücken wölbte sich und ein Stöhnen entwich um den Stoffknebel herum. Sie schmeckte süß und verrucht und er liebte ihren Geschmack. Der Kontrast zwischen der Blässe ihrer Haut und der dunkelrosa Farbe ihrer Brustwarzen verblüffte ihn. Er erinnerte ihn an Erdbeerglasur.

Logan ließ sich Zeit, nachdem er ihr das Höschen abgeschnitten hatte; immer noch zwischen Quinns Beinen kauernd, küsste er ihre Oberschenkel entlang. Er steckte seine Finger in ihre Muschi und Quinns Hüften begannen sich im gleichen Rhythmus zu drehen wie Logans Handgelenk.

QUINN KEUCHTE IN DEN KNEBEL, als sich Finger tief in ihr vergruben. Sie war nass und genoss jede Sekunde der

Aufmerksamkeit der Männer. Jetzt wusste sie, dass dies definitiv ein perverses Spiel war.

Sie war noch nie gefesselt worden. Sie hatte es nie für sich selbst gewollt und wollte es nie jemand anderem antun. Aber es hatte etwas, wenn man sich die Augen verbinden, sich knebeln und an irgendeine Vorrichtung fesseln ließ. Allerdings hatte sie keine Ahnung, was es war, da sie immer noch nicht sehen konnte.

Zum Teufel, es könnte ein Publikum geben, das Zuschauer bei dem, was die Jungs mit ihr machten, und sie würde es nicht wissen. Allein dieser Gedanke schickte einen heißen Blitz durch ihr Innerstes.

Aber ihr Gehör war etwas schärfer und sie konnte nichts anderes hören als die Atmung von Ty und Logan. Und ein paar gemurmelte Worte gegen ihre Haut.

Logan – es musste Logan sein – spreizte ihre Muschilippen mit seinen Fingern, trennte sie, setzte sie seinem Mund aus, als er ihn gegen ihre Klitoris drückte, saugte und sie mit seiner Zunge umkreiste.

Quinn wimmerte hilflos. Sie konnte nicht nach seinen langen Haaren greifen, konnte ihn nicht halten, wo sie es wollte. Sie stand vollständig unter seiner Kontrolle. Schon wieder.

Das war ein verdammt guter Start ins Wochenende.

Sie überraschten sie weiterhin und öffneten ihr die Augen für das Unerwartete.

Tys Hände kneteten ihre Brüste, drückten und kniffen eine, während er die andere in seinen Mund saugte, bis ihre Brustwarzen schmerzende, harte Spitzen waren. Sie wollte, dass er sie stärker kniff, stärker verdrehte, aber das konnte sie ihm nicht sagen. Sie musste nur darauf warten, dass er sich entschied, es von sich aus zu tun.

Die Frustration war wie ein Aphrodisiakum, das sie sich winden ließ.

Sie versuchte, gegen die weichen Fesseln zu kämpfen, wobei sie mit einem Ruck an ihren Gliedmaßen zog.

„Schhh. Tu dir nicht weh." Tys Stimme, so nah an ihrem Ohr, ließ sie erzittern.

Sie fühlte eine warme, nasse Zunge an ihrem Ohrläppchen im Nacken. Dann strich sie entlang ihrer Unterlippe. Er küsste sie gegen den Knebel, wobei seine Zunge an dem nassen Stoff rieb.

Quinns Atem stockte. Sie wollte ihn mit ihrer Zunge berühren, ihn mit ihren Händen spüren. Sie zog stärker gegen die Seile.

Sie wollte nicht unbedingt befreit werden – zumindest nicht von den Fesseln. Sie wollte die Befreiung auf eine andere Art und Weise.

Logans Mund arbeitete immer noch an ihrer Klitoris, seine Zähne zwickten gegen den empfindlichen Noppen und seine Finger spielten an ihren Schamlippen entlang. Er führte einen Finger in sie ein. Ein Finger war nur das Vorspiel. Und dann … summte er. Oh Gott, er summte gegen ihre Klitoris. Die Vibrationen trieben sie in den Wahnsinn und sie schrie in das Tuch, das ihren Schrei zu einem dumpfen Wimmern dämpfte.

Innerlich fluchte sie. Sie wollten sie in den Wahnsinn treiben. Das musste der Plan sein. Ty biss ihr auf die Brustwarze, als Logan sein Summen fortsetzte.

Scheiße!

Sie kam, ihr Körper schüttelte sich gegen Logans schäbigen einzigen Finger, als er ihn in sie hinein und aus ihr herauszog.

Vor ihrem letzten Wimmern, vor ihrer letzten Welle des Orgasmus, waren sie beide verschwunden. Sie fühlte sich plötzlich allein; nichts als Stille und Leere blieb zurück. Sie sackte gegen die Seile.

Wo waren sie hin?

Was hatten sie vor?

Schließlich hörte sie ein schlurfendes Geräusch und spürte die Körperwärme von jemandem in ihrer Nähe.

Dann spürte sie es.

Seidige Wärme. Heißes Öl tropfte über ihre Brust, lief ihren Körper hinunter, über ihre Brustwarzen, den Bauch hinunter und sammelte sich um ihre Füße.

Es war heiß, aber nicht glühend heiß. Warm genug, um angenehm zu sein, wie sinnliche Finger, die über ihren Körper strichen.

Mehr tropfte über sie. Ein Meer von Hitze. Über die Schultern, die Arme hinunter, auf die Brüste, die Brustwarzen tröpfelnd. Quinn zog ihren Bauch ein, als sich die Rinnsale mit warmer Flüssigkeit über ihre Haut ergossen.

Ein Finger, es war ihr egal, wessen, zeichnete durch die glatte Wärme Linien auf ihre Haut. Finger kreisten um den Rand ihrer Brustwarzenhöfe, entlang ihrer Rippen, tauchten in ihren Nabel ein und verrieben das Öl über ihre Oberschenkel. Hände umfassten ihre Waden, kitzelten ihre Kniekehlen, schlangen sich um ihre Knöchel.

Immer mehr Hände. Zu viele. Es fühlte sich an wie mehr als vier. Mehr Öl träufelte, wurde in ihre Haut einmassiert, ihre Muskeln wurden bearbeitet. Kneifen, Ziehen, Schieben. Zupfen. Man spielte mit ihren harten Brustwarzen, dem harten Noppen ihrer Klitoris. Sie wollte ihre Oberschenkel zusammenpressen, um diese sündigen Finger festzuhalten, aber sie konnte sich nicht bewegen. Sie wollte um mehr von diesen sündhaft wilden Berührungen betteln, aber sie konnte nicht sprechen. Sie wollte beobachten, was sie taten und wer es tat, aber sie konnte nicht sehen.

Und das machte es umso sündiger, boshafter und wilder.

Sie fanden sinnlich empfindliche Teile von ihr, versteckte geheime Stellen, die sie *genau* richtig fühlen ließen. Quinn bearbeitete den Stoff zwischen ihren Zähnen, wobei sie vor Freude und in schmerzlicher Not zubiss. Sie wollte Erleichterung. Nur noch eine …

Die Finger setzten ihren Weg entlang der Linien ihres Körpers fort und plötzlich war sie geblendet …

Nicht durch die Augenbinde, … sondern durch das Licht, das in ihre Augen fiel. Ein gelbes Licht. Jemand hatte ihr die Augenbinde entfernt. Sie blinzelte und versuchte, sich zu konzentrieren.

Da waren sie. Ihre beiden Männer. Ihre Liebhaber. Ihrer Kleider beraubt, splitternackt, glitschig und ölglänzend. Ihre Muskeln schimmerten und reflektierten das Licht, als sie sich von ihr wegbewegten und aufeinander zugingen.

Sie sah hilflos zu, immer noch unfähig, sich zu bewegen, immer noch unfähig, um ihre Freiheit zu *betteln*. Die Freiheit, zu ihnen zu gehen, anstatt sie nur zu beobachten.

Wie ein Voyeur.

Ihre Muschi krampfte sich vor Verlangen und Bedürfnis zusammen, als sie zuschaute, wie die beiden geölten Handflächen glitzernde Finger übereinanderlegten und sie ignorierten. Sie allein leiden ließen.

Sie umarmten und küssten sich, um sicherzustellen, dass sie die perfekte Aussicht hatte. Quinn konnte sehen, wie sich ihre Zungen liebkosten; sie konnte sich den Geschmack der Zungen an ihrer eigenen Zunge vorstellen. Sie wollte frei sein, ein Teil davon sein. Ihre Hände fanden einander, jeder streichelte den Schwanz des anderen. Sowohl hart als auch dick, ihre Adern schimmerten unter der dünnen, empfindlichen Haut hervor, die ihre stählerne Länge bedeckte.

Große Hände streichelten sich, während sie sich weiter

küssten. Von der Spitze bis zur Wurzel nahmen sie sich gegenseitig die Schwänze in die Hand und umklammerten sie. Quinn ballte ihre Finger zu Fäusten und schrie vor Frustration in den Stoffknebel. Sie ignorierten ihre dumpfen Proteste und sie wollte sie ignorieren, … aber sie konnte es nicht.

Sie konnte nicht wegschauen.

Logan unterbrach den Kuss und kuschelte mit Tys Hals. Quinn konnte fühlen, wie seine Zähne an Tys Haut streiften, als ob es ihre eigene wäre. Ein Schauer schoss ihr über die Wirbelsäule, als Logan mit seinen Lippen über die schimmernden, harten Brustmuskeln von Tys Brust fuhr, über seine definierten Bauchmuskeln, über die eine Hüfte und dann über die andere, bis er vor seinem dunklen Geliebten auf den Knien war.

Er nahm Ty in den Mund, seine Lippen spannten sich um den Umfang von Tys Schwanz. Quinn schloss ihre Augen. Ihre Muschi pochte – pochte tatsächlich – und sie konnte sich nicht einmal selbst erleichtern!

Tys leises Stöhnen und Zischen seines Atems ließen sie ihn ansehen. Seine Finger schlangen sich um Logans Kopf und führten ihn an seinem Schaft entlang. Sein Kopf neigte sich leicht nach hinten, seine Augen waren unkonzentriert. Seine Hüften drückten mit jedem Schub von Logans Mund nach vorne. Tys Schwanz glitzerte wie der Rest seines Körpers. Quinn konnte die Salzigkeit seiner Lusttropfen auf ihrer Zunge schmecken. Sie konnte den Druck ihres Gewichts auf den Knien spüren. Sie konnte fühlen, wie sich ihre Finger in sein steinhartes Gesäß bohrten.

Sie schrie erneut vor Frustration und riss an den Seilen, diesmal hart genug, um das Holz des Apparats, an dem sie befestigt war, knarren zu hören.

Das taten sie auch.

Beide warfen ihr einen besorgten Blick zu, aber nach einem Moment ignorierten sie sie erneut. Als Logan aufstand, beugte sich Ty nach vorne und schnappte sich Logans gepiercte Brustwarze mit seinem Mund. Er saugte und schnippte mit der Zunge an dem Goldring, wobei er unverkennbar mit den Zähnen kräftig zog.

„Scheiße!" Logan schrie auf. „Hände auf die Knie", befahl er.

Ty tat sofort, was ihm gesagt wurde, indem er seine Hände auf die Knie legte und Logan vollen Zugang zu dem gab, was er verlangte. Logan spuckte in seine Handfläche, bevor er mit seiner feuchten Hand über seinen eigenen Schwanz strich.

Plötzlich fixierte Logan Quinn mit einem starren Blick. Ihre Blicke trafen sich und hielten sich fest. Er streichelte seinen Schwanz noch einmal, diesmal langsamer, und drückte den knolligen Kopf zusammen, als er dorthin kam.

„Schau zu", befahl er ihr.

Mit einer Hand auf Tys Rücken und einer auf seiner Hüfte stürzte sich Logan tief in ihn hinein und stieß schnell zu. Ty stöhnte und wickelte eine Hand um seinen eigenen Schwanz und streichelte ihn im gleichen Rhythmus, in dem Logan ihn fickte.

Quinn beobachtete, wie sich die Muskeln in Logans Arsch bei jedem Zug und Druck beugten. Sie beobachtete, wie sich Tys Hintern bewegte, als er alles erhielt, was Logan ihm gab.

Ty zog eine Grimasse; sein Körper war praktisch in der Hälfte gebeugt, eine Hand lag noch immer auf den Knien, und hielt das Gleichgewicht, während die andere sich so schnell streichelte, dass es für Quinn nur noch verschwommen war.

Nasse Erregung tröpfelte ihre Oberschenkel hinunter. Sie

beugte sich vor Not nach hinten, als Logans harter Schwanz in und aus Tys Arsch fuhr, während Logan seine Pobacken fest umklammerte, mit den Fingern Spuren hinterließ und Tys Hüften still hielt, während er noch schneller pumpte.

Er würde bald kommen. Er war am Rande des Abgrunds. Quinn wusste es einfach. Sie konnte sehen, wie sein Körper angespannt war, wie seine Lippen sich teilten und seine Augenlider tiefer hingen.

Logan bohrte sich ein letztes Mal tief in Ty hinein und machte kleine, tiefe Stöße gegen ihn, als er aufschrie.

Quinn konnte spüren, wie die warme Flüssigkeit in Tys Kanal auslief. Logan beanspruchte Ty wieder einmal für sich. Logan krümmte sich über Tys Rücken und griff herum, um eine Hand über Tys zu legen, während der größere Mann weiter in seine eigene Faust pumpte.

Logan versenkte seine Zähne in Tys Rücken und Ty stöhnte, als er in explosionsartigen Schüben kam.

Beide Männer nahmen schnelle, heftige Atemzüge und Quinn konnte sich vorstellen, dass ihre Herzen rasten.

Ihres tat es definitiv.

Quinns Körper brummte. Sie wollte jemanden, irgendjemanden. Und sie wollte ihn, sie, jetzt.

Ihre beiden Männer hatten sich gerade miteinander verausgabt. Da hing sie nun, immer noch an dem hölzernen X, ganz eingeölt und geknebelt.

Es war einfach nicht fair.

Sie konnte es kaum erwarten, es ihnen heimzuzahlen.

KAPITEL 12

Sie duschten sich, aßen gemeinsam und brachten sie dazu, noch mindestens zweimal am Freitagabend zu kommen. Damit wurde die frühere Frustration, die Quinn durchmachen musste, definitiv wettgemacht. Sie machte ihnen ganz klar, dass es ihr nichts ausmachte, dass sie sie fesselten, obwohl sie sich besser vergewissern sollten, dass sie gut befriedigt war, bevor sie loszogen und sich umeinander kümmerten.

Rollenspiel-Kidnapper kamen nun aber nicht mehr infrage. Es hatte sie zu Tode erschreckt, bis sie es als das erkannte, was es wirklich war. Andere Rollenspiele, je nachdem, was es war, könnten akzeptabel sein. Sie würden von Fall zu Fall entscheiden.

Aber sie fühlte sich gut, wirklich gut, als sie an diesem Abend zu Bett gingen. Tief in ihrem Herzen fühlte sie sich zwischen den beiden in dem großen Bett eingezwängt zu Hause. Sie schlief mit einem langen, zufriedenen Seufzer ein.

Es fühlte sich wie Minuten an, aber es müssen Stunden gewesen sein – definitiv Stunden, da das Morgenlicht durch die Vorhänge kroch –, als Quinn als Erste aufwachte. Ihr Körper zuckte und ihre Ferse berührte Logans Schienbein.

„Scheiße!", stöhnte er und steckte ihre Beine zwischen seine. Er packte ihre Hüften und schmiegte sich mit seiner Leiste an ihren Hintern, sein morgendlicher Ständer klemmte sich zwischen ihre Arschbacken. Sie kicherte und zog, da sie Ty nicht außen vor lassen wollte, den anderen Mann in ihre Arme, wobei sie fühlte, wie sein sehr bereitwilliger Schwanz an ihren Bauch stieß.

Sie drehte sich ein wenig, um ihm einen besseren Zugang zu ermöglichen und …

Schrie.

Paige Reed stand am Fußende des Bettes und schaute die drei an. Quinns Herz fing plötzlich zu rasen an. Sie zog das Laken höher bis zum Hals und starrte die zierliche Brünette an, die mit den Händen auf den Hüften und einem breiten Grinsen dastand.

Scheiße. Scheiße, Scheiße, Scheiße.

Logan rollte sich auf den Rücken, verschränkte die Arme hinter dem Kopf und schenkte seiner Schwester ein einladendes Lächeln. Quinn bemerkte, wie er seine Knie beugte, um sicherzugehen, dass das Laken nicht zu viel preisgab.

Ty war es anscheinend egal, wer oder was unter der Decke lauerte. Und Paiges Auftreten hatte seine Lust sicher nicht gedämpft. *Meine Güte.*

Paige bemerkte es auch, wodurch sich ihr Lächeln verbreiterte.

„Guten Morgen, Jungs. Ich wollte nur mal vorbeischauen und sehen, wie es so läuft."

Konnte sie nicht vorher anrufen?

„Aus meiner Sicht sieht es so aus, als liefe alles ziemlich gut." Paige blickte Quinn mit einem starren Blick an. „Wie geht es dir, Quinn?"

Einen Moment lang hatte Quinn gehofft, sie hätte sich in eine Superheldin verwandelt und wäre unsichtbar geworden. Offensichtlich nicht. „Oh ... Äh, gut." *Bis du aufgetaucht bist.*

„Ja ... Das sehe ich." Und dann hatte sie den Nerv, Ty zuzuzwinkern. „Nun." Sie sank auf das Fußende des Bettes und faltete ihre Hände in den Schoß. „Ich bin eigentlich gekommen, um euch Jungs ein Frühstück zu machen."

Sie hatte sich auf dem Bett niedergelassen, als sei es ein normaler Vorgang, ihren Bruder nicht nur mit einem anderen Mann, sondern auch mit einer Frau im Bett zu sehen.

„Wenn ihr überhaupt Appetit habt?", fragte sie vorsichtig.

Ty lachte und schenkte ihr eines seiner blendenden Lächeln. „Wir verzichten nie auf eine deiner Mahlzeiten, Paige."

Paige schnappte sich seinen Fuß, der unter der Bettdecke begraben war, und wackelte spielerisch mit ihm. „Ich weiß."

Nimm deine Finger von meinem ..., keuchte Quinn. *Mann.* Mist.

Alle Augen richteten sich auf sie und sie spürte, wie das Blut aus ihrem Gesicht floss. Ihrem Mann. Sie wurde bereits besitzergreifend gegenüber Ty und Logan. Das war kein gutes Zeichen.

„Tut mir leid." Sie schaute Quinn pointiert an. „Ich wollte nicht stören."

Ty streckte die Hand nach Paige aus, seine Stimme war tief und rau. „Du könntest dich uns anschließen." Und er hatte den Nerv, mit den Brauen auf und ab zu wackeln.

Quinn wollte ihm eine Ohrfeige geben.

Aber oh, igitt! Quinn schaute schnell auf Logan. Er lag einfach neben ihr mit einem dummen Lächeln auf dem Gesicht und nahm dieses Eindringen gelassen hin. So zu tun, als wäre Tys Vorschlag nicht seltsam ... *Oh.* Ty hatte einen

Witz gemacht. Das musste ein langjähriger Witz zwischen ihnen sein.

Sie fühlte sich wie ein solcher Trottel, weil sie eifersüchtig war.

Eine Männerstimme von außerhalb des Raumes schrie: „Liebling?"

Ty schmunzelte. „Du hast also doch Frühstück mitgebracht, wie ich sehe."

Paige schlug ihn leicht auf den Fuß. „Versuch es gar nicht erst. Er gehört mir. Wenn du ihn auf die dunkle Seite ziehst, bekomme ich ihn nie wieder zurück."

„Die dunkle Seite zu den Männern? Oder die dunkle Seite zum schwarzen Mann? Du kennst das Sprichwort …"

Paige streckte ihre Hand aus und stoppte seine Worte. Ich kenne es. Ich kenne es." Sie drehte den Kopf und schrie: „Con, Schatz, mach dir nicht die Mühe, hierherzukommen – *vergiss es*."

Connor Morgan – denn wer sonst könnte es sein? – drückte die Schlafzimmertür weiter auf und nahm den Anblick seiner Frau, die mit ihrem Bruder und einem anderen Paar auf einem Bett saß, recht entspannt auf, dachte Quinn.

Paige zuckte die Achseln, beugte sich vor und sagte laut und dramatisch flüsternd: „Ich glaube, ich habe endlich begriffen, dass ich ihm das Gegenteil von dem sagen muss, was ich wirklich von ihm will, und *dann* wird er tatsächlich das tun, was ich von Anfang an will." Sie schenkte Connor ein großes, süßes Lächeln.

„Als ob ich das nicht gehört hätte." Der große blonde Mann mit dem australischen Akzent ging zu Paige hinüber und legte ihr eine Hand über die Schulter, die sie zärtlich drückte. „Du weißt, ich versuche alles zu tun, um dir zu gefallen."

„Und was war gestern Abend?"

„Hey, so flexible bin ich nun auch nicht. Sorry."

Tys Interesse war geweckt. „Ich kann dir helfen, flexibler zu werden."

Paige rief ein scharfes „Nein" aus.

Ty lachte. „Sie glaubt, ich ziehe dich auf die dunkle Seite."

„Nun, wenn ich rüberwechseln würde, wärst du wohl keine schlechte Wahl." Connor lachte und setzte sich hinter Paige und zog sie in seine Arme. „Entschuldige, Logan. Nichts für ungut."

Logan zuckte nur ein wenig mit den Achseln. „Kein Problem."

Das Bett war nun etwas überfüllt. Quinn fragte sich, wer sich ihnen als Nächstes anschließen würde.

„Aber", fuhr Connor fort. „Ich glaube, ich bleibe bei der Kleinen. Fürs Erste." Paige lehnte sich mit dem Rücken an seine Brust und sah liebevoll zu ihm auf. Fast mit Welpen-Hundeaugen.

Um Himmels willen, hatte sie Ty oder Logan mit diesem Ausdruck angeschaut? Quinn ballte ihre Fäuste fest um das Laken.

Connors strahlend blaue Augen fielen ihr auf. Er ließ Paige lange genug los, um seine Hand auszustrecken. Quinn löste vorsichtig eine Hand aus ihrem Todesgriff auf das Laken und schüttelte die seine. Sein Griff war fest, als er ihre Hand auf und ab schüttelte.

„Hallo, ich bin Connor Morgan."

Logan setzte sich schließlich auf, das Laken legte sich um seinen Schoß. „Tut mir leid, ich hätte die Vorstellungsrunde machen sollen."

Paige schnaubte zart. „Ja, als ob dies ein formaler Rahmen wäre. Puh … Connor, das ist Quinn …"

„Shorty! Lass mich das machen, verdammt."

Paige hielt ihre Hände kapitulierend hoch. „Okay, okay."

„Connor, das ist Quinn Preston. Sie ist unsere …"

„Freundin", unterbrach Quinn schnell, da sie keine Ahnung hatte, welche Beschreibung, welches Etikett Logan ihr anheften könnte. Diese ganze Situation war schon peinlich genug.

„Sie spricht!" Paige quiekte und lachte dann.

Quinn presste ihre Lippen zusammen. Sie hatte Paige nur ein paar Mal zuvor getroffen und jedes Mal hatte sie sie gemocht, aber heute ging sie Quinn auf die Nerven. Es könnte daran liegen, dass Quinn zusammen mit zwei anderen Männern nackt unter den Laken lag, während Paige und Connor dort saßen und sich untätig unterhielten.

Das wäre wohl Grund genug.

Vielleicht sah Paige das Unbehagen in Quinns Gesicht oder vielleicht war es die plötzliche Hitzewallung, die Quinns Hals hinaufkroch, aber sie räusperte sich schnell und kam zur Sache. „Nun, der Grund unseres Besuchs war …"

„Wir wollten, dass ihr zwei, äh, drei, die Ersten seid, die es erfahren."

„Wir sind verlobt!" Paige quietschte laut auf und schob ihnen ihre linke Hand unter die Nase, wobei der riesige Diamant an ihrem Ringfinger blitzte.

Es folgten Momente des Händeschüttelns und des gutmütigen Schulterklopfens zwischen den Jungs, und Logan und Ty umarmten abwechselnd Paige.

Vielleicht sollte sie Paige auch umarmen. Doch stattdessen murmelte Quinn nur „Glückwunsch". Ohne Vorwarnung zog Connor sie zu einer erdrückenden Umarmung hoch, während Quinn darum kämpfte, das Laken über ihren nackten Brüsten zu halten.

Quinn ließ ein gedämpftes „Uff" heraus.

„Wenn du jemanden begrapschen willst, komm her und umarme *mich*", sagte Logan zu Connor.

„Oh nein, Bruder. Er gehört mir. Hände weg."

„Du machst keinen Spaß, Shorty."

„Okay, hier ist etwas Spaß … Ich möchte, dass du mich zum Altar führst."

Paiges Wortgewirr hatte Logan dazu veranlasst, sich gegen das Kopfteil zurückzulehnen und sie nur anzustarren. Die Sekunden verstrichen und Quinn fragte sich, ob er seine Schwester überhaupt gehört hatte.

Tatsächlich begann sie, sich Sorgen zu machen.

Ty auch. „Lo?"

Paige fuhr fort, als ob sich Logan nicht seltsam verhalten würde. „Und, Ty, wir möchten, dass du einer der Trauzeugen bist. Wenn das für dich in Ordnung ist?"

Ty schenkte ihr ein kleines Lächeln und beobachtete Logan immer noch mit besorgtem Blick. „Ja, das würde mir gefallen. Lo?" Er griff hinter Quinn und legte eine Hand auf Logans Oberarm; er gab ihm einen leichten Stups.

Schließlich schien Logan aus seinem … was auch immer es war, auszubrechen. Und Quinn wurde klar, dass sie den Atem angehalten hatte. Sie ließ ihn heraus und befreite ihre Finger von ihrem festen Griff auf dem Laken.

Sie beugte sich zu Logan hinüber und fragte leise: „Alles in Ordnung?"

Logan hielt ihren Blick einen Moment lang fest, sein unleserlicher, aber intensiver Blick ließ die Haare in ihrem Nacken aufsteigen. Dann brach er den Blickkontakt ab und sah Paige an.

„Es wäre mir eine Ehre, dich zum Altar führen zu dürfen, Shorty." Seine Stimme war ein wenig brüchig.

Bruder und Schwester starrten einander an, als würden sie ein Geheimnis teilen. Jeder im Raum erstarrte für eine

Sekunde, bevor Connor Paiges Schultern drückte und den Bann brach.

„Paige wollte das mehr als alles andere", sagte Connor.

„Heiratet ihr in einer Kirche?", fragte Logan Paige. Sie lachte als Antwort nur, woraufhin Logan stöhnte. „Shorty, du weißt, was ich von Kirchen halte."

Ty stupste ihn noch einmal an, bevor er seinen Arm um Quinns nackte Schultern legte. „Wir holen einfach deinen Aluhut heraus, um dich vor Gottes Zorn zu schützen, wenn du in der Kirche bist."

„Nein!" Paiges Augen wurden so groß wie Teller. „Aluminiumfolie ist als Teil der Garderobe verboten."

„Ja, T., du findest das lustig, aber …"

„Aber was? Glaubst du nicht, dass der Mann da oben größere Sorgen hat als deine Vergangenheit?"

Meine Güte. Was hatte Logan getan?

Tys Fingerspitzen zeichneten Kreise über Quinns Schulter, was ihr einen Schauer über den Rücken jagte. Ihre Brustwarzen verhärteten sich wie zwei große Gänsehautkugeln unter dem Laken, was sofort Connors Blick auf sich zog.

Das blieb Logan nicht unbemerkt.

„Okay, lassen wir die Frauen ein paar Frauengespräche führen, während wir Männer in die Küche gehen und echte Männerarbeit machen, wie zum Beispiel mit dem Frühstück beginnen."

Die drei Jungs lachten zustimmend und Ty und Logan begannen, das Laken wegzuziehen, um aufzustehen, als Paige schrie, sie sollten es festhalten. Das taten sie. Sie rief aus, dass sie die nackten Körperteile ihres Bruders nicht sehen wolle, also wühlte sie in den Schubladen der Kommode herum und zog zwei Paar Boxershorts heraus. Sie warf ein Paar zu Logan, der sofort begann, sie anzuziehen, und drehte sich, um das andere Paar Ty zuzuwerfen, als sie zögerte.

„Vergiss es. Du brauchst die nicht. Ich will sehen, was du zu bieten hast."

Mit einem Murren vorgetäuschter Verzweiflung riss Connor Paige die Unterwäsche aus den Fingern und warf sie zu Ty. „Oh, nein. Du zeigst ihr keinen Scheiß. Wenn sie sieht, was du zu bieten hast, werde ich dem nie wieder gerecht werden können. Es ist besser, wenn sie nicht weiß, dass es nichts Größeres gibt als das, was sie bereits bekommt."

„Oh, Baby, ich weiß es schon ... Aber ich liebe dich trotzdem."

Mit einigen gutmütigen Kommentaren gingen alle drei Männer weg und ließen Quinn und Paige allein.

„Kommst du auch, Quinn?"

Ihre leise Frage erwischte Quinn unvorbereitet. „Kommen?"

„Zu unserer Hochzeit."

Sie möchte, dass ich ja sage, auch wenn es noch ein Jahr dauern könnte?

„Oh. Ich weiß nicht. Wir werden sehen." *Wir werden sehen, wo wir alle zu diesem Zeitpunkt stehen.*

„Die Jungs werden ein Date brauchen."

Jetzt versuchte sie auch noch, an Quinns gutmütige Seite zu appellieren. Ein Date.

Quinn schüttelte den Kopf. „Sie haben einander."

Paige spitzte die Lippen und zögerte eine Sekunde, bevor sie vorsichtig sagte: „Das haben sie, aber ... jetzt bist du hier."

Quinn verengte ihre Augen. Was glaubte Paige eigentlich, was da genau vor sich ging? Abgesehen von dem, was offensichtlich war, natürlich.

„Ich glaube, du irrst dich ..."

„Hör zu", unterbrach Paige. „Es tut mir leid, dass ich bei euch einfach so hereingeplatzt bin. Ich hatte keine Ahnung.

Tatsächlich hätte ich nie erwartet, jemals wieder eine Frau in Logans Bett zu finden."

„Warum? Ich dachte, sie …"

„Täten das mit anderen Frauen?" Paige runzelte die Stirn. „Ich weiß es nicht. Das glaube ich nicht." Ihre zarten Augenbrauen zogen sich zusammen. „Zumindest habe ich hier noch nie andere Frauen erwischt. Ich meine, ich bin nicht ständig hier, aber ich komme recht oft vorbei. Ich helfe mit der Buchhaltung für das Unternehmen."

Paige bewegte sich und legte sich weiter auf das Bett. Näher an Quinn. Quinn war sich nicht sicher, ob ihr das gefiel. Die andere Frau machte es sich auf dem Bett für ihren Geschmack etwas zu bequem. Aber Paige rollte ihre Beine unter sich zusammen. Es sah nicht so aus, als ob sie vorhatte, das Schlafzimmer in absehbarer Zeit zu verlassen. Und Quinn ebenfalls nicht, da sie nackt unter dem Laken lag. Sie rutschte weiter unter dieses Laken.

Nun, sie könnte diese Verbindung – oder was auch immer es war – genauso gut nutzen und einige gute Informationen aus Logans Schwester herausholen.

„Warum, denkst du, ist das so? Warum ich? Warum jetzt?"

Paige streckte eine Hand aus, um Quinns Fragen zu stoppen, und schüttelte nur den Kopf. „Ich kenne die Antworten nicht. Du solltest mit ihnen sprechen. Vielleicht Logan. Ich weiß es nicht." Sie neigte den Kopf und studierte Quinn einen Moment lang. „Schau, ich liebe meinen Bruder, und dass Ty in sein Leben kam, war das Beste, was ihm je passiert ist. Ich will nicht, dass irgendetwas das ruiniert. Ich sage nicht, dass du das tust, aber Logan ist jetzt glücklich. Er hat eine gute Beziehung, ein erfolgreiches Geschäft, und", sie winkte mit der Hand durch den Raum, „schau dir diesen Ort an."

Sie tat so, als sei dies etwas Dauerhaftes. Das war es

nicht. Quinn wollte das klären, aber als sie ihren Mund öffnete, stoppte Paige sie erneut.

„Hör zu. Seine Frau hat ihn für eine Weile verkorkst. Sie gab ihm das Gefühl, schmutzig und anormal zu sein. Das ist er nicht. Er möchte nur jemanden lieben, der ihn auch liebt."

Letzteres klang Quinn sehr vertraut. Sie sagte etwas Ähnliches wie Logan, als er sie über Kinder befragt hatte.

„Logans Frau …", stieß Quinn an, nachdem Paige nach wenigen Augenblicken nichts mehr gesagt hatte.

Paige spuckte fast auf den Boden. „Dieses selbstgerechte Miststück."

Quinn zuckte zusammen. „Autsch."

„Oh. Sie hat den Titel verdient, glaub mir. Logan … Logan hatte eine Beziehung mit einem älteren Mann, als er noch ein Teenager war."

„Okay." Diese Nachricht überraschte Quinn nicht wirklich. Paige wollte es erklären, handelte aber etwas zögerlich. Sie war neugierig, warum. „Und?"

„Als meine Mutter es herausfand … Hat Logan dir gesagt, dass sie uns alleine aufgezogen hat? Hat er das? Nun … Als Mom davon erfuhr, schickte sie Logan für den Sommer zu unserem Onkel nach Kentucky. Sie dachte, dass er nur experimentiere, dass er sich mit den falschen Leuten herumtrieb. Sie glaubte, er brauche einfach eine männliche Figur in seinem Leben. Glaub mir, Logan war immer voll männlich, also war das alles nur Schwachsinn. Aber Mom dachte, er würde da herauswachsen." Paige holte tief Luft.

„Er sagt, er sei nicht schwul. Er sei bi."

Paige winkte mit der Hand. „Egal. Samantha und Logan lernten sich im College kennen. Ich glaube, er hat sie geheiratet, um wieder in die Gunst meiner Mutter zu kommen. Bin nicht sicher. Aber als meine Mutter über den Sommer auspackte, als er siebzehn wurde … Whoa. Da war Logan plötzlich ein Ausgestoßener. Es war egal, dass Logan ihr vollkommen treu war. Samantha war das egal. Alles, was ihren kleinen katholischen Arsch interessierte, war, dass er sich mit einem anderen Mann besudelt hatte. Völlig inakzeptabel. Sie verließ ihn so schnell, dass die Haustür noch schwang, als die Eheannullierungspapiere unterzeichnet wurden."

„Er war am Boden zerstört."

„Ja. Um es milde auszudrücken. Er wurde von ihr und ihren religiösen Ansichten verurteilt. Deshalb die Reaktion auf die Sache mit der Kirche."

„Möchte er, dass du mir das alles erzählst? Wird es ihm etwas ausmachen?"

Paige zuckte die Achseln. „Ich weiß es nicht. Ich bin sicher, er weiß, dass wir hier über etwas sprechen und dass es nicht um Häkeln geht." Paige lachte über ihren eigenen Witz. Sie war schnell wieder ernst. „Du scheinst die Situation mit Logan und Ty zu akzeptieren."

„Nun, ehrlich gesagt, es hat mich anfangs überrascht. Aber ich bin eine Erwachsene. Ich hätte gehen können."

„Aber du wolltest nicht."

Nein. Sie wollte es nicht. Sie wollte es Paige gegenüber aber nicht laut zugeben. Paige, die mit Lana befreundet war.

Scheiße!

Wenn Paige irgendetwas zu Lana sagt ... Wenn Lana herausfindet, wo ich die letzten paar Wochenenden verbracht habe, was ich gemacht habe, ... mit wem ich es gemacht habe ...

Quinn ließ ihre Unterlippe los, als sie Blut schmeckte. Verdammt! Sie hatte nicht einmal gemerkt, dass sie daran genagt hatte.

Wenn Lana das herausfindet, werden es alle wissen. Sosehr sie ihre Freundin auch liebte, Quinn wusste, dass Lana ein Plappermaul war. Es war einer ihrer liebenswerten, aber ärgerlichen Makel.

Quinn setzte sich schnell auf, das Laken rutschte nach unten, gefährlich nahe daran, einen Nippel zu zeigen. „Paige, bitte, du darfst es niemandem sagen", bettelte sie, während sie den Rand des Lakens höher zog und versuchte, wenigstens *den Anschein von* Bedecktheit zu wahren.

Obwohl sie sich fragte, warum sie sich die Mühe machte.

Paige warf ihr einen überraschten, aber enttäuschten Blick zu. „Warum? Ist es dir peinlich, bei meinem Bruder zusammen zu sein?"

„Nein. Nein! So ist es nicht."

„Nein? Was ist es dann?"

„Es ist wohl die Komplexität des Themas."

„Komplexität? Hmm. Du meinst, zwei Männer auf einmal zu vögeln?"

Quinn spürte die Hitze ihres Errötens. Ihre Wangen brannten. Sie konnte Paige nicht in die Augen sehen, obwohl die andere Frau nur Fakten wiedergab; was sie gesagt hatte, war wahr.

Aber das bedeutete nicht, dass es nicht unangenehm war, das zuzugeben.

„Quinn, du hast wirklich Glück."

Quinn schaute überrascht auf. „Wie meinst du das?"

„Du kannst dich glücklich schätzen, zwei solche Typen zu haben, die dich wollen. Ich bin eifersüchtig."

„Warum solltest du eifersüchtig sein? Du hast Connor."

„Ja, das stimmt. Das habe ich, und ich liebe ihn. Sehr sogar." Paiges Lippen zuckten. „Aber manchmal frage ich mich, wie es wohl wäre, die Aufmerksamkeit von zwei Männern zu haben …"

„Hat Connor irgendwelche großen, kräftigen Freunde?"

„Oh ja. Und ob er das hat!"

Sie lachten beide und fühlten sich absolut verrucht.

Doch Quinn wurde schnell wieder ernst. „Also ... kannst du das für dich behalten?"

Paige blickte einen Moment auf den Boden, bevor sie Quinns Blick traf. Die kecke kleine Brünette war verschwunden und durch eine ernsthafte Person ersetzt.

„Ich habe kein Problem damit, ein Geheimnis zu bewahren. Ich verstehe, dass dies nicht die Norm ist und in bestimmten – oh zum Teufel – den meisten Kreisen möglicherweise nicht gut ankommt. Ich werde nichts tun, was dich verletzen oder das Glück meines Bruders aufs Spiel setzen könnte. Wenn er mit dieser Regelung zufrieden ist, dann bin ich es auch."

Quinn streckte versuchsweise die Hand aus und berührte Paiges Arm. „Ich danke dir."

Vielleicht gab es in der Zukunft eine Freundschaft zwischen ihr und Logans Schwester. Nur vielleicht.

KAPITEL 13

*A*ls Quinn am Sonntagabend im stickigen Speisesaal des Mandolin Bay Country Club saß, bedauerte sie bereits, dass sie die Farm früh verlassen musste. Sie wünschte sich, sie säße statt hier am großen Blocktisch. Sie hasste den liebsten Treffpunkt ihrer Eltern – den Ort, an dem man die Reichen sehen und von ihnen gesehen werden konnte. Er war knallig und protzig. Zu viel für Quinns Geschmack.

Sogar die Kellner waren Snobs, dachte sie, als ihr Kellner, Robert – nein, das war nicht Robert, wie die normale amerikanische Art, es zu sagen, wäre. *Ro-beer*, wie es ausgesprochen wurde, bestand darauf, ihre steife, ultraweiße Stoffserviette in ihren Schoß zu drapieren, als wäre sie zu schwer für Quinn, um es selbst zu tun.

Kaum schlenderte er davon, warf Quinn die Serviette wieder auf den Tisch.

„Quinn, hör auf, so schwierig zu sein", sagte ihre Mutter tadelnd.

„Du weißt, dass ich es nicht mag, wenn man sich um mich sorgt." Zumindest nicht von versnobten Kellnern, die wie Pinguine gekleidet waren. Sie hatte vor einer Stunde widerwillig zwei Männer verlassen, bei denen es ihr nichts ausmachte, wenn sie sich um sie kümmerten. Tatsächlich genoss sie es. Konnte nicht genug davon bekommen.

Quinn seufzte.

Ihr Vater saß ihr schweigend gegenüber und genoss seinen Tanqueray und Tonic, während ihre Mutter mit einer Hetzrede nutzlosen Geschwätzes und Informationen begann, die Quinn nicht weniger interessieren hätten können. Ihr Vater verdrängte offensichtlich das Geschwätz ihrer Mutter, was man an seinem glasigen, leeren Blick und der Tatsache, dass sein Glas nie den Tisch berührte, deutlich erkennen konnte. Sein Ellbogen wurde ziemlich stark beansprucht.

Da ihre Mutter nichts Wichtiges zu sagen hatte und ihr Vater absolut nichts zu besprechen – nicht, dass ihm die Chance dazu eingeräumt worden wäre –, fragte sich Quinn, warum sie sich überhaupt zum Abendessen treffen wollten.

Sie erhielt ihre Antwort, als die eine Person, die sie nicht sehen wollte, ihnen *zufällig* während des Hauptgerichts über den Weg lief. Quinn erstickte fast an ihrem Täubchen – sie hatte die teuerste Vorspeise auf der Speisekarte bestellt, damit es sich für sie lohnte –, als Peter an ihrem Tisch aufkreuzte. Nur, dass er nicht einfach belanglos vorbeiging. Leider.

Quinn hatte ihren Vater schon lange nicht mehr so schnell sich bewegen sehen. Er stand von seinem Stuhl auf, schüttelte begeistert Peters Hand, während ihre Mutter mit ihren gefärbten Haaren herumfuchtelte und gurrte, als Peter ihre Fingerknöchel übertrieben küsste. Im Gegenzug erhielt er Luftküsse auf beide Wangen.

Quinn wehrte sich dagegen, sofort erbrechen zu müssen. Sie blickte auf ihr Täubchen herab und sah es plötzlich mit anderen Augen. Sie sah es als die Taube, die es wirklich war.

Sie bedeckte ihren Teller mit ihrer Serviette und nahm einen Schluck Cabernet.

Peter zog den leeren Stuhl neben ihr heraus und plumpste hinein, was ihr ein breites Grinsen entlockte. Wenn er versuchte, ihr einen Begrüßungskuss zu geben, würde sie ihm eine tote Taube in den Arsch schieben. Es war ihr egal, was für eine Szene das auslösen würde.

„Stell dir meine Überraschung vor, euch hier zu treffen."

Ja, sie konnte es sich nur zu gut vorstellen. Ihre Eltern nahmen wieder in ihren Stühlen Platz und ihr Vater winkte *Ro-beer* herüber, sein glasäugiger Blick war merkwürdigerweise längst verflogen.

Quinn sah angewidert zu, wie *Ro-beer* ein weiteres Gedeck vorbeibrachte und Peter ein Glas Wein einschenkte. Ihren Cabernet. Sie krümmte ihre Finger gegen den Drang, dem Kellner selbstsüchtig die Flasche aus den bleichen Fingern zu reißen und zu schreien: *Mein, mein, mein!* Wenn sie für den Rest des ruinierten Essens bei Peter sitzen müsste, bräuchte sie den verbleibenden Wein in der Flasche. Mindestens.

„Also …"

Also, du bist ein Arschloch.

„Du siehst toll aus." Er lehnte sich ein wenig zu ihr hinüber. „So richtig glühend."

Vielleicht, weil sie erst vor wenigen Stunden von zwei Männern flachgelegt worden war? Vielleicht war es das. Ein postkoitales Glühen. Während es verlockend war, diese Tatsache einfach zu erzählen, knirschte sie mit den Zähnen, setzte ein falsches Lächeln auf und blickte stattdessen zu ihrem Vater hinüber.

Sie wollte nicht, dass er ihretwegen tot umfiel. Peter, andererseits …

Peter wand sich ein wenig auf seinem Sitz, als Quinns einzige Antwort ihr böser Blick war. Er räusperte sich schnell und wandte sich mit seinem Charme an ihre Mutter. „Ich freue mich sehr auf die House to Home Charity Monte Carlo Night am kommenden Wochenende."

House to Home Charity? Monte Carlo Night? War das ein weiterer Grund, warum ihre Eltern mit ihr zu Abend essen wollten? Ihre Mutter wusste, dass es für Quinn schwieriger sein würde, etwas persönlich abzulehnen, als wenn sie nur telefoniert hätten. Ausreden waren am Telefon so viel einfacher zu erfinden.

Wieder in die Falle gegangen.

Quinn blickte erwartungsvoll zu ihrer Mutter hinüber. Zumindest hatte die Frau die Gnade, ein wenig unbehaglich auszusehen.

Die Finger ihrer Mutter fuchtelten mit der Perlenkette um ihren Hals. „Ja, unser Society Ladies' Charity Club hat sehr hart daran gearbeitet. Wir wollen, dass es ein großer Erfolg wird."

Okay, das war so ein abgekartetes Spiel. Sie konnte nicht glauben, dass sie direkt in die Falle getappt war.

„Mutter, warum habe ich davon noch nie etwas gehört?"

„Oh. Ich dachte, ich hätte dir davon erzählt."

Mhm-hm. „Nein. Hast du nicht."

„Nun, ich habe mit Frank gesprochen, und das Unternehmen macht eine große Spende", sagte ihre Mutter.

Frank. Quinn stöhnte innerlich auf. Nun zog ihre Mutter auch noch ihren Chef mit hinein. Frank war einer der Seniorpartner in der Versicherungsgesellschaft, für die sie arbeitete.

„Er kann nicht kommen, deshalb schlug er vor, dass du den Scheck am nächsten Wochenende übergibst."

Oh nein. Jetzt konnte sie sich nicht mehr weigern zu

kommen, konnte sich nicht mehr entschuldigen. Sie würde wie ein großes Arschloch aussehen, wenn sie sich weigerte zu kommen. Ganz zu schweigen davon, dass die Weigerung, das Unternehmen bei der Wohltätigkeitsveranstaltung ihrer Mutter zu repräsentieren, ihrer Karriere abträglich sein könnte.

Vor allem für eine gemeinnützige Wohltätigkeitsorganisation, die Häuser für die Opfer von Naturkatastrophen wiederaufgebaut hatte.

Trotzdem mochte es Quinn nicht, in eine Ecke gedrängt zu werden.

„Und du wirst bei der Date-Versteigerung einen tollen Preis einbringen." Peter warf ihr einen wissenden Blick zu.

Die Ecke wurde viel, viel kleiner.

„Das war meine Idee, meine Liebe." Schließlich sprach ihr Vater. Seit wann hatte ihr Vater seine eigenen Ideen? Ihre Mutter könnte ihre Gedanken ebenso gut chirurgisch direkt in sein Gehirn implantieren.

Ihr Blick schweifte zu ihrem Vater, bevor er zurückkehrte, um Peters widerliches Grinsen zu studieren. Quinn drückte einen Finger an ihr Ohr und wackelte damit. Vielleicht hatte sie sich eingebildet, was er gerade gesagt hatte. „Verzeihung? Ich dachte, du sagtest *Date-Versteigerung*."

Ihre Mutter lehnte sich über den Tisch und tätschelte ihre Hand. Es kam kein bisschen Mitgefühl von ihr; sie wollte nur nicht, dass Quinn eine Szene machte. Als ob Quinn das tun würde.

Ha.

„Du hast Peter richtig verstanden. Wir hatten eine ziemlich große Auswahl an Freiwilligen. Ein paar lokale Nachrichtensprecher und lokale Sportler wie Ben Johnson. Weißt du, wer Ben Johnson ist?"

Natürlich wusste sie das. Er war ein beliebter Spieler des lokalen NHL-Farmteams. Anscheinend wusste sie einfach nichts über die NFL. Allerdings schon über die National Hockey League. Genau.

„Aber, Mutter, dem habe ich nicht zugestimmt."

Ihre Mutter streckte eine gut manikürte, stark mit Juwelen besetzte Hand in die Luft. „Quinn, du kannst uns nicht im Stich lassen. Das Abendprogramm ist bereits gedruckt worden. Und außerdem wäre es egoistisch, wenn du ablehnen würdest. Wir brauchen alles Geld, das wir bekommen können."

Quinn holte tief Luft und zählte bis zehn. Als sie fertig war, warf sie einen Blick auf Peters selbstgefälligen Gesichtsausdruck und beschloss, bis zwanzig zu zählen.

Sie steckten alle unter einer Decke. Und zwar alle.

„Bist du auch bei dieser Versteigerung dabei?", fragte sie Peter, obwohl sie die Antwort bereits wusste.

„Nein, ich werde einer der Bieter sein. Sollte eine aufregende Nacht werden." Er grinste.

Das würde es sicherlich. Auf keinen Fall würde sie Peter eine Verabredung mit ihr gewinnen lassen. Er hatte seine Chance bei ihr gehabt. Und es vermasselt. Für ihn war es zu spät.

Sie müsste sich etwas einfallen lassen. Irgendeine Möglichkeit, dem Abend bei Verstand zu entkommen. Aber ohne Peter.

„Wenn du mich brauchst, um mit dir einkaufen zu gehen, Schatz, dann kann ich das. Es wird festliche Abendgarderobe erwartet."

„Nein, Mutter, ich mache meine Einkäufe selbst. Was passiert in dieser Monte Carlo Night sonst noch so, außer dass du mich verkaufen willst?"

„Oh, Liebling, sei doch nicht so krass", sagte ihr Vater,

bevor er den letzten Gin Tonic austrank. Er erregte *Ro-beers* Aufmerksamkeit und zeigte auf sein Glas. *Ro-beer* huschte weg, um als der gute kleine Kellner, der er war, einen neuen Drink zu holen.

Ihr Vater hatte die richtige Idee. Alkohol. Quinn leerte ihr letztes Glas und schnappte sich dann das von Peter. Er hatte seines mit seinen betrügerischen Lippen nicht berührt und es wäre schade, es zu verschwenden.

„Es gibt eine Dinner- und Cocktailstunde, und Spieltische wie Blackjack und Poker. Danach gibt es die Live-Versteigerung für Junggesellen und Junggesellinnen. Vielleicht kommen ein paar Prominente vorbei, um Autogramme zu geben und Fotos zu machen."

„Und die Kosten?"

„Oh, Schatz, das haben wir schon erledigt."

Erledigt.

„Es wird eine kostenpflichtige Bar geben, wobei der gesamte Erlös in den Fonds fließt, und natürlich auch alle Versteigerungsgelder."

„Kosten pro Person?"

Ihre Mutter zögerte für den Bruchteil einer Sekunde. „Oh, es ist vernünftig."

„Mutter …"

Ihr Vater, der sich verzweifelt nach *Ro-beer* umsah, unterbrach sie. „Das kostet tausend Dollar pro Person, Schätzchen. Sehr vernünftig."

Quinn stellte ihr – oder eigentlich Peters – Weinglas hin, bevor sie den Wein über ihren Vater spuckte. „Ihr habt eine Platzgebühr für mich bezahlt?"

„Ich sagte doch, es ist erledigt."

„Aber, Dad …"

Er nagelte sie mit einem sehr väterlichen Blick fest. „Genug. Es ist erledigt."

Sie fühlte sich plötzlich wieder wie dreizehn.

Die Dinge hatten sich nicht geändert. Ihr Vater war die Marionette ihrer Mutter. Selbst wenn er mit etwas, das sie sagte oder tat oder wollte, nicht einverstanden war, war es seiner Meinung nach einfacher, ihr zuzustimmen. Einfacher für ihn. Nicht für Quinn. Niemals für Quinn. Er hatte sich nie für sie eingesetzt.

Peter legte eine Hand um Quinns Schulter. „Deine Eltern sind großzügig und sie wollen, dass du dabei bist."

Quinn starrte seine Hand an und knurrte. Sie musste allerdings eher höhnisch gelacht haben, denn Peter entfernte schnell seine gefährdeten Finger, als ob er eine Flamme berührt hätte.

Nicht nur, dass ihre Eltern sie heute Abend Peter vor die Nase setzten, sie zwangen sie auch, an einer Veranstaltung teilzunehmen, an der sie nicht teilnehmen wollte, *nur* damit sie ihr ihn wieder vor die Nase setzen konnten – selbst wenn sie *wussten*, was er ihr angetan hatte. Sie hätten sie einfach vor einen Bus werfen sollen. Das wäre schneller und effektiver gewesen.

Sie blickte auf ihr kaltes Täubchen, den auf dem Teller gelierenden Saft. Sie stieß es angewidert weg.

Was sie gegessen hatte, fühlte sich bereits wie ein Bleiballon in ihrem Magen an. Sie konnte nicht glauben, dass sie noch vor wenigen Stunden glücklich war und sich tatsächlich sorglos gefühlt hatte. In den Armen ihrer beiden Liebhaber. Und jetzt?

Quinn schob ihren Stuhl zurück und sprang auf ihre Füße.

Ihr Vater und Peter sprangen auf wie die wahren Herren, die sie eigentlich sein sollten.

„Ich muss jetzt gehen."

„Geht es dir gut, Schatz?"

Ihre Mutter hatte wirklich die Nerven, sie das zu fragen?

Obwohl sie Quinn gerade effektiv eine Falle gestellt hatten und zu etwas zwingen wollten, das sie nicht wollte?

„Einfach klasse."

Quinn entfernte sich schnell vom Tisch und stieß *Ro-beer* auf dem Weg nach draußen an. Er kämpfte damit, den frischen Tanqueray und Tonic ihres Vaters nicht zu verschütten. Sie konnte diesem Albtraum nicht früh genug entkommen.

~

„SIE WOLLEN MICH VERKAUFEN." Eine Träne plumpste schwer in ihr Glas Wein.

Logan sprach *sanft* am Telefon und versuchte sein Bestes, um sie zu beruhigen. Es funktionierte nicht.

„Wovon sprichst du?"

„Sie verkaufen mich wie eine Hure."

Was war an „verkaufen" nicht klar?

Logans Glucksen zerrte an ihren Nerven. „Komm schon, Quinn. Wirklich. Was ist los?"

Er nahm sie nicht ernst. Wenn er wollte, dass sie Klartext sprach, gut … „Sie verkaufen mich an den Höchstbietenden."

Hatte er gerade geschnaubt?

„Was meinst du damit? Wie eine arrangierte Ehe?"

„Nein." Ihre Lippen zitterten und sie schniefte laut. Sie weinte nie. Warum also jetzt? „Sie versteigern mich und Peter wird mich gewinnen."

„Wer zum Teufel ist Peter?"

Ah. Jetzt nahm er sie ein wenig ernster. Alles, was es brauchte, war, einen Mann zu erwähnen, damit ein anderer aufmerksam wird. „Mein Ex."

Am anderen Ende des Telefons gab es eine deutliche Pause.

„Okay. Ich bin immer noch ein wenig verwirrt. Hast du getrunken?"

„Gibst du mir die Schuld? Sie bauen absichtlich Scheiße, um Peter und mich wieder zusammenzubringen."

„Und du willst das nicht."

„Natürlich nicht! Ich bin …" *Glücklich, mit euch beiden zusammen zu sein.* „Ich will ihn nicht."

Sie wollte nicht einmal an ihn denken, geschweige denn mit ihm ein arrangiertes, Gekauft-mit-Geld-Date haben. Wohltätigkeit hin oder her.

„Was willst du?"

„Nicht versteigert werden. Nicht zu dieser Wohltätigkeitsveranstaltung gehen. Ich hasse formelle Angelegenheiten."

Sie hörte ihn seufzen. „Ich mag sie selbst auch nicht besonders gern."

Sie musste aufhören, sich selbst zu bemitleiden, und den Grund herausfinden, warum sie ihn überhaupt angerufen hatte. „Ich brauche die Hilfe von Ty und dir."

„Sicher. Was brauchst du?"

„Ich brauche ein Date für diese *Sache*."

„*Sache*. Ein Date." Eine weitere Pause, als ob er die Idee in seinem Kopf durchgehen würde. „Okay, aber wer soll dich begleiten?"

Wer?

„Quinn, wer von uns soll mit dir kommen?"

Wer von ihnen? Als ob sie wählen könnte. Sie dachte nicht einmal einzeln an sie. Sie waren ein gemeinsames Paar. Ein Paar. „Beide. Ich möchte, dass ihr beide mit mir kommt. Ich möchte, dass ihr beide mein Date seid."

Eine weitere Pause. Diesmal eine lange. „Ich weiß nicht, Quinn. Das ist vielleicht keine so gute Idee."

„Das ist mir egal."

„Vielleicht denkst du morgen Früh anders, nachdem das,

was du getrunken hast, aus deinem System wieder draußen ist."

„Wein."

„Was?"

Quinn hob die Flasche auf und drehte sie, um das Etikett zu lesen. „Wein. Ein wirklich guter, schmackhafter Merlot."

Sie schenkte noch ein wenig mehr in ihr Glas und schob die Flasche zur Seite. Sie stand vom Küchenhocker auf und lief mit dem Handy am Ohr durch den Raum.

Würde er – würden sie – sie abweisen? Würde er sich weigern, mitzukommen oder Ty wegen einer möglichen Kontroverse gehen zu lassen? Weil es Probleme mit ihren Eltern geben könnte? Nein, nicht könnte, sie wusste mit Sicherheit, dass das auf jeden Fall passieren würde. Aber sie wollte nicht, dass sie das Gefühl hatten, benutzt zu werden. Schachfiguren in ihrer Rache an ihren Eltern. An Peter.

Aber wenn jemand an diesem Abend an ihrer Seite sein sollte, dann wollte sie Logan und Ty. Nicht den einen oder den anderen. Beide.

„Bist du dir da sicher?"

„Ich war mir in meinem Leben noch nie so sicher."

„Die Dinge könnten nie wieder so sein wie früher."

„Das hoffe ich."

„Ich möchte, dass du gründlich darüber nachdenkst."

„Ich habe keine Zeit, darüber nachzudenken. Die Monte Carlo Night ist am Samstag."

„Warte mal. Diesen Samstag?"

„Mmm-hmm."

„Scheiße. Ich müsste mir einen Smoking besorgen."

„Es ist mir egal, was ihr anhabt. Komm nackt, von mir aus." Nackt, im Smoking – er würde so oder so heiß ausse-hen. Die Korallenschlangentätowierung, die sich um seine

Hüfte wickelt, war wunderschön. Das sollte jeder sehen. Na gut, vielleicht wäre ihre Mutter nicht so beeindruckt.

Logan lachte. „Ja, glaubst du, dass du jetzt Probleme hast? Denk an die Probleme, die du hättest, wenn Ty und ich nackt auftauchen würden."

Quinn wischte sich die Nässe von der Wange und lächelte. „Niemand würde aufhören können, auf Tys Paket zu schauen."

„He! Ich bin auch nicht zu verachten."

„Nein, das bist du nicht. Ich wünschte, du wärst jetzt hier und würdest mir zeigen, was du zu bieten hast."

„Das wünschte ich auch."

„Ich vermisse euch Jungs", sagte sie.

„Wir vermissen dich auch, Baby, aber du bist erst vor ein paar Stunden hier weggegangen."

„Es kommt mir wie eine Ewigkeit vor."

„Vielleicht liegt es daran, dass es kurz vor Mitternacht ist."

„Mist. Ist es das?" Die Uhr, die über dem Waschbecken hing, sagte, dass er recht hatte. Sie stöhnte. „Ich muss morgen früh ins Büro."

„Dann solltest du besser ins Bett gehen."

Ja, Bett wäre gut. Aber nicht allein. Nicht freiwillig. „Mit dir."

„Okay." Seine Stimme änderte sich, wurde etwas ruppiger, etwas anspruchsvoller. „Geh in dein Zimmer."

„Warum?"

„Stell mich nicht infrage. Tu es einfach. Geh in dein Zimmer."

Sie hatte ihre Schuhe schon früher ausgezogen, als sie durch die Eingangstür kam, und so ging sie nun die mit Teppich ausgelegten Stufen zum zweiten Stock nur noch auf ihren Strümpfen hoch.

Als sie oben auf der Treppe ankam, balancierte sie ihr halb volles Weinglas in der einen Hand und hielt sich mit der anderen das Telefon ans Ohr.

„Bist du noch da?", fragte sie ihn atemlos.

„Bist du in deinem Schlafzimmer?"

Noch ein paar Schritte und sie war es. Sie bewegte sich durch den Raum und stellte ihr Glas auf den Nachttisch. „Ja."

„Was trägst du?"

Ein heißer Blitz schoss durch sie hindurch und ihre Zehen krümmten sich gegen den Berberteppich. „Ich trage ein Kleid mit V-Ausschnitt und Strümpfe."

„Okay, wir fangen mit denen an."

Quinns Herz schlug schnell. Sie wünschte sich, die Jungs wären da, wo sie sie berühren könnte. Sie fühlen.

„Hat dein Kleid einen Reißverschluss?" Logans Stimme machte ihre Brustwarzen hart und sie begannen zu schmerzen. Sie brauchte seine Berührung. Dringend.

„Ja", flüsterte sie.

„Öffne ihn. Langsam."

Sie griff nach dem Reißverschluss im Nacken.

„Achte darauf, dass du es langsam machst. Ich möchte hören, wie sich der Reißverschluss öffnet."

Quinn nahm das Telefon in die andere Hand, während sie tat, was ihr gesagt wurde. Sie griff hinter sich, um den Reißverschluss herunterzuziehen, wobei sie sich vergewisserte, dass der Hörer nah genug war, um das Knirschen der Metallzähne beim Öffnen mitzubekommen. Der Reißverschluss endete an ihrem Rücken.

Sie hielt sich das Telefon wieder ans Ohr.

„Welche Farbe hat dein Kleid?"

„Rot."

„Schieb das rote Kleid über deine Schultern. Jetzt über deine Arme. Lass es auf den Boden fallen."

Genau das tat sie, indem sie fühlte, wie der weiche Stoff ihre Haut umschmeichelte, als es von ihren Schultern glitt. Das Kleid verhedderte sich für einen Moment an ihren Ellenbogen, bevor es mit einem leisen Rascheln zu ihren Füßen landete.

„Beschreib jetzt, was du noch trägst."

„Ich …" Ihre Stimme stockte. Sie musste auf sich selbst hinunterblicken, weil ihr Gehirn sich drehte, und im Moment hätte sie nackt sein und sich nicht daran erinnern können. „Einen schwarzen BH, Spitze am Oberteil, schwarzes Satin-Höschen und hautfarbene Strümpfe, die mir fast bis zu den Oberschenkeln ganz nach oben reichen."

„Leg dich aufs Bett."

„Logan …"

„Tu es."

Diese beiden Worte waren, selbst über das Telefon, sehr aussagekräftig. Dieser einfache Befehl ließ ihren Körper erzittern. Bereitete ihr Schmerzen. Machte sie feucht vor Verlangen.

Sie liebte es, wenn er das Kommando übernahm.

„Bist du schon auf dem Bett?"

Sie krabbelte auf das Bett, lehnte sich zurück gegen die dekorativen Kissen, die sie in der Nähe des geschnitzten Eichenkopfteils drapiert hatte.

Seine Stimme klang nun anders.

„Hast du mich auf Lautsprecher gestellt?"

„Ja", sagte Logan. „Ty ist hier. Ich möchte, dass du uns auch auf Lautsprecher stellst."

Tys Stimme klang wie aus einer deutlichen Entfernung. „Hast du schon getan, was er dir gesagt hat? Bist du auf dem Bett?"

„Ich liege auf dem Bett." Sie drückte den Lautsprecher-knopf auf dem Handy und legte es neben ihre Hüfte.

Logans kommandierende Stimme kam deutlich durch das Telefon. „Öffne deinen BH. Ich möchte deine Brüste fühlen."

Quinn griff hinter sich und löste die kleinen Ösenhaken. Der BH fiel nach vorne und sie zog ihre Arme aus den Trägern und warf den BH an das Ende des Bettes. Ihre Brustwarzen waren harte Punkte, die um einen gierigen Mund bettelten. Oder zwei.

„Quinn, ich möchte deine Brüste fühlen", wiederholte Logan.

Sie hatte noch nie Telefonsex und war sich nicht sicher, was er von ihr wollte. Sie fuhr mit den Händen um die schweren Kurven ihrer Brüste herum, hob sie an und drückte sie zusammen.

„Quinn?"

„Jaaa?" Das Wort zischte aus ihr heraus.

„Sind deine Nippel hart?"

„Sehr."

„Müssen sie gekniffen werden?"

„Ja." Oh ja. Von sehr unversöhnlichen männlichen Fingern.

„Tu es."

Sie tat, was ihr gesagt wurde. Enthusiastisch.

Ihre Augen schlossen sich, als sie ihre Brüste wieder zusammenschob und die Daumenballen über die Spitzen ihrer Brustwarzen streichelte. Sie stellte sie sich als Logans Daumen vor. Tys Daumen.

Sie wölbte ihren Rücken und stöhnte. Sie zupfte mit Zeigefingern und Daumen an ihnen, um sie dann festzuhalten und sie zu verdrehen, bis sie schrie.

Quinn hielt ihre Augen geschlossen, als sie sich die Männer mit ihr vorstellte. Wie sie ihr das antaten, was sie gerade selbst machte. „Sie sind sehr hart. Ich liebe es, wenn du sie so verdrehst. Ich liebe es, wenn du an ihnen zupfst und sie tief in den Mund saugst. Sie drehst und kneifst, bis der Schmerz so unglaublich angenehm ist. Du musst sie mit deinen großen, rauen Händen drücken, bis ich will, dass du mich fickst."

Sie achtete nicht auf das, was sie sagte; sie stammelte. Ihr Mund war offen und es kamen nur Worte heraus.

„Ah. *Gott*", kam vom Telefonlautsprecher.

Sie gab eine Brust frei, um mit der rechten Handfläche den Bauch hinunter und in ihr Höschen zu fahren.

„Ich bin jetzt so nass für euch. Ich tropfe. Ich brauche euch Jungs tief in mir drin, ihr müsst tief eintauchen, bis ich aufschreie. Bis ihr aufschreit."

Sie drückte einen Finger zwischen ihre glatten Falten und streichelte ihre geschwollene Klitoris. „Meine Klitoris ist so hart; es fühlt sich so gut an, wenn ihr sie mit euren Fingern und eurer Zunge umkreist."

Ihr Finger fand einen Rhythmus aus Drücken des harten Knopfs und Kreisen. Sie fügte einen zweiten Finger hinzu und streichelte sich härter. Ihre linke Hand spielte weiter mit ihren Brüsten, zupfte und zog an einer Brustwarze und dann an der anderen.

Sie drückte ihre Hüften in die Hand, die Finger verließen ihre Klitoris und drückten sich tief in ihre Muschi. „*Oh* ... Ah, fuck." Sie drückte ihre Handfläche gegen ihren Hügel, wobei sie mit dem Ballen ihrer Hand Druck auf ihre Klitoris ausübte, während sie ihre Finger im entgegengesetzten Rhythmus ihrer Hüften bewegte. Ihr Kopf fiel nach hinten gegen das Kopfteil und sie biss sich mit den Zähnen auf die Unterlippe.

„Oh mein Gott. *Scheiße*."

„Fühlt sich gut an, nicht wahr, Baby?"

„So gut."

„Sind wir tief genug in dir? Sind wir hart genug für dich?"

„Immer hart genug … Immer … Nein. Ich will euch tiefer." Sie rollte ihren Kopf hin und her gegen das Kopfteil, als sie versuchte, ihre Finger tiefer zu versenken. Es war nicht tief genug. Nicht annähernd tief genug.

„Willst du uns noch tiefer aufnehmen?"

Logans heisere Stimme rauschte wie eine Welle über sie hinweg. Sie konnte seinen Atem an ihrem Hals spüren, seine Zähne, die an ihrem Ohrläppchen zogen.

Sie öffnete plötzlich die Augen und nahm die Hände von sich weg. Sie drehte sich schnell zum Nachttisch und stieß dabei das Handy um. Sie riss die Nachttischschublade auf und griff blindlings nach der besten Freundin eines Mädchens. Eine seltsame Mischung zwischen Kichern und Seufzen sprudelte aus ihr heraus, als ihre Finger gegen das stießen, was sie suchte. Ihr sieben Zoll großer mehrstufiger, flexibler Jelly-Vibrator.

Logans Stimme war gegen die Bettdecke gedämpft. „Quinn? Quinn? Geht es dir gut?"

Sie hielt das rosa batteriebetriebene Stück Himmel an ihre Brust und bewegte sich zurück in die Mitte des Bettes. Sie richtete das Telefon auf.

„Jetzt schon."

„Was ist passiert?"

Quinn drehte den Drehschalter an der Unterseite des Vibrators auf volle Geschwindigkeit und er erwachte zum Leben und summte gegen ihre Haut.

„Oh", war alles, was Logan sagte, und sie schwor, dass sie Ty im Hintergrund lachen hörte.

Er konnte lachen, soviel er wollte. Sie war über den Punkt hinaus, an dem es ihr was ausmachte.

Sie war an einem Punkt der Verzweiflung. Des Verlangens.

Sie rollte den brummenden Vibrator über ihre eine steife Brustwarze, während sie die andere befingerte. Sie brauchte nur wenige Sekunden, um wieder in ihr Sexspiel zu kommen. Ihre Augen schlossen sich wieder, als sie sich die Männer mit ihr im Bett vorstellte, wobei Logan natürlich das Kommando übernahm.

„Wie fühlt es sich an?"

Quinn rollte das Sexspielzeug über ihre Brustwarze hin und her, wobei das Pulsieren von der harten Spitze bis hinunter zu ihren Zehen schoss, die sich vor Lust kräuselten.

„Ihr ... Ihr habt keine ... Ahnung."

„Leg ihn an deine Klitoris."

Sie schob den Kopf des realistisch aussehenden Vibrators zwischen ihre Brüste und über ihr Brustbein, vorbei an ihrem Bauchnabel. Sie drückte ihn durch den seidigen Stoff ihres Höschens an ihre Klitoris. Ihre Hüften schossen in die Höhe, als die Vibrationen sie bis ins Mark erschütterten.

Sie musste ein Geräusch gemacht haben, oder viele Geräusche, aber sie hörte sie nicht; sie konnte nur das Blut in ihren Ohren rauschen hören.

Es dauerte eine Sekunde, bis sie merkte, dass Logan mit ihr sprach. Ich den nächsten Befehl gab.

„Zieh dein Höschen runter. Ich will dich sehen."

Das würde bedeuten, dass sie ihr Spielzeug weglegen müsste. Aber es fühlte sich so gut an ...

Sie streichelte es über ihre Schamlippen und spürte dabei die Hitze, die bereits von ihrer Muschi ausging. Sie schob ihn noch einmal über den feuchten Stoff, bevor sie den Vibrator mit Bedauern beiseitelegte.

Sie hakte ihre Daumen in den Bund ihres schwarzen Höschens und wackelte damit über ihre Hüften. „Sie sind über meinen Hüften, an meinen Oberschenkeln, streichen gegen meine Strümpfe, jetzt über meine Knie, Knöchel. Okay, sie sind weg."

„Fahr mit den Händen über die Knöchel und geh langsam nach oben."

Sie umschloss ihre Knöchel mit den Händen und strich mit den Fingern leicht über ihre mit Strümpfen bekleideten Waden, über die Kniekehlen und über die Oberschenkel. Sie berührte die Spitzen ihrer oberschenkelhohen Strümpfe, bis sich ihre Handrücken ganz oben an den Oberschenkeln trafen.

„Spreiz deine Beine und beuge deine Knie."

Wieder tat sie, was ihr gesagt wurde. Sie hatte keinen Grund, es nicht zu tun.

„Sag uns, wie nass du bist."

Quinn fuhr mit den Fingern über ihre Schamlippen und fühlte die Glätte um ihren kurz getrimmten Schambereich herum. Ihre Schamlippen waren geschwollen, glatt und verzweifelt aufmerksamkeitsbedürftig.

„Sehr nass. Ich bin so feucht, dass ihr kein Gleitmittel brauchen werdet."

„Ich könnte wetten, dass du jetzt richtig süß schmecken würdest."

Das hohe Summen des Vibrators lenkte ihre Aufmerksamkeit wieder darauf. Ihre Muschi zog sich bei dem Gedanken daran, was er ihr antun würde, zusammen. Wie es sie dazu bringen würde, so einfach zu kommen. Wie er in der Vergangenheit viele Male ihre einzige Form der Entspannung gewesen war.

Er war ein besserer Gefährte als ihr ehemaliger Geliebter.

Sie hatte jetzt zwei gute, nein, großartige Liebhaber. Nicht nur einen, sondern zwei. Vielleicht konnte sie ihr Spielzeug für immer in Rente schicken. Das heißt, wenn sie sie in ihrem Leben behalten würden. Für immer.

Oder zumindest für eine Weile.

Aber das Spielzeug müsste erst einmal reichen. Sie waren nicht hier. Sie waren eine halbe Stunde entfernt, wahrscheinlich ineinander verschlungen, berührten sich gegenseitig, während sie allein in ihrem Bett lag.

„Quinn."

Sie nahm den Vibrator in die Hand und fuhr mit den Fingern darüber und wünschte sich, er wäre echt. Sie sah den Kopf an und wünschte sich, er würde vor lauter Lusttropfen glänzen.

„Quinn."

„Ich bin hier."

„Berühre dich selbst."

Der Vibrator zitterte in ihrer Hand und sie schob das Spielzeug über ihre glatten Pussylippen, verbreitete ihre Säfte und brachte sich selbst wieder ins Spiel zurück. Mit zwei Fingern spreizte sie sich und arbeitete die Länge des Spielzeugs von der Spitze bis zur Wurzel hin und her, aber noch nicht ganz hinein. Sie streichelte sich nur selbst, sagte sich, wie gut es sich anfühlte. Und das tat es auch.

Wahrscheinlich könnte sie mit ihrem Spielzeug in Sekundenschnelle zum Orgasmus kommen. Sie wusste sich schnell zu befriedigen, aber darum ging es hier nicht. Es ging darum, eine Verbindung zu den Männern – ihren Männern – herzustellen, auch wenn sie nicht in der Nähe waren.

Sie drückte die vibrierende Spitze gegen ihre Klitoris, nur leicht, und ihre Muschi presste sich zusammen, wollte die harte Länge darin haben, wollte gefüllt werden. Sie bewegte das Spielzeug nicht, hielt es einfach still, und ehe sie sich versah, schrie sie auf, als ihre Klitoris zuckte und pulsierte. Die heftigen Krämpfe waren schnell vorbei und am Telefon hörte sie schweres Atmen.

Sie schloss ihre Augen und streckte sich auf dem Bett aus

und versuchte sich vorzustellen, was sie miteinander taten. Wahrscheinlich bewegten sich ihre Hände über ihre harten Körper, streichelten sich, küssten sich.

Quinn stieß einen langen, schaudernden Seufzer aus.

„Bist du gekommen?" Logans Stimme klang angespannt.

Es war noch nicht vorbei. Diese kleine Explosion der Freude war nur der Anfang.

Sie hatte immer noch den Drang dazu. Das tiefe Jucken, das gekratzt werden musste. Dieser kleine Orgasmus war nett, aber sie hatte schon bessere gehabt.

„Ich will mehr", sagte sie zu ihm.

Ihre Klitoris war nun ein wenig empfindlich, sodass sie sie diesmal umging und das vibrierende Spielzeug wieder über ihre glatten, geschwollenen Falten schob. Sie bewegte ihre Oberschenkel zusammen und klemmte den Vibrator zwischen ihre Beine. Die Empfindungen des Spielzeugs hallten durch ihre Oberschenkel, Hüften und ihren Unterbauch wider.

„Ich möchte härter kommen."

Sie zwang sich, ihre Oberschenkel zu spreizen, als sie das Ende des Vibrators in sich hineinschob. Nur den Kopf. Der Latexschwanz summte und sie drückte ihn tiefer, ihre Hüften erhoben sich, um ihn zu begrüßen. Sie spreizte ihre Lippen, um sich dem Umfang des falschen Schwanzes anzupassen.

„Ich will deinen großen Schwanz in mir haben. Ich will ihn so weit in mir haben, dass mir deine Eier an den Arsch klatschen."

Sie dachte, sie hätte gehört, wie Logan das Telefon fallen ließ.

„Wie tief willst du uns?"

„Bis zum Anschlag."

„Sind deine Oberschenkel gespreizt?"

„Ja."

„Okay, ich will, dass du das Ding so tief wie möglich in dich reinschiebst."

Quinn verdrehte den Vibrator, arbeitete ihn tiefer ein und vergrub ihn, soweit es ging.

Die Vibrationen strahlten durch ihr Inneres und trieben sie in den Wahnsinn. Sie wusste nicht, was sie zuerst tun sollte, ob sie ihn immer wieder tief reinschieben oder einfach nur laufen lassen sollte. Ihn drin lassen, während sich das Vergnügen langsam aufbaute, bis der Höhepunkt sich an sie heranschlich. Das waren gewöhnlich ihre intensivsten Orgasmen. Diejenigen, die aus dem Nichts kamen. So unerwartet.

Sie beschloss, ihn tief drinnen zu lassen, und kippte ihn nach vorne, nur um sicherzugehen, dass er diese spezielle Stelle traf. Als er sie fand, behielt Quinn das Spielzeug dort. Und ließ die Schwingungen ihre Magie wirken.

„Oh Gott!" Sie hob ihre Hüften vom Bett und plötzlich begann das Pulsieren. Es begann tief in ihr und strahlte nach außen. Ihre Oberschenkel verkrampften und zitterten und schließlich fiel sie gegen das Bett, als ihr ein kleines Stöhnen entglitt.

Ihre Augen waren fest geschlossen und ihr Atem rasselte zwischen ihren Lippen hervor, als sie von dem Orgasmushoch, das sie hatte, herunterschwebte. Ihr Körper fühlte sich wie Butter an, ihre Brust hob und senkte sich mit jedem Atemzug, den sie atmete. Sie zog den Vibrator aus ihrer Muschi und ließ das Spielzeug auf die Bettdecke fallen, um eine Hand träge ihren Bauch hinauf und über ihre Brust zu führen, bis ihre Finger auf ihrer Kehle ruhten.

Das Telefon neben ihr war stumm. Sie rief: „Seid ihr noch da?"

„Wir sind da."

Quinns Augen sprangen bei Tys Stimme auf. Sie war nahe, aber sie kam nicht vom Telefon. Logan klappte sein

Handy zu und steckte es in die Tasche seiner Jeans. Er schenkte ihr ein erhitztes Lächeln.

Da waren sie. In ihrem Haus. Ihre beiden Männer. Unglaublich.

Sie drängten sich durch die Tür ihres Schlafzimmers und starrten sie auf ihrem Bett an, nackt und mit gespreizten Beinen. Nur kurz nachdem sie ihr Vergnügen beendet hatte.

Sie hatte sich gewünscht, dass sie dort wären.

Jetzt waren sie es.

Wie?

Mit einer Hand an Tys Handgelenk zog Logan ihn ein paar Schritte weiter ins Schlafzimmer. Er drehte sich zu dem dunkleren Mann um und griff nach dem Saum von Tys Hemd, zog es nach oben und von seinem Oberkörper, wobei er das satte Kakaobraun der Haut des größeren Mannes, die festen schwarzen Flammen, die seinen Brustkorb und seine perfekten schwarzen Brustwarzen verzierten, bloßlegte.

Diese Brustwarzen waren hart und Logan tat, was Quinn tun wollte. Er schnippte eine mit der Zunge, bevor er sie tief in den Mund zog.

Tys Brust schwoll an und er versenkte seine Finger in Logans Pferdeschwanzhaar. Quinn erhob sich auf ihren Ellbogen, um ihre Männer zu beobachten. *Ihre* Männer.

Aber Logan zog sich zurück. Er drehte sich plötzlich um, seine Augen durchbohrten sie.

„Wir waren auf dem Rückweg vom Abendessen in der Stadt, als du angerufen hast."

Ah. Das hätte für sie nicht praktischer sein können. Für alle von ihnen.

Ty drängte sich an Logan vorbei und knöpfte seine Jeans auf, als er sich dem Bett näherte. „Wir haben das Dessert ausgelassen." Er fiel am Fußende des Bettes auf die Knie, sein Gesichtsausdruck erhitzte sich, als er Quinn ansah. Sein

Blick ging über ihr Gesicht, über ihre Brust und landete auf ihrer Muschi. „Ich beabsichtige, das zu ändern." Blitzschnell schlang er seine Finger um ihre Hüften und zog sie an den Rand des Bettes.

Als ihr Hinterteil am Rand der Matratze lag, teilte er ihre Oberschenkel. Er zog einen Finger zwischen ihre Falten und spaltete ihre geschwollenen Lippen.

„Du bist so saftig. Ich wette, du schmeckst perfekt." Mit diesen Worten vergrub er sein Gesicht zwischen ihren Beinen.

Tys Zunge gegen ihre erhitzte Haut ließ sie keuchen. Seine Hände rutschten unter ihre Hüften, hoben sie an, bis sie sich in einem besseren Winkel befand, sodass er vollen Zugang zu seinem „Dessert" hatte.

Seine Zunge fühlte sich rau an ihrer ohnehin schon empfindlichen Klitoris an. Ihre Klitoris zuckte bei jedem Zungenschlag, bei jedem Zupfen der Lippen.

In ihrem Sichtfeld sah sie, wie sich Logan seiner Kleider entledigte. Sie versuchte, ihre Aufmerksamkeit auf ihn zu lenken. Er war ein Anblick, der sich sehen lassen konnte. Sein Körper war nahezu perfekt. Aber Tys Handlungen zwischen ihren Oberschenkeln zogen ihre Aufmerksamkeit immer wieder zurück.

Er saugte an ihrer Klitoris und spreizte ihre Schamlippen mit seinen Daumen, um sie weit zu öffnen. Zwei große Finger drangen in sie ein und krümmten sich nach oben, streichelten über ihre besondere Stelle, während seine Lippen, seine Zunge und seine Zähne über ihren harten Knopf streichelten, der wiederum aus seinem Ursprung herausragte.

Ein langer Atem zischte zwischen ihren Lippen hervor. Tys glatter Kopf sah zwischen ihren Oberschenkeln fehl am Platz aus; seine dunklen Finger gruben sich in ihre blasse Haut und hielten sie an Ort und Stelle.

Das Bett neigte sich, als Logan auf die Matratze kletterte und sich an ihrem Kopf positionierte. Er schmiegte sie zwischen seine Schenkel, sein harter Schwanz streichelte an ihre Wange, sein warmer Sack an ihr Haar.

Quinn neigte den Kopf zurück, wollte Zugang zu ihm haben, wollte ihn kosten. Er zwängte ihren Kopf fest an seine Oberschenkel und sie konnte sich nicht bewegen.

Wieder einmal hatte er die Kontrolle.

Sie blickte auf, als er über ihr kniete, und die leuchtenden Farben seiner Korallenschlange fielen ihr ins Auge. Und nach oben, zu dem goldglänzenden Ring in seiner Brustwarze. Sie ragte mehr als normal heraus, als ob jemand an ihr gezogen, mit ihr gespielt und Logan gestreichelt hätte.

Sie hatte eine flüchtige Frage zu dem, was zwischen den beiden vor sich gegangen war, nachdem sie den Hof früher an diesem Tag verlassen hatte. Sie erinnerte sich daran, dass sie das dritte Rad in der Dynamik ihrer Beziehung war. Sie war die Statistin. Obwohl sie jedes Mal, wenn sie mit ihnen zusammen war, nie das Gefühl hatte, dass das stimmte.

Logan ließ sich nach vorne fallen, seine Brusthaare kitzelten ihr Gesicht, als er ihre Brüste in seine Hände nahm und sie zusammenpresste.

Schließlich hatte sie etwas in der Nähe ihres Mundes. Sie schnappte sich seine gepiercte Brustwarze, sobald sie in Reichweite war, und stieß ihre Zunge durch den Ring, um nicht so sanft daran zu ziehen.

Logan drückte seine Brust gegen ihren Mund, sein Körper verkrampfte sich.

„Oh, du bist verdammt böse." Er fasste ihre beiden Brustwarzen zwischen seine Finger und riss sie mit einem Ruck heraus.

Quinn ließ ihn schnell los und schrie auf. Sie schrie aber

nicht, dass er aufhören solle, sondern wollte, dass er weitermachte.

Er beugte sich noch einmal vor, seine Brustwarze wieder verlockend nahe. Sie saugte sie in den Mund und bearbeitete sie mit der Zunge, wobei sie den Brustwarzenring hin- und herdrehte.

Sie griff nach seiner anderen Brustwarze und tat dasselbe, was er mit ihr machte. Sein Mund fiel gierig auf ihre Brust und er zwickte sie, während Ty sie weiter verschlang, als wäre sie ein Buffet.

Tys Finger kitzelten ihren Sweetspot, bis sie ihre Hüften kippte und ihre pochende Muschi härter gegen seinen Mund drückte. Er drückte seinen Unterarm über ihre Hüften und presste sie in die Matratze. Logan drehte sich schnell um und setzte sich auf ihre Brust, wobei er darauf achtete, sein Gewicht auf den Knien zu halten. Seine glatte Eichel stieß gegen ihre Lippen.

Quinn nahm Logans Schwanz tief auf, als er seine Hände um ihren Hinterkopf schlang und ihn anhob. Logan stieß zwischen ihren Lippen ein und aus, seine Finger wickelten sich in ihr Haar und zogen fest daran.

Die straffe Haut über Logans Schwanz schmeckte süß, aber gleichzeitig auch salzig. Es war Seide über Stahl gegen ihre Zunge und zwischen ihren Lippen, als sie einen Sog von der Wurzel bis zur Spitze erzeugte. Logan hielt Augenkontakt mit ihr, was die Sache umso erotischer machte.

Quinn stöhnte um seine harte Länge, als Ty ihre Klitoris zwischen die Lippen nahm und hart saugte. Seine Finger setzten den Angriff auf ihre nasse Muschi fort und er erhöhte die Intensität und Geschwindigkeit. Sie zog sich schnell von Logans Schwanz zurück, als ihr Orgasmus aus ihrem Inneren explodierte; sie wollte ihn nicht versehentlich verstümmeln.

Sie saugte einen zitternden Atemzug ein und ließ einen

langen Klagelaut los, warf den Kopf zurück und spürte den Zug ihrer Haare, die noch um Logans Finger gewickelt waren. Er weigerte sich, sie loszulassen, und sobald sie aufhörte zu krampfen und zu atmen, schob er seinen Schwanz zwischen ihre Lippen zurück.

Ihr Kommen hatte ihn noch härter gemacht und die Lusttropfen kamen schneller, als sie sie aufsaugen konnte.

Das Bett verschob sich erneut, als Ty hinter Logan aufrückte und seine muskulösen Oberschenkel um Quinns Taille legte. Der Kontrast des dunklen Schokoladentons von Tys Armen, der die goldene Haut von Logan umhüllte, war beeindruckend. Ihr Puls hämmerte durch sie hindurch, bis in ihr Innerstes. Sie wollte ihre Oberschenkel zusammenpressen, um die Schmerzen zu lindern.

Tys große Hände streichelten Logans Brustwarzen, als er seine Lippen an Logans Schulter vergrub. Logan lehnte seinen Kopf auf Tys Schulter zurück, sodass sein Geliebter an seinem Schlüsselbein und an seinem Hals lecken konnte. Ty hielt Logans Kinn mit den Fingern fest und drehte es so weit, dass er Logans Mund einfangen und so nehmen konnte, als gehöre er ihm.

Quinn bearbeitete mit ihrer Zunge Logans angeschwollene Eichel, als sie die Wurzel seines Schwanzes packte und ihn zwischen ihren Fingern bearbeitete. Sie fühlte, wie Ty seine Hüften über sie schob, und wusste, dass er seinen harten Schwanz an Logans Eingang entlangfahren ließ.

Ty fuhr fort, Logans Mund mit Lippen und Zunge zu plündern, als er seinen Arm um Logans Brust legte und den kleineren Mann wieder an sich zog. Seine andere Handfläche wanderte über Logans Bauchmuskeln nach unten, bis er mit Quinns Hand kollidierte, die an Logans glattem Schwanz entlang streichelte. Tys Hand bedeckte ihre und bewegte sich entlang Logans Länge, während ihr Mund Logans Kopf bearbeitete.

Sie so innig, sich so intensiv küssen zu sehen, ließ Quinns Brustwarzen schmerzhaft verhärten. Der Gedanke, dass Logan sie auf den Lippen von Ty schmecken würde, erregte sie noch mehr. Obwohl sie gerade erst ihren Orgasmus hatte, einen besseren als jenen vorhin mit dem Vibrator, fühlte sie sich gierig und wollte mehr.

Ihre Männer brachten sie immer dazu, mehr zu wollen.

Sie ließ ihren Griff an Logans Schwanz los und fuhr mit den Händen über Tys Arme, über Logans Bizeps, um seine Taille, seine Hüften und über seine Oberschenkel nach unten. Sie streichelte mit ihren Handflächen entlang Tys glatten Oberschenkeln bis zu seinen Hüften, bis sie nicht mehr weiterkam.

Quinn nahm Logan tiefer in den Mund, als Ty Logans Wurzel und Sack drückte, was dazu führte, dass Logan den Kuss unterbrach, da er schreien musste. Seine Brust hob sich und sein Schwanz zuckte. Er befreite schnell ihr Haar und ließ seinen Schwanz zwischen ihren Lippen verschwinden. Nach unten gelehnt, nahm er ihren Mund, seine Zunge erkundete den ihren. Er berührte ihre Wangen und küsste sie härter und tiefer, wobei er sie entdecken ließ, wie es war, wenn die beiden Männer ihren Kuss teilten.

Ty setzte sich wieder auf die Fersen und zog Logan an der Hüfte, hoch und weg von Quinn. Sie kletterte von unter den beiden in Richtung Kopfteil und sah zu, wie sich Logan, der immer noch auf den Knien lag, gegen Tys Schoß zurücklehnte. Logan spannte sich an, als er auf Tys Schwanz sank. Als sich Logan etwas entspannte, wurden seine Augenlider schwer, sein Blick wurde undurchsichtig.

Quinn war überrascht, dass es auf diese Weise geschah. Logan war der Aktive von den beiden Männern; Logan war der dominierende. Dass er Ty nicht davon abgehalten hatte, ihn zu nehmen, ließ sie sich fragen, ob es eine Veränderung in der Beziehung gegeben hatte, von der sie nichts wusste.

Aber Logans nächster Befehl warf diesen Gedanken sofort beiseite. „Gleitmittel. Kondom." Die Zähne zusammengebissen sah Logan nun irritiert aus, als ob er erkannte, dass Ty die Oberhand gewonnen hatte, als Logan sich in einem schwachen Moment befand.

Quinn wagte es nicht zu lachen, obwohl sie es verzweifelt wollte. Der Ausdruck auf Logans Gesicht war unbezahlbar.

Quinn grub in der noch offenen Nachttischschublade und warf Logan eine Flasche Gleitmittel zu. Sie traf ihn auf der Brust und landete zwischen seinen Knien. Ty schnappte sie schnell und öffnete den Verschluss. Es verschwand hinter Logans Rücken und eine Sekunde später warf Ty es auf das Bett neben ihnen. Er hatte ein breites Grinsen im Gesicht, als er Logan härter gegen sich zog.

„Du weißt, dass du dafür bezahlen wirst", sagte Logan zu ihm und versuchte, wütend zu klingen, aber sein Gesichtsausdruck war voller Freude.

„Das hoffe ich sehr", antwortete Ty gegen Logans Hals, wobei seine Zähne entlang der Haut des anderen Mannes zwickten.

Mit einem Kondom in der Hand saß Quinn am Kopfteil und beobachtete, wie sich die beiden gegeneinander bewegten. Tys Hände umfassten Logans Brust, als seine Hüften gegen Logans Gesäß stießen. Das Schmatzen von Haut gegen Haut ließ Quinns Atem stocken. Logan gab bei jedem Stoß einen kleinen Laut von sich, während Ty ihm immer wieder Logans Namen in den Nacken flüsterte.

Logan hielt sie plötzlich mit einem starren Blick fest und streckte seine Hand nach ihr aus. Sie ging näher heran, ihm zugewandt.

„Zieh es über mich.“

Ihr Herz klopfte wild, als sie die Folienverpackung aufriss, seinen immer noch harten Schwanz packte und das Kondom über die Krone und die Länge herunterrollte. Ihre Muschi krampfte sich zusammen, als sein Schwanz bei jeder Bewegung, die Ty machte, wippte.

Ty hielt einen Moment inne und stieß einen langen Atemzug aus. Quinn nutzte den Moment und kletterte auf Logans Schoß und justierte ihr Gleichgewicht, bis sie im Grunde genommen über ihm hockte. Logan packte ihre Hüften und führte sich zu ihrer Öffnung. Sie war bereit für ihn. Kein Gleitmittel erforderlich.

Ty stieß hart gegen Logan, was dazu führte, dass Logans Schwanz gegen Quinns Klitoris stieß. Sie stöhnte und senkte sich auf ihn, bis er ganz in ihr war, tief in ihr, und sie aufspießte.

Sie dachte nicht, dass es funktionieren würde, aber es funktionierte, da Ty auf den Fersen saß, Logan sich auf Tys Schoß zurücklehnte und Quinn auf Logan saß. Sie hielt ihr Gewicht auf den Fersen und postierte sich wie auf einem Pferd, während Ty seinen Rhythmus wieder aufnahm.

Da Logan seinen dominanten Status aufgab, zumindest für den Augenblick, beschloss Quinn, dies auszunutzen. Sie wickelte seinen Pferdeschwanz um ihre Hand und zog seinen Kopf nach hinten, sodass mehr von seinem Hals für Ty und für sie sichtbar wurde. Sie streifte ihre Zähne entlang der Krümmung seines Halses, dann traf sie Ty über Logans Schulter. Sie streifte ihre Lippen gegen seine, bevor sie ihre Zunge am Rand seiner Lippen entlangführte.

Ty hatte einen so schönen Mund und er wusste auch, wie er ihn geschickt einzusetzen hatte. Allein die Erinnerung an seine Lippen auf ihrer Klitoris ließ sie sich gegen Logan reiben. Sie erhob sich noch einmal und kam. Aber es war immer noch nicht genug.

Sie ließ Logans Haare los, rutschte von ihm ab und griff nach der Tube mit dem Gleitmittel. Sie spritzte etwas auf seinen Schwanz und drehte sich von ihm weg, wobei sie sich rückwärts bewegte, bis sich sein Schwanz zwischen ihre Arschbacken schmiegte. Sie schaute ihm über die Schulter.

„Hilf mir."

Seine Lippen zuckten. Höchstwahrscheinlich vor Belustigung, aber er wurde todernst, als er seinen Schwanz stillhielt, den Kopf gegen ihren engen Ring gepresst.

„Langsam", sagte er ihr.

Kein Zweifel, sie wollte es langsam angehen. Als sie sich gegen ihn zurücksetzte, fühlte sie, wie sich der Rand ihres Afters öffnete und sich dehnte, um ihn aufzunehmen. Quinn beruhigte sich und gewöhnte sich an das Gefühl und das Vollsein. Sie schluckte hart, drückte sich aber weiter zurück, bis sie ihn ganz in sich hatte.

„Bist du okay?", flüsterte er ihr ins Ohr. Er klang außer Atem.

Sie konnte ihm nicht antworten und nickte nur leicht.

Ty hatte sich nicht bewegt, während Quinn sich daran gewöhnte, aber jetzt war sie bereit und er begann wieder mit seinem Tempo.

Logan griff um sie herum, schob zwei Finger in ihre geschwollene Muschi und drückte seinen Daumen gegen ihre Klitoris. Tys Rhythmus drängte sie genug, jedes Unbehagen, das sie fühlte, verwandelte sich schnell in Vergnügen.

„Oh mein Gott. Das fühlt sich so gut an."

„Ja", antwortete Logan knapp. Seine Brust war gegen ihren Rücken gepresst und sie konnte spüren, wie schnell er atmete.

Sie konnte sich nicht vorstellen, wie es war, er zu sein, ein

Schwanz in seinem Arsch und sein eigener im Arsch eines anderen. Es musste sich wie im Himmel anfühlen.

Logan keuchte. „Ty. *Stopp.*"

Ty hörte auf und Logan begann, seine Hüften zu kippen; jeder Stoß in Quinn bewegte auch Tys Schwanz in ihn hinein und heraus. Ty streichelte ihre Brustwarzen, während Logan mit ihrer Muschi spielte. Gerade als sie dachte, sie könne nicht mehr, dass sie in tausend kleine Stücke explodieren würde, drückten Tys Finger auf ihre Brustwarzen und er stöhnte und fickte Logan in schnellem Tempo in den Arsch, bis er vor Lust erstarrte. Sein Höhepunkt löste Logans aus. Logan zog Quinn fester an sich, wobei sein Daumen hektische Kreise um ihre Klitoris machte, als er begann, lange Bewegungen zu machen, die tief in ihren Analkanal reichten.

Quinn schrie auf, als jeder Stoß härter wurde als der vorherige.

„Komm, Baby", sagte er, bevor er sich tief in ihr verkrampfte. Seine Zähne versenkten sich in ihrer Schulter, wodurch sie einen Ruck in ihrer Muschi bekam, während er explodierte und sie an diesem Abend zum fünften Mal kam.

Als sie von den Wolken herunterkam und ihre Sicht sich klärte, hatte Ty sich aus dem Gewirr von Armen und Beinen gelöst. Er verschwand den Flur hinunter und wenige Augenblicke später hörte sie die Dusche laufen.

„Er hat schon irgendwie recht, aber ich fühle mich zu faul, mich zu bewegen." Logan stöhnte, als sie sich wegrollte und sich gegen ihn kuschelte.

„Ich auch." Quinn seufzte, ihre Wange ruhte auf Logans feuchter Brust. Seine Brusthaare kitzelten ihre Nase und sie wackelte damit, damit sie nicht niesen musste.

Logan veränderte seine Position, steckte Quinn sicher unter seinen Arm und drückte sie eng an sich.

„Woher wusstet ihr, wo ich wohne?"

„Ich bat Ty, Paige zu fragen, während ich mit dir sprach."

Paige? Paige wusste nicht, wo sie wohnte.

„Aber ..."

„Aber eine deiner Freundinnen, die auch mit Paige befreundet ist, gab ihr die Adresse."

Mist. Lana.

„Aber ..."

„Paige hat ihr nicht gesagt, warum sie die Adresse braucht. Keine Sorge." Er lehnte sich auf seine Ellbogen und schaute zu ihr hinunter. „Und überhaupt, werden es am nächsten Wochenende nicht eh alle wissen?"

Logan durchsuchte Quinns Gesicht. Er wusste, dass das nächste Wochenende für sie schwierig werden würde. Es kam nicht jeden Tag vor, dass man seine Freunde und Familie wissen ließ, dass man mit zwei Männern gleichzeitig schlief. Vor allem in der Öffentlichkeit in einer Art bizarrem Coming-out.

„Ja", sagte sie vorsichtig. „Lana hat jedoch ein Problem damit, ihren Mund zu halten. Ich möchte die Kontrolle darüber haben, wann, wo und wem ich sage, dass wir zusammen sind."

Er sagte eine lange Sekunde lang nichts. „Definiere *zusammen*."

„Sex haben."

Er schüttelte den Kopf.

Er wollte Quinn nicht nur als Sexualpartner. Jemand, mit dem er und Ty gelegentlich spielen konnten.

Und er wollte auch nicht, dass sie so von sich selbst dachte.

„Ich hoffe, du siehst in uns mehr als nur Sexualpartner."

Ihr Ausdruck verschloss sich; sie wurde unlesbar, und das beunruhigte ihn.

„Das weißt du doch, oder?", fragte er sie. Sie versuchte wegzurollen, aber er hielt sich fester an ihr fest.

„Ich weiß, dass ich die Gesellschaft von euch beiden genieße. Ich weiß, dass ich gerne Sex mit euch habe. Ich weiß, dass ihr beide euch liebt, … sehr sogar." Sie seufzte. „Ich bin mir nicht sicher, was zwischen uns dreien vor sich geht. Wir kennen uns noch nicht lange genug. Ich möchte nichts Falsches annehmen."

Bevor er ihr antworten konnte, kam Ty herein und trug nur eines ihrer Badetücher um seine schlanken Hüften gewickelt. Seine Ebenholzhaut war noch feucht von der Dusche, ein paar verirrte Wasserperlen liefen daran herunter.

Logan fiel es schwer, den Blick von ihm abzuwenden. Ganz gleich, wie oft er seinen Geliebten nackt oder fast nackt schon gesehen hatte, es kam ihm immer ein Gefühl der Erregung in den Sinn, ein Gefühl der Liebe. Dass Ty ihm und nur ihm gehörte.

Scheiße! Das stimmte nicht mehr, was ihn zu dem Problem zurückbrachte, dass Quinn sich nicht sicher fühlte, wo sie in ihre Beziehung passte.

Ty gehörte nicht mehr nur ihm. Logan teilte ihn nun mit Quinn.

Ihre Beziehungsdynamik war etwas, über das sie noch eingehender diskutieren müssten. Aber er wollte zuerst mit Ty darüber sprechen.

Ty durchbrach seine Gedanken. „Es gibt noch etwas anderes, das wir besprechen müssen."

Ty hatte recht.

Sie versuchte erneut, von ihm wegzurollen, und dieses Mal ließ er sie los. Sie setzte sich auf die Bettkante und war sich ihrer Nacktheit offensichtlich nicht einmal im Entferntesten bewusst. Das war eine Sache, die er an ihr liebte.

Sie fragte: „Und was wäre das?"

Ty setzte sich neben sie, die Matratze sank unter seinem festen Körpergewicht. Er legte eine Hand auf ihren nackten Oberschenkel und drückte zu. „Die Tatsache, dass du deine Haustür unverschlossen gelassen hast."

„Oh."

„Ja. Oh. Du hast Glück, dass wir reingekommen sind und nicht irgendein Psycho. Du hast uns im Haus nicht einmal gehört. Wir haben dich völlig überrumpelt."

Das hatten sie mit Sicherheit. Sie hatten sie in einer sehr kompromittierenden Position erwischt, in der sie sich mitten in einem Orgasmus befand. Sosehr es Logan auch genossen hatte, Quinn beim Masturbieren zu beobachten, sosehr musste er doch an ihre Sicherheit denken.

„Ty hat recht", sagte Logan. „Was wäre, wenn Peter aufgetaucht wäre und dich in dieser Lage erwischt hätte? Hättest du ihn in dein Bett eingeladen? Oder hätte er ein Nein als Antwort akzeptiert, wenn du kein Interesse gehabt hättest?"

„Ich bezweifle, dass Peter gehandelt hätte, wenn er mich mit gespreizten Beinen und geil auf dem Bett gesehen hätte."

Ihr Kommentar erregte Logans Aufmerksamkeit. „Warum nicht?"

Wurde sie rot?

„So interessiert schien er noch nie zu sein."

Logan legte einen Arm um ihre Schultern und gab ihr einen kurzen Kuss auf die Stirn. „Dann ist er verrückt und es war sein Verlust." Er verließ das Bett. Er fühlte sich klebrig und seine Haut straffte sich, als der Schweiß trocknete. Er brauchte eine Dusche. „Aber du hast eine Bestrafung verdient, weil du so unvorsichtig warst."

Quinns Augen glitzerten. „Wirklich?"

„Japp. Aber jetzt gehe ich mich zuerst sauber machen." Er blickte auf Ty, der näher an Quinn herangerückt war. „Hast du mir heißes Wasser übriggelassen?"

„Brauchst du mich, um deinen Rücken zu waschen?", fragte Ty ihn.

Das Angebot war verlockend. Er wollte ja sagen, aber er wollte nur schnell unter die Dusche springen, um genug heißes Wasser für Quinn übrigzulassen. Es war schließlich ihre Wohnung.

„Ein anderes Mal. Ich brauche nur eine Minute."

Nachdem sie alle geduscht hatten, ging Quinn nach unten, um ihnen einen Mitternachtssnack zu machen.

Sie fütterten sich gegenseitig mit Trauben und Käsestücken, während sie im Bett kuschelten und sich eine nächtliche Wiederholung von *M*A*S*H* ansahen.

Später lag Logan im Dunkeln und fühlte sich vollständig; Ty und Quinn kuschelten mit ihm in ihrem Queensize-Bett, das im Vergleich zu ihrem Kingsize-Bett auf der Farm wie eine Miniatur aussah. Er lauschte den beruhigenden Geräuschen ihrer Atmung und erlag schließlich selbst dem Schlaf.

Nur ein paar Stunden später riss der Wecker sie alle aus dem Schlaf. Logan drehte sich um, um auf den Wecker zu schauen. Fünf Uhr morgens. Er stöhnte, drehte sich um und zog sich ein Kissen über den Kopf. Er wusste nicht, dass sie zu dieser gottlosen Stunde aufstehen musste.

Nach einigen Minuten war der Wecker ruhig. Er zog das Kissen von seinem Gesicht und bemerkte, dass Quinn aus dem Bett gerutscht war.

Er rückte näher an Ty heran, der schnell wieder eingeschlafen war und leise schnarchte. Er streifte seine Hand über Tys muskulösen, strammen Arsch, bevor er sich mit seinem

Körper an ihn anschmiegte und sein Gesicht an Tys Hals kuschelte.

~

QUINN GING BARFUß die Treppe wieder hinauf. Sie war hinuntergegangen, um ihren Chef anzurufen, obwohl es noch viel zu früh für jemanden war, um bei der Arbeit zu sein. Sie hatte Frank eine Nachricht hinterlassen, in der sie ihm mitteilte, dass sie sich einen Urlaubstag nehmen würde. Als sie in ihrem Schlafzimmer ankam, blieb sie stehen, um sich die Szene anzusehen.

Ty und Logan waren eng aneinander gekuschelt. Ty hatte das Laken auf eine Seite gezogen, den Stoff in seinen Fäusten, obwohl nichts von diesem Laken seine dunkle, gemeißelte Form bedeckte. Er lag mit dem Gesicht zur Wand, Logans Bein zwischen seine schwer bemuskelten Beine gesteckt. Logan schmiegte sich gegen Tys breiten Rücken. Sie konnte Logans Gesicht nicht sehen; sein Haar war offen und verdeckte seine Gesichtszüge.

Als Logan gestern Abend duschte, war Ty sehr ernst geworden, während der andere Mann nicht im Zimmer war. Er hatte ihre Hände in seine genommen und ihr ein schiefes Lächeln geschenkt.

„*Quinn.*" Er drückte leicht ihre Finger. „*Ich wollte mit dir allein sprechen und jetzt ist vielleicht der perfekte Zeitpunkt.*"

Ihr Verstand hatte sich zu drehen begonnen und sie fragte sich, worum es dabei ging. Es konnte nicht nur um die einfache Tatsache gehen, dass sie ihre Tür unverschlossen ließ. Oder doch?

„*Ich bin nicht sicher, ob du es gemerkt hast, aber ich hatte Zweifel, als Logan dich ...*" Er hörte zu reden auf und zog eine Grimasse.

Sie war an der Reihe, seine Finger zu drücken und ihn zum Weitermachen zu ermutigen. Sie hatte keine Ahnung, wohin dieses Gespräch führen würde.

„Ich hatte Bedenken."

„Bedenken", wiederholte sie.

Er schien sich unwohl gefühlt zu haben und es schien ihm schwerzufallen, herauszubekommen, was er sagen wollte.

Ah. *„Meinetwegen?"*

„Ja. Sorry. Ich wollte es nicht wirklich zur Sprache bringen. Ich hielt es nicht für nötig, aber Logan sagte, ich solle trotzdem etwas sagen, nur für den Fall, dass du dich wunderst …"

Quinn war erstaunt gewesen. Sie hatte den Mann noch nie so unsicher gesehen. Sie hatte sich dabei ertappt, wie sie ihre eigenen Hände rang und ihre Finger gegen die Oberschenkel drückte, um die Nervosität zu verhindern.

„Spuck es einfach aus."

Er hatte schließlich gegrinst; die Spannung hatte offensichtlich nachgelassen. *„Sorry. Als Logan dich zum ersten Mal nach Hause brachte, war ich besorgt, dass du zwischen Logan und mich geraten würdest. Ich konnte die Anziehungskraft zwischen euch sehen. Ich wurde ein wenig eifersüchtig. Ich liebe Logan von ganzem Herzen."* Er hatte einen Moment angehalten und sich geräuspert, bevor er fortfuhr. *„Von ganzem Herzen."*

„Ich weiß", hatte Quinn gemurmelt.

„Und ich war daran interessiert, eine dritte Person hinzuzuziehen – eine Frau –, aber ich war auch besorgt, dass unsere Beziehung es nicht überleben könnte, wenn es nicht die richtige Person wäre."

„Okay."

„Quinn, ich wollte dir nur sagen, dass ich wirklich glaube, dass du die richtige Person bist."

Als sie durch die Schlafzimmertür trat, lächelte Quinn und erinnerte sich an diese Unterhaltung. Ihr Herz zersprang jetzt fast schon wieder wegen dem, was Ty gesagt hatte.

Sie näherte sich dem Bett und als sie ein Knie auf die Matratze legte, strich sich Logan die Haare aus dem Gesicht, um sie anzuschauen. Er schenkte ihr ein verschlafenes Lächeln und machte etwas Platz zwischen ihnen, indem er seine Hand auf dem Bett tätschelte. Sie kletterte zwischen die beiden und wackelte, um sich zwischen sie zu gesellen. Ihr Bett war bei Weitem nicht groß genug für die drei. Es war eine enge Angelegenheit, aber sie beschwerte sich nicht.

Am Ende kuschelte sie sich an Tys Rücken, Logan hinter ihr. Sie fühlte sich wie zwischen einer Scheibe Pumpernickel und einer Scheibe Vollkornbrot. Das war ein Sandwich, das sie jederzeit gerne essen würde.

Logans warmer Atem berührte ihr Haar um ihr Ohr und kitzelte sie. Er murmelte etwas, das klang wie: „Du gehörst uns. Niemand wird dich ersteigern außer uns."

Sie schloss ihre Augen vor den Tränen, die in ihnen brannten. Sie fühlte sich wirklich begehrt.

IHR FRÜHERES GEFÜHL, begehrt zu sein, ließ schnell nach.

„Jetzt sagst du also, dass ihr nicht gehen wollt?" Panik stieg Quinn in die Kehle. Mit einem *Donnerschlag* stellte sie ihre Kaffeetasse auf den kleinen Küchentisch.

„Ich habe nie gesagt, dass wir definitiv gehen würden. Das hast du einfach angenommen."

„Wie Logan vorhin sagte, musst du wirklich gründlich darüber nachdenken. Ich glaube, du gehst die Sache falsch an." Ty schob seinen Stuhl vom Tisch zurück und verschränkte die Arme über seiner breiten Brust.

Logan griff nach einer ihrer Fäuste. „Ich stimme dem zu. Ich halte das für egoistisch. Du willst uns benutzen, um es deiner Mutter heimzuzahlen."

Quinn zog ihre Hand aus seinem Griff und stopfte ihre beiden Fäuste in den Schoß. „Meinen Eltern. Peter."

Logan runzelte die Stirn. „Deiner Mutter. Du hast gesagt, dass dein Vater nur ihrem Beispiel folgt."

„Das macht es nicht richtig", murmelte Quinn.

„Vielleicht nicht. Aber zu wollen, dass wir dich als Dates begleiten – *wir beide* –, ich weiß nicht, Quinn. Du könntest bleibende Schäden verursachen."

„Für wen?"

Logan stöhnte auf, seine Frustration zeigte sich deutlich in seinem Gesicht. „Für dich. Für deine Beziehung zu deinen Eltern, deinen Freunden. Deine Karriere."

„Für uns. Unser Geschäft. Möglicherweise meine Freundschaften mit meinen ehemaligen Teamkollegen", fügte Ty hinzu. „Ich bin mir nicht sicher, ob ich bereit bin, *unsere* Beziehung öffentlich zu machen." Er winkte mit der Hand zwischen Logan und sich selbst. „Ganz zu schweigen davon, die Welt über uns drei zu informieren."

„Du selbst wolltest es deine Freundinnen nicht wissen lassen. Du wolltest nicht zum Gegenstand von Klatsch und Tratsch werden. Aber jetzt willst du uns bei einer Wohltätigkeitsveranstaltung in den Mittelpunkt der Aufmerksamkeit rücken? Um deine Eltern in Verlegenheit zu bringen?" Logan schüttelte den Kopf. „Das ist einfach nur Scheiße, Quinn."

Sie öffnete ihren Mund und schloss ihn dann wieder.

Der Druck in ihrer Brust nahm zu und wurde erstickend. Ihr Herz klopfte. Sie hätte es besser wissen müssen. Männer ließen sie ständig im Stich. Peter, der sie betrogen hatte. Ihr Vater, der sprang, wenn ihre Mutter sagte: „Spring!". Und jetzt diese beiden. Sie waren nicht anders.

Sie musste etwas tun. Etwas, das sie verletzte, wie sie verletzt war. Quinn fiel nur eine Sache ein, die sie sagen konnte. „Raus hier."

Ty richtete sich auf seinem Sitz auf. „Quinn –"

„Quinn, das kann nicht dein Ernst sein." Logans Augenbrauen senkten sich, Wut blitzte in seinen Augen.

Er war es nicht gewohnt, sich sagen zu lassen, was er tun sollte. Pech für ihn. „Oh, ich meine es ernst. Ihr müsst verschwinden." Sie zeigte mit einem zittrigen Finger auf die Vorderseite des Hauses. „Alles, was du gestern Abend gesagt hast, hat mich glauben lassen, du würdest …"

Logan schüttelte den Kopf. „Du machst einen Fehler", warnte er.

Ob er damit meinte, dass sie sie rausschmiss, oder wie sie mit Peter und ihren Eltern umgehen wollte, war ihr im Moment egal. Sie war aufgebracht. Aufgebracht, dass sie nicht an ihrer Seite stehen und sie unterstützen würden, solange sie auf der Benefizveranstaltung war.

Sie hatte alles getan, was sie von ihr verlangten. Und noch mehr. „Ich habe euch vertraut. Ich habe euch mit mir machen lassen, was immer ihr tun wolltet. Ich habe mich in eure Hände begeben. Und jetzt? Könnt ihr diese eine kleine Sache nicht für mich tun?" Ihre Worte waren düster und schneidend.

„Quinn, das ist keine kleine Sache. Dies könnte uns alle wirklich treffen. Wir könnten möglicherweise Geschäfte verlieren …"

Sie schloss ihre Augen, um das Stechen zu stoppen. Sie wollte nicht, dass sie sie weinen sahen.

„Raus hier!" Sie saß starr da und atmete durch ihre Nase. Sie kämpft darum, sich zu beherrschen.

Sie hörte das scharfe Kratzen eines Stuhls und dann Logans tiefe, heisere Stimme. „Okay. Wir gehen vorerst.

Aber denk gut darüber nach, Quinn. Du wirst erkennen, dass wir recht haben. Du gehst diese Sache falsch an."

Sie hatte das quälende Gefühl, dass sie recht hatten. Dass sie es aus einem besseren Blickwinkel betrachteten. Aber sie hoffte, dass sie sich irren würden.

Sie bewegte sich erst, als sie ihre letzten Schritte und das leise *Klick* ihrer Haustür hörte.

Die Stille in der Wohnung wurde ohrenbetäubend. Der Kühlschrank schaltete sich ein und sie begann, die Augen zu öffnen.

Vor diesem Augenblick hatte sie sich noch nie so allein gefühlt.

KAPITEL 14

Quinn strich nervös eine Hand über ihre Hüfte. Sie hatte unter dem Umgang mit den hochnäsigen Verkäuferinnen in vier Boutiquen zu leiden gehabt, bevor sie sich schließlich auf das Kleid einließ, das sie jetzt trug. Es war mittellang, ärmellos und weiß, wunderschön mit glitzernden Pailletten verziert. Und es passte sehr, sehr gut, umarmte all ihre Kurven und rahmte ihr Dekolleté perfekt ein. Ihr Rücken war völlig entblößt, bis knapp oberhalb des Gesäßes, wo der seidige Stoff weich drapiert war und die Oberseite ihrer Pobacke kaum verdeckte. Eine Kette aus Silber und Strass hing in der Mitte ihres Rückens. Sie verband beide Seiten des Kleides und verhinderte, dass es sich auftrennte und so weit auseinanderfiel, dass ihre nackten Brüste zu sehen waren.

Gerade genug Stoff bedeckte ihre Brüste; sie hatte das Haus ohne jede Form von BH oder Stützkleidung verlassen. Der Ausschnitt – wenn man das so nennen konnte – war so tief, dass sie überrascht war, dass ihr Nabel nicht freigelegt war. Ihre Brüste wippten fest bei jedem Schritt, den sie mit ihren zehn Zentimeter hohen Absätzen machte. Obwohl sie jetzt in ihren Dreißigern war, waren ihre Brüste noch nicht nach Süden gewandert, und darauf war sie stolz. Ihre Schuhe waren ebenfalls weiß, versehen mit einem passendem Satinband. Dieses war um ihre Knöchel und an ihren Waden hochgeschnürt. Das Kleid hatte einen Schlitz auf der linken Seite bis zur Mitte des Oberschenkels, wodurch sie sich außergewöhnlich sexy fühlte.

Sie beschloss, auch auf den Slip zu verzichten, da bei der engen Passform jeder Höschenabdruck auffallen würde. Ohne Unterwäsche zu gehen war noch nie ihr Stil gewesen, aber sie fühlte sich heute Abend mutig. Wenn nicht sogar ein wenig leichtsinnig.

Und sehr entschlossen, ein Zeichen zu setzen.

Ein riesiger Solitär mit quadratischem Saphirschliff, der ihr von ihrer verstorbenen Großmutter vererbt wurde, hing an einer Platinkette schwer zwischen ihren Brüsten. Zwei weitere Saphire in Tropfenform hingen an ihren Ohren. Ein zwanzigtausend Dollar teures Tennisarmband funkelte an ihrem rechten Handgelenk – ein Geschenk ihres Vaters, als sie das College summa cum laude abschloss.

Sie war so gekleidet, dass ihr bloßer Anblick die Leute schon töten könnte.

Und sie sah nicht im Geringsten so aus wie in diesem hässlichen Brautjungfernkleid an dem Abend, an dem sie Logan kennengelernt hatte. Es war erst ein paar Wochen her, aber es fühlte sich wie Monate an.

Sie wollte sich nicht mit der Tatsache aufhalten, dass sie heute Abend genauso allein war wie an jenem Abend. Obwohl seitdem viel passiert war, schien alles wieder so zu sein wie damals. Niemand außer ihr wollte das ändern. Es war an der Zeit, die Kontrolle über ihr eigenes Leben zu übernehmen. Das zu tun, was *sie* wollte, und nicht das, was alle anderen wollten, nur weil es von ihr erwartet wurde.

Vielleicht hielten die Jungs das für egoistisch. Vielleicht war es das auch.

Sie schob das Was-wäre-wenn und mögliche zukünftige Bedauern aus ihrem Kopf. Sie konnte sich jetzt nicht um sie sorgen …

Sie setzte ein sexy Lächeln auf und verlieh ihrem Hüftschwung zusätzliche Bewegung, als sie um ihren Infiniti herumkam. Sie riss dem Parkservice das Ticket aus den Fingern und schob es in ihren Ausschnitt. Der arme junge Parkassistent stand weiterhin da und starrte sie mit offenem Mund an. Nun, er starrte nicht sie an. Er starrte auf ihre Brüste. Sie begann zu glauben, er könne das Rosa ihrer Brustwarzen durch das Kleid hindurchsehen, als er schließlich in Bewegung geriet und ein wenig Spucke aus dem Mundwinkel wischte.

Quinn lachte, als er in ihr Auto krabbelte. Das war genau der Effekt, den sie angestrebt hatte.

Das Kleid war den Wochenlohn wert, den sie dafür bezahlt hatte.

Mit geballten Fäusten ging sie durch die Doppeltür des Country Clubs.

Ihre Ohren wurden sofort vom Lärm des Bankettsaals geschändet, der sich direkt gegenüber dem Haupteingang des Country Clubs befand. Monte Carlo Nights schienen laut und ausgelassen zu sein, da die Teilnehmer von den Spielen eingeholt wurden.

Sie hielt an den Doppeltüren des Raumes, in dem die Wohltätigkeitsveranstaltung stattfand, inne und beobachtete die Menge. Sie entspannte sich ein wenig, als sie Peter nicht sah. Das gab ihr ein wenig Zeit, sich zuerst mit ihren Eltern zu beschäftigen. Sie war sich sicher, dass ihre Mutter mit dem, was sie trug, nicht einverstanden sein würde.

Und das war ein weiteres Verkaufsargument für dieses spezielle Kleid gewesen.

Sie erschrak, als eine Hand ihren Ellenbogen von hinten fest umklammerte. Quinn wurde nach hinten geschleppt, weiter weg von der Veranstaltung, und sie kämpfte darum, aufrechtzubleiben. Sie grub ihre Fersen in den Boden und drehte sich um, um dem unzufriedenen Gesichtsausdruck ihrer Mutter zu begegnen.

„Du siehst aus wie eine Hure."

Quinn zog ihren wunden Ellbogen scharf aus dem Griff ihrer Mutter heraus. Ein Bluterguss wäre kein schönes Accessoire. „Eine Edelnutte, hoffe ich. Ich wollte den Look von Julia Roberts in *Pretty Woman*. Hats geklappt?"

„Findest du das lustig?", fragte ihre Mutter, die Augenbrauen zusammengekniffen und die Lippen vor Missfallen fest zusammengepresst.

„Schau, Mutter. Du willst mich an den Höchstbietenden verkaufen. Ich sollte mich daher entsprechend dieser Rolle auch kleiden."

Ihre Mutter zischte sie an. „Dies ist eine Wohltätigkeitsveranstaltung. Keine Sex-Sklaven-Versteigerung."

Quinn hob eine nackte Schulter ein wenig und versuchte, viel ruhiger zu wirken, als sie es war. Sie bemühte sich nach Kräften, das neu gewonnene Selbstvertrauen, das ihr die Männer verliehen, auch zur Schau zu stellen. Zumindest bis sie bemerkte, dass ihr Vater schnell auf sie zuschritt. Sein Gesicht zeigte nicht den Unmut ihrer Mutter, sondern eher Schock und Enttäuschung.

Quinn hatte plötzlich den Drang, wegzulaufen und sich zu verstecken. Sie liebte ihren Vater und wollte ihn nicht verletzen. Aber zum Teufel, sie hatte nichts davon verlangt. Das durfte sie nicht vergessen. Und sie war so weit gekommen, wollte sie jetzt wirklich einen Rückzieher machen?

Als er sich ihr näherte, zog ihr Vater seine Smokingjacke aus und streckte sie ihr entgegen. „Zieh das an."

Quinn schüttelte den Kopf und ging einen Schritt zurück, wobei sie darauf achtete, ihren schmalen Absatz nicht auf dem Teppich zu verfangen. „Nein."

„So kannst du da doch nicht reingehen. Du siehst aus wie eine … eine …"

„Ja, ich weiß. Mutter hat es schon gesagt."

„Du musst nach Hause gehen und dich umziehen." Ihr Vater sah verärgert aus, bereit, ihr eine Woche Hausarrest zu geben und ihr die Telefonprivilegien zu entziehen.

Sie war erwachsen, verdammt!

„Nein, Dad. Ich habe ein Vermögen für dieses Kleid ausgegeben und ich werde es tragen."

Ihre Mutter trat eine Haaresbreite von ihr weg und zeigte mit einer rot lackierten Fingerspitze in ihr Gesicht. „Wir werden dich von der Versteigerungsliste streichen lassen."

Als ob *das* Quinn bestrafen würde.

„Nein, wirst du nicht. Du wirst ernten, was du gesät hast. Dieses Geld geht an eine gute Wohltätigkeitsorganisation. Du kannst die Wohltätigkeitsorganisation nicht unter deiner verklemmten Haltung leiden lassen."

„Hier geht es nicht darum, verklemmt zu sein. Es geht darum, wie es aussieht –" Ihre Mutter hörte abrupt auf.

„Wie es für deine Freundinnen und Bekannten aussieht", beendete Quinn den Satz für sie. *Alles, um den Schein zu wahren.*

„Glaubst du, Peter wird sich freuen, wenn er dich so gekleidet sieht?"

Wenn er normal wäre, wäre er hart, wenn er sie sah. Aber schon damals war Peter nicht normal gewesen.

Sagte sie das laut?

Nein. *Puh.* Sie musste von ihnen wegkommen, bevor sie

etwas sagte, was sie nicht sagen sollte. Als ob sie das nicht schon getan hätte.

Der enttäuschte und fast verletzte Gesichtsausdruck ihres Vaters ließ einen scharfen Schmerz in ihrer Brust aufsteigen. Vielleicht sollte sie gehen und die ganze Sache vergessen … Vielleicht hatten die Jungs recht.

Sie entfernte sich so schnell von ihren Eltern, wie ihre Stöckelschuhe sie tragen würden. Sie antwortete über ihre Schulter: „Es ist mir egal, ob Peter glücklich ist." Sie würde nach ihrer Rückkehr in die Lobby entscheiden, ob sie gehen oder bleiben wollte.

„Das sollte es aber nicht sein!"

Die Bemerkung ihrer Mutter brachte Quinn auf die Palme. Sie drehte sich zu ihren Eltern um. „Warum? Wann hat sich Peter jemals Sorgen gemacht, ob ich glücklich bin?"

Wäre es lustig gewesen, hätte sie über den verblüfften Gesichtsausdruck ihrer Eltern gelacht. Ihre Mutter war tatsächlich für den Bruchteil einer Sekunde sprachlos … Stell sich das mal einer vor!

„Das habe ich mir gedacht", sagte Quinn, bevor sie ihre Flucht fortsetzte.

„Peter liebt dich", schrie ihre Mutter Quinn in den Rücken, als sie davonlief.

Quinn schüttelte nur angewidert den Kopf. Peter war ein betrügerischer Bastard, aber ihre Mutter dachte immer noch, er sei perfekt. Zum Teufel, sie hätte nicht bis zur Lobby warten müssen, um sich zu entscheiden. Nach heute Abend gäbe es für ihre Mutter – für Peter – keinen Zweifel mehr, dass Quinn nichts mehr mit ihm zu tun haben wollte. Sie hatte etwas Besseres verdient.

Als sie im Bankettsaal ankam, holte sie tief und kräftig Luft und schlenderte in den überfüllten Raum und bis zur Bar.

Für Logan war es ein Déjà-vu. Als er Quinn vor Wochen beim Empfang zum ersten Mal gesehen hatte, war sie dabei gewesen, sich an der Bar zu betrinken. Heute Abend tat sie dasselbe, nur trug sie diesmal nicht dieses hässliche rosa Ungetüm. Sie trug eine schicke Nummer, die ihn verdammt hart machte.

Und er war sich sicher, dass sie auch jedem anderen Mann im Raum eine Erektion bescherte. Nun, außer vielleicht ihrem Vater, den er irgendwo in der Menge vermutete.

Während das Kleid dieser Brautjungfer nichts getan hatte, um ihre Eigenschaften zur Geltung zu bringen, tat dieses *alles* dafür. Es zeigte tatsächlich zu viel.

Aber er beschwerte sich nicht. Nein, Sir. Alles, woran er denken konnte, war das Ausziehen des kleinen Nichts, das sie bedeckte, später am Abend. *Wenn* sie ihnen verzeihen würde. Er hoffte, dass ihr Erscheinen heute Abend ausreichen würde. Wenn nicht, könnte er versucht sein, zu betteln.

Seine Lippen zuckten bei diesem Gedanken vor Belustigung.

Zumindest bis er hörte: „Mr. Reed! Mr. Reed!"

Jeder Muskel in seinem Körper verspannte sich, als er Schritte auf sich zukommen hörte.

Er wandte sich dem kleinen, gedrungenen Mann zu, der der Generaldirektor des Mandolin Bay Country Club war.

Er hob eine Augenbraue an. „Mr. Lawson?"

„Ja, ja. Ich habe gesehen, wie Ihr Helfer Sie an der Haustür abgesetzt hat. Der leitende Platzwart ist im Moment nicht hier, aber er muss mit Ihnen über ein Problem mit dem Rasen sprechen."

„Mein *Helfer* parkte gerade das Auto. Er sollte jeden Moment hier sein."

„Dann bin ich froh, dass ich Sie erwischt habe. Wie gesagt, der leitende Platzwart wollte sich mit Ihnen treffen. Er ist unten im Wartungsschuppen."

Logan verschränkte die Arme über der Brust und schaute auf den Mann hinunter. Er machte Witze, oder?

„Sehe ich so aus, als ob ich für die Arbeit auf dem Grün gekleidet bin?"

Der Mund des Mannes öffnete und schloss sich wie ein keuchender Fisch, als er schließlich Logans Kleidung bemerkte. Dabei handelte es sich zufällig um einen Smoking, nicht um einen Overall.

Nach einem Moment stotterte Lawson: „Natürlich nicht, nein."

„Ich bin hier für die House to Home Charity."

Lawson hatte die Frechheit, vor Logan zu treten und ihm den Weg zu versperren. Er streckte eine pummelige Hand aus, als ob das Logan davon abhalten könnte, einzutreten. „Sir, nur mit Einladung."

„Ich wurde eingeladen", knurrte Logan. Seine Geduld wurde langsam erschöpft.

„Von wem?"

„Quinn Preston."

„Aber Ms. Preston …" Lawson verstummte.

„Ja? Ms. Preston?"

Sein Blick schoss hin und her, als ob er versuchte, den Augenkontakt mit Logan zu vermeiden. „Ähm. Frau Preston hat ein Date."

„Ja? Mit wem?"

„Ich … Ich … Peter Harrington."

„Oh. Nun denn, ich habe mein eigenes Date mitgebracht." Logan warf einen Blick hinter sich und sah, dass sich Ty näherte. Sein „Date" sah in seinem Smoking sehr gut aus.

„Hier ist er ja." Logan schob einen Arm durch Tys und gab ihm einen schnellen Kuss.

Lawson wurde kränklich blass und seine Augen weiteten sich zu großen Kreisen, als er von den beiden wegstolperte.

Meine Güte. Man könnte ihn und Ty für Aussätzige halten, so wie sich der Manager verhielt.

„War das klug?", fragte Ty, als Logan ihn in die Veranstaltung führte.

„Wahrscheinlich nicht."

Logan fühlte einen Stich des Bedauerns, den Mann schockiert zu haben. Er wollte nicht, dass sein Handeln seinen Vertrag mit dem Club gefährdete. Er hatte ihn schon seit Jahren und er brachte einen schönen Brocken ein.

Nun, wenn nötig, würde er später Schadensbegrenzung betreiben.

Im Moment hatte er etwas Wichtigeres zu tun.

Eine Gruppe von Männern versammelte sich um Quinn. Drei unberührte Drinks standen auf der Bar vor ihr, als sie an dem nippte, der ihr bereits in den Fingern lag.

„Alabama Slammers?"

Ein schneller Atem entkam ihrem offenen Mund, bevor sie ihren Ausdruck schnell in den Griff bekam. Logan war beeindruckt, wie schnell sie sich von ihrem Schock erholte, als sie die beiden dort sah. Aber er konnte die Frage immer noch in ihren Augen sehen.

Ihre Lippen drehten sich an den Enden nach oben. „Nein. Heute Abend ist eine perfekte Nacht für Long-Island-Eistees. Nicht ganz so stark wie Slammer, aber sie werden ihre Wirkung erzielen."

Er reichte Ty eines der zusätzlichen Getränke und holte sich selbst eines. Er nahm einen langen Schluck. Etwas zu süß für seinen Geschmack, aber nicht schlecht.

„Hey", schrie einer der Männer, die sich gegen Quinn drängten. „Das Getränk wurde für die Dame gekauft."

Logan blickte Quinn von oben bis unten an und biss ein Lachen zurück. *Dame.* Quinn sah heute Abend kaum wie eine Dame aus. Sie sah aus wie ein Vamp. Ein Sexkätzchen, das wusste, wie man einen Mann in die Knie zwang.

Sie hatte ihn und Ty effektiv in die Knie gezwungen. Ihr Erscheinen heute Abend bewies das. Nicht, dass sich beide beschwert hätten.

Ihr Haar war hochgesteckt, wodurch die lange Linie ihres Nackens freigelegt wurde. Ein paar verirrte Strähnen umrahmten zart ihr Gesicht. Die Saphire an ihren Ohren brachten einen Blaustich in ihren grauen Augen zum Vorschein. Jene Augen, in denen derzeit ein Schimmer des Bösen zu sehen war.

Sie schenkte ihm ein schmutziges Lächeln und schob ihr linkes Bein aus dem Schlitz in ihrem Kleid heraus, wobei sie einen sehr wohlgeformten Oberschenkel zur Schau stellte. „Gefällt dir das?"

„Sehr sogar." Er warf einen Blick auf Ty, dessen Blick an Quinns Bein geklebt war.

Sie verlagerte ihr Bein ein wenig mehr aus dem Schlitz und Logan sah, dass sie kein Höschen trug. Er trat ein wenig näher an sie heran, um den anderen Männern die Sicht zu versperren.

Nicht erfreut über ihre Zurschaustellung lehnte er sich eng an sie heran und murmelte ihr ins Ohr: „Was machst du da?"

„Ich dachte, ihr würdet nicht kommen", murmelte sie zurück.

„Das erkläre ich dir später", brummte er. Ihm machte es nichts aus, dass sie sich sexy anzog, aber sie trug das Kleid aus den falschen Gründen.

Einer der falschen Gründe schlenderte in diesem Moment einfach in ihre Richtung.

Quinn zog sich schnell wieder zurück und versteckte sich wieder einmal, bevor sie sich ihrem Ex zuwandte. „Peter! Wie geht es dir?"

Logan zuckte bei Quinns allzu süßer, offensichtlich übertriebener Rede zusammen.

Als Peter ankam, schmolz der Rest der Männer dahin. Es war, als wäre Peter gekommen, um seinen Preis einzufordern, und sie waren so gnädig, das anzuerkennen.

Bullshit. Logan wollte sie nicht mit ihm allein lassen.

Quinn legte eine frisch manikürte Hand auf Peters Oberarm und zog ihn näher an sich heran. „Peter, ich möchte dir einige Freunde von mir vorstellen. Peter Harrington, das sind Logan Reed und Tyson White."

Der Scheißer streckte seine Hand aus und Logan war höflich genug, das zu akzeptieren. Als Peter Tys Hand schüttelte, schlich ein anerkennender Ausdruck über Peters Gesicht. „Tyson White? Wie Tyson ‚T-Bone' White von den Boston Bulldogs?"

Erzähl mir nicht, der kleine Streber-Bastard kennt sich mit Football aus, dachte Logan. Wahrscheinlich nahm er an Büro-Football-Tippspielen teil. Und verlor haushoch.

„Das bin ich", antwortete Ty und drehte den winzigen Strohhalm in seinem Getränk. Er verhielt sich so, als ob die Anerkennung als Profisportler nichts wäre.

Logans Schwanz zuckte. Quinn in ihrem Outfit war nicht das Einzige, was seinen Schalter umlegte. Sein Lover, dessen ebenholzfarbene Haut unter der vertieften Beleuchtung des Clubs glänzte, ließ seinen Magen ein wenig verrücktspielen.

„Erstaunlich. Ich wusste nicht, dass Quinns Mutter für heute Abend zwei Stars der Bulldogs arrangiert hatte."

Sowohl Logan als auch Ty öffneten gleichzeitig den

Mund, um Peter die Frage zu stellen, aber Quinn hielt eine Hand hoch und stoppte die beiden.

„Zwei?"

„Ja, Long Arm Landis ist hier."

„Long Arm?", fragte Quinn und kniff ihre zarten Augenbrauen zusammen.

Sowohl sie als auch Logan schauten Ty fragend an.

„Quarterback", antwortete er ihnen und nippte an seinem Getränk.

Logan schüttelte den Kopf. „Ich weiß, wer Long Arm ist. Warum sollte er hier sein?"

Und warum war Ty nicht darüber besorgt, dass sein ehemaliger Teamkollege herausfand, dass Ty eine Beziehung mit einem Mann hatte? Nicht, dass Logan glaubte, Ty wollte es geheim halten. Wenn er das wollte, hätte er zumindest nicht zugestimmt, hierherzukommen.

Logan hatte gesagt, dass heute Abend wohl eine Nacht für Neuigkeiten sei. Als sie beschlossen hatten, Quinn ihre Unterstützung zu zeigen, um ihr zu beweisen, wie sehr sie sich um sie sorgten, wussten sie, dass dies ein Risiko war.

Aber Scheiße ...

Ob es ihnen gefiel oder nicht, Ty würde höchstwahrscheinlich am Ende geoutet werden, und wenn es nach Quinn ginge, würde sie genau das auch tun. Aber Tys Outing würde vor einem ehemaligen Teamkollegen bekannt gegeben werden, etwas, das er all die Jahre vermeiden wollte. Beide hatten beschlossen, dass es für sie das Risiko wert war, heute Abend bei Quinn zu sein. Trotzdem hatte Ty noch eine Chance, sich aus diesem möglichen Debakel zurückzuziehen; Logan würde jede Entscheidung, die er traf, respektieren.

Scheinbar unbekümmert blickte Ty Quinn erwartungsvoll an. „Ich weiß es nicht. Warum sollte er hier sein?"

Quinn zuckte leicht mit den Schultern und nippte an ihrem eigenen Getränk.

„Der Society Ladies' Charity Club wollte einige Prominente einladen, um einige signierte Erinnerungsstücke zu verkaufen. Vielleicht ist es das. Oder er ist Teil der Bachelor-/Bachelorette-Versteigerung", antwortete der Trottel.

Unerwartet richtete Quinns Ex seine Aufmerksamkeit auf sie. Ihr Kleid schien die Aufmerksamkeit von Peter plötzlich mehr zu erregen als die Aussicht, zwei NFL-Stars im Raum zu haben.

„Ist das Kleid neu?"

Quinn lächelte in ihr Getränk. „Du erinnerst dich nicht daran?"

„Ich glaube, an so ein Kleid würde ich mich erinnern. Das lässt der Fantasie nicht viel Spielraum, oder?"

Sie warf den Kopf zurück, ihre Brüste wackelten mit der Bewegung so sehr, dass sie den schmalen Streifen aus weißem Stoff, die sie kaum umschlossen, fast entkamen. „Es ist nicht dafür gedacht. Es soll meine Eigenschaften zur Geltung bringen."

Peter nahm den großen Saphir, der sich zwischen ihren Brüsten eingenistet hatte, in die Hand. „Ist das der Stein deiner Großmutter?"

Logan fühlte, dass Ty neben ihm angespannt war. Er warf Ty einen Blick zu, der besagte, Quinn könne auf sich selbst aufpassen.

Obwohl er sich nicht sicher war, ob ihm die Art und Weise, wie sie es tat, gefiel. Vor allem, als sie Peters Hand mit ihrer umschloss und seine Knöchel gegen die nackten Kurven ihrer Brüste drückte. Ihre Stimme wurde tief und rauchig. „Kommt dir das bekannt vor?"

„Äh." Peter riss seine Hand weg, als ob sie verbrannt worden wäre. „Ja, das kommt mir bekannt vor."

Logan konnte es nicht glauben. Ihr Ex sah tatsächlich unbehaglich aus, beschämt darüber, dass seine Hand Quinns Brüste gestreift hatte.

Logan bellte vor Lachen, was Peter das Blut ins Gesicht schießen ließ.

Peter trat zurück und starrte Logan einen Moment lang an, bevor er offensichtlich etwas Selbstvertrauen sammelte.

Logan hatte genug. Er schob einen Arm um Quinn, bis sich seine Hand auf der warmen Haut ihres unteren Rückens festsetzte. Er hob den quadratischen, leuchtend blauen Stein auf und tat so, als würde er ihn studieren. „Es ist ein wunderschönes Juwel." Er begegnete ihrem Blick, als er ihn sanft an die zarte Haut zwischen ihren Brüsten legte, wobei seine Finger an ihrem weichen Dekolleté hängen blieben. „Genau wie die Frau, die es trägt."

Peter räusperte sich. Lautstark.

„Möchtest du, dass ich dir noch einen Drink hole, Quinn?"

Bevor Quinn ihm antworten konnte, sagte Logan leise: „Ab hier können wir das erledigen, Pete."

„Ich heiße Peter. Quinn?"

Quinn brach schließlich ihren verschlossenen Blick. Doch anstatt Peter anzuschauen, schaute sie Ty an, der ihr ein strahlend weißes Lächeln schenkte. Ein wissendes Lächeln, ein unausgesprochenes Versprechen auf das, was später kommen sollte. Quinns Hand flatterte ihr an die Kehle.

„Schon in Ordnung. Danke", antwortete sie Peter abwesend.

„Oh. Okay." Peter zerrte am Revers seines Smokings. „Nun. Ich … Ich werde mich etwas unter die Leute mischen. Wir sehen uns etwas später, Quinn." Er nickte sowohl Logan als auch Ty zu. „Hat mich gefreut, meine Herren."

. . .

Logan gab ihm ein antwortendes Nicken und ein räuberisches Lächeln. Ty schüttelte Peter die Hand und gab ihm dann einen Klaps auf den Rücken, als er davonhuschte.

Eine Band auf einer Bühne an einem Ende des großen Saals begann zu spielen und übertönte dabei den Lärm der Spieltische. Ty bemerkte eine Tanzfläche vor der Bühne, auf der nur wenige Paare tanzten.

Er bot Quinn seine Hand an. „Tanzt du mit mir?"

Sie lächelte warm und nahm sein Angebot an, indem sie ihre Finger mit seinen verschränkte. Sie reichte Logan ihren Long-Island-Eistee, als Ty sie in Richtung des mit Parkett bedeckten Tanzbereichs führte.

Dort angekommen, zog Ty sie in seine Arme und drückte seine Hüften an ihre. Er streichelte mit seiner Nase gegen ihr Haar. „Du riechst gut."

Ihr leises Kichern vibrierte gegen seine Brust. „Und du siehst heute Abend sehr gut aus."

„Nur heute Abend?"

„Nun, du siehst in deinem Smoking extrem gut aus. Aber ehrlich gesagt sehe ich dich lieber nackt."

Er lächelte in ihr Haar und achtete darauf, dass er nicht all die Arbeit zunichtemachte, die sie in das Styling investiert hatte.

„Nun, wenn wir hier ehrlich sind, dann bist *du* praktisch nackt."

„Ich bin verhüllt, wo ich es sein muss."

Er war nicht der beste Tänzer, aber er schaffte es durch den langsamen Tanz, indem er mit seinen Füßen schlurfte. Er achtete darauf, ihre pedikürten Zehen nicht einzuklemmen.

„Ty, was ist hier los? Logan sagte, er würde es später erklären, aber …"

„Wir konnten dich das nicht alleine machen lassen."

„Aber …"

„Aber wir merkten, dass wir genauso stur waren wie du, als wir uns weigerten zu kommen." Er lachte. „Ich schätze, wir sind einfach nicht so dickköpfig wie du. Wir waren bereit, uns zu beugen." Plötzlich fühlte er sich gegenüber der Frau, die er in seinen Armen hielt, heftig besitzergreifend. „Wir wollen dich, Quinn. Wir sorgen uns um dich. Wir wollen, dass dir das klar wird."

Sie presste ihre Finger gegen seinen Rücken. Hart genug, dass er sie durch seinen Smoking fühlen konnte.

Er hörte, was sich verdächtig nach einem Schniefen anhörte. Er lehnte sich leicht zurück, um sie anzuschauen, aber sie wandte ihr Gesicht ab.

„Hey. Du musst stark bleiben. Ist es nicht das, worum es bei dieser ganzen Sache hier geht?"

„Ja", flüsterte sie gegen sein Revers. „Ich will einfach nicht, dass ihr etwas tut, was ihr nicht tun wollt."

„Wenn wir es nicht tun wollten, wären wir nicht hier."

„Ihr wisst gar nicht, was das für mich bedeutet", sagte sie, als ihr Körper gegen ihn schmolz und sich die Tatsache einzementierte, dass er und Logan die richtige Entscheidung getroffen hatten, heute Abend zu kommen. Egal, was es sie sonst noch kostete, Quinn musste ein Teil ihres Lebens sein. Vielleicht stimmten sie nicht hundertprozentig mit ihren Entscheidungen überein, aber es waren ihre; Entscheidungen, die sie treffen musste, und er und Logan würden, falls nötig, dabei helfen, die Scherben aufzusammeln.

„Spürst du, wie sehr ich dich gerade jetzt will?"

Sie zog sich in seinen Armen ein wenig zurück und schaute ernst zu ihm auf. „Oh, bist du das? Ich dachte, du hättest eine Salami in der Tasche."

Ihre Augen kräuselten sich an den Ecken und er zog sie wieder zu sich heran, wobei seine Finger die glatte Haut entlang ihrer Wirbelsäule hinunterstreiften. Sie zitterte gegen ihn und schaukelte ihre Hüften mit einer übertriebenen Bewegung.

„*Vorsicht*", warnte er sie. Seine Eier zogen sich an, als sein Schwanz noch härter wurde.

Er zog ihre Hüften noch fester an sich und stellte sicher, dass sie jeden Zentimeter von ihm spürte. Es hätte einen Schuhlöffel gebraucht, um sie zu trennen.

Oder auch nicht. Er bemerkte die Blicke, die ihnen von Paaren auf der Tanzfläche und anderen, die sich an den Spieltischen in der Nähe der Tanzfläche versammelten, zugeworfen wurden. Einige der reichen Burschen warfen ihnen böse Blicke zu, andere flüsterten sich gegenseitig zu.

Ty seufzte. Er brachte ein wenig Abstand zwischen sich und Quinn.

„Was ist los?"

„Oh. Immer das Gleiche, immer das Gleiche."

Ein Ausdruck der Besorgnis huschte über ihr Gesicht. „Was bedeutet das?"

Ty schüttelte angewidert den Kopf. „Schon gut."

„Oh, nein, nichts ist gut. Sag mir, was los ist." Quinn sah sich um und blickte zu den umstehenden Gästen der Wohltätigkeitsveranstaltung. „Ah. Schon gut. Jetzt verstehe ich."

„Ich vermute, die Freunde deiner Mutter stecken immer noch im Mittelalter fest."

„Sie sind nicht alle Freunde meiner Mutter, aber ja. Dieser Country Club hat eine strenge Mitgliedschaftspolitik, wenn du weißt, was ich meine."

Er blieb in der Mitte der Tanzfläche stehen und studierte ihr Gesicht. Logan sagte, dass sie für sie da sein müssten, egal was passierte, und er hatte zugestimmt, aber … „Quinn, weißt du, was du heute Abend machst?"

„Auf jeden Fall."

„Nein. Schau. Diesen Leuten gefällt nicht einmal die

Tatsache, dass ein schwarzer Mann mit einer weißen Frau tanzt. Wie werden sie erst reagieren, wenn sie herausfinden, dass du nicht nur mit einem tanzt, sondern auch mit ihm schläfst?" Er erhob einen Finger, um sie daran zu hindern, ihn zu unterbrechen. „*Und* du schläfst nicht nur mit einem Schwarzen, sondern auch mit seinem weißen *männlichen* Geliebten. Ich glaube nicht, dass sie für dieses Konzept wirklich offen sein werden."

Die Band wechselte von einem langsamen Lied zu einem anderen.

Quinn packte seine Arme und wickelte sie um sie. Sie legte ihren Kopf an sein Revers. „Das ist mir egal."

Mann, sie fühlte sich gut in seinen Armen an. „Quinn, du solltest dir da besser sicher sein."

„Du klingst wie Logan."

Ty hielt ein Lachen zurück. So lustig es auch war, ihm vorzuwerfen, dass er wie Logan klinge, was Quinn heute Abend tat, war eine ernste Angelegenheit. „Nun, vielleicht hat er recht. Willst du dich wirklich deiner Familie entfremden, weil sie wollen, dass du mit diesem Analysten-Geek zusammen bist?"

Sie verpasste ihm einen leichten Schlag in den Arm. „He! Ich bin ein Analysten-Geek."

„Kaum."

Er bewegte sie langsam über die Tanzfläche, seine Finger auf ihren Hüften.

„Wenn meine Eltern meine Entscheidungen nicht akzeptieren können – mich nicht so akzeptieren können, wie ich bin – dann, nun, zum Teufel mit ihnen."

„Quinn, sie sind deine Familie."

„Dann müssen sie meine Entscheidungen akzeptieren. Sie müssen mich wählen lassen, wen ich lieben will."

Ty blieb wieder stehen, fing ihr Kinn ein und neigte

ihren Kopf nach oben. Er blinzelte und sah ihr tief in die Augen. Sie begegnete seinem Blick trotzig, fragend, warum er es wagte, sie infrage zu stellen. Er beschloss, nichts dazu zu sagen. Auf der Tanzfläche bei einer Wohltätigkeitsveranstaltung – die noch dazu sehr gut besucht war – war kein Platz, um herauszufinden, was ihre letzte Bemerkung bedeutete.

„Warum heute Abend keine Ohrringe?", fragte sie ihn.

„Weil ich zu der eher konservativen Seite tendierte."

„Also hast du beschlossen, dich zu verändern, um dich anzupassen?"

Sie forderte ihn absichtlich heraus. Ty hielt einen Fluch zurück. Stattdessen sagte er: „Sieht es so aus, als würde ich hierher passen?"

„Sehe *ich* so aus, als würde ich hierher passen?"

Worauf wollte sie damit hinaus? „Ja."

„Nun, das beweist es: Der Schein trügt."

Er schnaubte. „Man kann ein Buch nicht nach seinem Einband beurteilen?"

„Das Aussehen ist nur oberflächlich."

„Schönheit vergeht; Dummheit währt ewig."

Quinn warf den Kopf zurück und lachte laut auf, wodurch sie mehr Aufmerksamkeit auf sich zog. Nicht, dass sie nicht schon genug Aufmerksamkeit auf sich gezogen hätten. Aber ihr Lachen ließ ein wenig von der Spannung in seinem Körper verschwinden.

Als sich das Lied wieder änderte, beschloss er, dass er genug davon hatte, vorzutäuschen, er könne tanzen. Es ging ihm nur darum, sie zum Tanzen aufzufordern, um einige Zeit allein zu sein und sie gegen sich zu spüren. Eine Kleinigkeit als Überbrückung für später. Er hatte sein Ziel erreicht; nun konnte er sie sicher zurückbringen, mit all ihren Zehen noch intakt.

Er nahm ihren Ellenbogen und führte sie von der Tanzfläche. Und direkt zu Long Arm Landis.

„Heilige Scheiße, T. Hätte nie erwartet, dich hier zu sehen."

„Wie geht es dir, Renny?"

Quinn blickte von einem Mann zum anderen. „Renny? Ich dachte, sein Name sei Long Arm."

Ty hielt Quinn am Arm fest und hielt sie dicht an seiner Seite. „Ren, das ist Quinn Preston. Quinn, das ist Lawrence „Long Arm" Landis. In der Umkleidekabine als Ren oder Renny bekannt. Die Öffentlichkeit und die Medien gaben ihm den Spitznamen Long Arm."

Quinn beäugte die Arme des anderen Mannes, der in einen sehr teuren Smoking gehüllt war. „Seine Arme sehen für mich wie mit normaler Länge aus."

Beide Männer lachten.

„Wo hast du sie kennengelernt?", fragte Renny ihn.

„Sein Spitzname kommt daher, wie weit er auf dem Feld wirft", erklärte Ty Quinn.

„Oh. Sorry." Ihre Wangen waren unverkennbar rosa.

Renny beäugte Quinns Kleid. Oder besser gesagt, was davon zu sehen war. Ty fühlte sich plötzlich ein wenig beschützerisch. Er stand allen seinen ehemaligen Teamkollegen nahe; sie waren wie Brüder. Aber nicht nah genug zum Teilen. Logan war tabu. Und jetzt war es auch Quinn.

Diese Erkenntnis traf Ty genau zwischen die Augen. Logan hatte recht. Sie gehörte zu ihnen. Alle verbleibenden Zweifel, an denen er festgehalten hatte, verschwanden.

„Mein Agent hat nicht erwähnt, dass du hier sein würdest. Hey, T, findest du es ein bisschen seltsam, dass wir heute Abend die einzigen *Brüder* hier sind?"

„Wir haben gerade über diese Tatsache diskutiert."

„Bist du hier, um Autogramme zu geben?"

„Nein. Ich bin hier als Begleitung von Quinn."

Tys Erklärung lenkte Rennys Aufmerksamkeit wieder auf Quinn. Er schenkte ihr ein breites Lächeln und lehnte sich zu ihr hin und flüsterte ihr zu: „Mögen Sie dunkles Fleisch?"

„Sprechen wir über einen Thanksgiving-Truthahn?", konterte Quinn.

Renny lachte, sein Blick schweifte vom Scheitel bis zu den Zehenspitzen und zurück über sie. „Wow. Gutes Aussehen und Sinn für Humor. Das ganze Paket." Renny befingerte den Saphir. „Nettes Stück Klunker."

Was war mit diesem verdammten Saphir? Der nächsten Person, die Quinn zwischen ihren Brüsten berührte, würde sie die Finger brechen.

Ty trat zwischen ihn und Quinn und unterbrach den Kontakt. „Du kannst schauen, aber du kannst nicht anfassen."

„Was ist los, T? Gehört sie dir?"

Sie gehört mir. Sie gehört Logan.

„Sie gehört uns."

KAPITEL 15

Sie gehört uns.

Diese beiden kleinen Worte fanden bei Quinn Widerhall. Sie bedeuteten ihr sehr viel. Es fühlte sich gut an, einfach so beansprucht zu werden. Zumal sie dachte, sie müsse diese Nacht allein bewältigen.

Tys ehemaliger Teamkollege hob seine Hände vor ihm wie zur Kapitulation. „Hey, Mann, Weiß steht dir gut. Kein Schaden, kein Foul."

Ihre innere Jury befasste sich noch damit, wie Quinn über Tys Freund denken sollte. Er war ein wenig zu selbstbewusst, wenn nicht sogar arrogant. Aber hey, er war offenbar ein berühmter Profi-Footballspieler. Und dazu noch nicht einmal ein schlecht aussehender.

Renny war sicher nicht konservativ gekleidet gekommen. Er hatte einen riesigen Diamanten-Solitär in jedem Ohr. Quinn vermutete, dass es zwei Karat pro Stück sein mussten. Einer seiner langen Finger trug einen großen quadratischen Ring. Sie hatte den Ring sehen können, als er ihren Saphir berührte. Eingraviert war *World Champions* und er war mit

Diamanten und Farbsteinen besetzt, die wie Rubine aussahen, in Form einer Bulldogge.

Sie fragte sich, ob Ty einen dieser Ringe hatte.

Obwohl Renny einen Smoking trug, hing an seinem Hals ein großes goldenes Kreuz und an seinem Hemd waren die beiden oberen Knöpfe offen. Sein Kummerbund war Bulldog-Rot. Sein Haar war eng zu Cornrows gegen seinen Kopf geflochten. Er hatte schöne weiße Zähne und große dunkelbraune Augen.

Und er beobachtete, wie sie ihn beobachtete.

Mist.

Sie wollte ihm keinen falschen Eindruck vermitteln.

„Also", fragte Renny, „was heißt das, *sie gehört uns?*"

Quinn sah, wie Tys Blick von Logan, der immer noch an der Bar stand, zu ihr und zurück zu Renny hüpfte. Eine Mischung aus Emotionen durchzog Tys Gesicht und plötzlich wurde Quinn klar, dass er Mühe hatte, die Wahrheit über seine Beziehungen zuzugeben. Oder zumindest über eine im Besonderen.

Sein ehemaliger Teamkollege hatte keine Ahnung, dass Ty in einer Beziehung mit einem anderen Mann war, einen anderen Mann liebte.

In ihrer Magengrube bildete sich ein Klumpen. Indem sie ihre Beziehung ihren Eltern ins Gesicht schlug, in das Gesicht von Peter, outete sie sowohl Logan als auch Ty. Sie wusste das. Die Männer hatten sie davor gewarnt. Und sie hatte nicht zugehört. Hatte nicht ernsthaft über die Konsequenzen nachgedacht.

Sie schob einen Arm in seine Jacke, um seine Taille zu umarmen. Die Wärme seines Körpers war übermäßig warm an ihrer nackten Haut, als sie ihn ein wenig drückte.

Sie war so ein egoistischer Scheißidiot.

Sie hätte nie kommen dürfen. Sie hätte sie niemals mit

hineinziehen dürfen. Ja, sie hatten schließlich beschlossen, doch zu kommen. Aber nur, um ihr zu gefallen.

Ein Brennen von Tränen biss ihr in die Augenwinkel. Sie sah in Tys Gesicht und sagte: „Es tut mir leid."

Er streichelte ihr mit dem Daumenballen über die Wange und schenkte ihr ein zartes Lächeln. „Das muss es nicht. Wir wollten für dich hier sein."

„Aber ich wollte nicht, dass ihr zu meinem Vorteil ein Opfer bringt."

„Das tun wir nicht, Quinn. Glaube mir, das tun wir nicht."

Der letzte Satz kam von Logan, der sich ihnen angeschlossen hatte und besorgt aussah.

„Ist alles in Ordnung?", fragte Logan.

Ty nickte. „Alles gut."

Er stellte Logan Renny vor und die beiden Männer schüttelten sich die Hand.

„Ich glaube, ich erinnere mich an dich. Du hast den Rasen in unserem Stadion verlegt. Was machst du hier?"

Logan antwortete ehrlich. „Ich gehöre zu Quinn."

Ein verwirrender Blick durchzog Rennys Gesichtszüge. „Das verstehe ich nicht. Ich dachte, T ist mit ihr hier."

Quinn legte eine Hand an Logans Brust. Eine unausgesprochene Warnung, dass sie dies nicht tun mussten. Sie müssten das heute Abend nicht durchziehen.

Logan machte trotzdem weiter. „Das ist er. Das sind wir beide."

Es dauerte eine Minute, aber schließlich löste sich die Verwirrung aus Rennys Gesicht. Aber nicht für lange. „Ihr Jungs seid also die Begleitung."

Quinn öffnete ihren Mund, um etwas zu sagen, um sie aufzuhalten. Aber Logan legte eine Hand über ihre und drückte sie. Ihr Atem stockte und sie sah hilflos zu, wie sich alles vor ihr entfaltete.

Ty schüttelte den Kopf und sah Renny direkt in die Augen. „Nein, wir sind Liebhaber", sagte er.

„Ja, ich hab's verstanden. Du und Quinn, ihr habt den ganzen Spaß miteinander. Aber wie passt er", er nickte zu Logan, „da dazu?"

Logan bürstete ein Stück imaginären Fussel von Tys Schulter. „Wie er sagte. Wir sind Liebhaber."

Renny trat zurück, seine Augen weiteten sich. „Warte mal. Warte." Er machte einen vollständigen Kreis an Ort und Stelle, stampfte mit den Füßen und schlug mit den Handflächen gegen die Oberschenkel. Dann legte er seine Hände auf seine Hüften und starrte Ty an. Er öffnete seinen Mund und schloss ihn eine Sekunde später wieder, bevor er ihn wieder öffnete. „T … Wirklich?"

„Ja, wirklich", antwortete Ty leise.

„Verdammt, Mann. Wow."

Quinn entschied, dass es Zeit war, einzugreifen. „*Wow* beschreibt unsere Beziehung geradezu perfekt."

Die Oberlichter blinkten ein paar Mal, um die Aufmerksamkeit der Anwesenden zu erregen. Die Lichter senkten sich auf ein mehr ambientes Glühen. Ein Mann, den Quinn nicht kannte, befand sich am Mikrofon auf der Bühne, ein weicher Scheinwerfer beleuchtete seine Glatze.

„Meine Damen und Herren, die heutige Wahlbeteiligung an der House to Home Charity Monte Carlo Night war außergewöhnlich hoch. Vielen Dank an den Mandolin Bay Country Club, dass wir sie hier abhalten dürfen, und besonderen Dank an den Society Ladies' Charity Club für all ihre harte Arbeit. Wenn Sie jetzt alle Platz nehmen würden, würden wir gerne mit der Bachelor-/Bachelorette-Versteigerung beginnen."

Ein leises Gemurmel kam aus der Menge, als sie sich von den Spieltischen entlang der Außenwände weg zu den runden Bankettischen bewegten, die die Tanzfläche umgaben.

Der Mann fuhr fort. „Wenn wir damit fertig sind, wird das Abendessen serviert, gefolgt von der Wiedereröffnung der Spieltische. Zu dieser Zeit werden unsere lokalen Prominenten Autogramme geben und für Bilder zur Verfügung stehen. Und wir haben einen besonderen Leckerbissen für unsere Sportfanatiker. Long Arm Landis ist heute Abend bei uns."

Aus dem Nichts kam ein Scheinwerfer auf Renny, um ihn ins Rampenlicht zu rücken. Er setzte ein Lächeln auf, um zu vertuschen, dass er immer noch unter Schock stand, und winkte leicht. In dem großen Saal wurde höflich geklatscht.

Sobald sich der Scheinwerfer von Renny wieder wegbewegte, gingen sie alle zum nächsten leeren Tisch und versanken in Stühlen. Ty und Logan flankierten Quinn, während Renny sich rechts von Ty niederließ.

Quinn passte ihr Kleid an, um sicherzustellen, dass sie den Besuchern der Veranstaltung keine Gratis-Show bot, während der Moderator mit seiner Rede fortfuhr.

„Nur zur Erinnerung: Die House to Home Charity braucht Ihre großzügigen Spenden, um weiterhin den Bedürftigen helfen zu können. Diese Wohltätigkeitsorganisation wurde ins Leben gerufen, um den Wiederaufbau von Häusern für die Opfer von Naturkatastrophen zu unterstützen. Katastrophen wie Wirbelstürme, Erdbeben, Tornados und Schlammlawinen. So gut wie jede andere Art von Naturkatastrophen. Wir möchten nun also ohne weitere Verzögerung mit der Versteigerung beginnen ..."

Einer nach dem anderen wurden lokale Berühmtheiten wie Nachrichtensprecher, Sportler von lokalen Farm-Teams und hochkarätige Geschäftsleute auf die Bühne gerufen, um an den Meistbietenden „verkauft" zu werden. Der Gewinner erhielt mit der „versteigerten" Person ein Date nach Wahl.

Das könnte aus einem Abendessen oder einem Kinobesuch bestehen oder einfach aus einem Treffen in einem Café.

Als Logan Quinn plötzlich in die Rippen stieß, bemerkte sie, dass sie nicht mehr darauf achtete, was auf der Bühne passierte.

Logan flüsterte ihr ins Ohr: „Du bist dran."

Quinn blickte zum Moderator auf, der auch die Aufgabe des Auktionators wahrnahm. Er hielt ihr einen Arm entgegen und winkte sie auf die Bühne.

„Ms. Preston ist die Tochter von Margaret Preston, der Präsidentin des Society Ladies' Charity Clubs. Ihr Vater ist Charles Preston, Seniorpartner im Ruhestand von Morgan, Morgan and Chandler, einer der zehn größten Wirtschaftsprüfungsunternehmen der Welt."

Quinn fühlte sich selbstbewusst, als sie sich vorsichtig auf die Bühne begab. Okay, sie hatten bewiesen, dass ihr Blut blau war. Wollten sie nun auch ihre Zähne überprüfen?

„Ms. Preston ist Senior-Finanzanalystin für die Versicherungsgesellschaft Anderson, Jameson and Coleman, LLC."

Als sie sich dem Mikrofon näherte, lehnte sie sich hinein und fragte: „Möchten Sie auch mein Gewicht, meine Größe und mein Alter?"

Gelächter kam aus der Menge, die sie wegen des verdammten Scheinwerfers, der sie blendete, nicht sehen konnte. Aus dem Nichts schob ihr jemand einen großen Pappscheck in die Hände, wodurch sie fast das Gleichgewicht verlor.

„Zusätzlich zu ihrer gnädigen Zusage für die Versteigerung überreicht Ms. Preston einen Spendenscheck ihrer Firma über einhunderttausend Dollar."

Mein Gott, sie hatte keine Ahnung, wie viel Frank und die Seniorpartner gespendet hatten. Ihre Mutter muss ihm die

Schrauben angezogen haben. Sie würde sich am Montag bei ihrem Chef entschuldigen müssen.

Zu Ehren der Spende klatschte die Menge höflich Beifall und Quinn lächelte breit. Der Mann nahm den Scheck von Quinn und lehnte ihn gegen einen der Verstärker. „Nun zu dem, worauf alle Herren gewartet haben. Wie hoch wird das Gebot für diese schöne Dame ausfallen?"

Totenstille machte sich breit und Panik begann sich bei ihr einzuschleichen.

Dann schrie eine einsame Stimme: „Fünfhundert Dollar!"

Fünfhundert? Was zum Teufel? Die Männer hatten Tausende eingebracht. Und was noch schlimmer war, sie erkannte die Stimme nicht einmal.

Der Auktionator sagte: „Okay, das erste Gebot liegt bei fünfhundert Dollar."

Quinns Vater rief: „Eintausend."

„Eintausend für Mr. Preston."

„Zweitausend." Wie erwartet schloss sich Peter der Versteigerung an.

Ihre Mutter hatte sie praktischerweise freiwillig gemeldet, damit Peter sie gewinnen konnte. Und natürlich tat Peter, was Quinn erwartete … Er hatte nicht den Mut, sich gegen Quinns Mutter aufzulehnen.

Nun, er würde sie nicht gewinnen, und wenn er sie gewinnen würde, würde sie dafür sorgen, dass er ein Vermögen ausgibt.

„Zweitausendfünfhundert."

War das Renny? Scheiße!

Peter konterte schnell mit dreitausend Dollar.

Renny erhöhte den Einsatz sofort auf fünftausend.

Renny machte Quinns Plänen definitiv einen Strich durch die Rechnung. Sie hatte nie erwartet, dass er auf sie bieten würde.

Mit einem Bieter mehr als erwartet – mit ihrem Vater waren es sogar zwei –, liefen die Dinge schnell aus dem Ruder. Gerieten mehr außer Kontrolle, als sie wollte. Vor dem Abend hatte sie erwartet, dass das Gebot nicht höher als ein paar hundert Dollar sein würde. Dann, nachdem die früheren Versteigerungen beendet waren, rechnete sie mit höchstens ein paar Tausend. Aber nicht damit.

Die Stimme ihres Vaters ertönte wieder. „Zehntausend."

Bevor sie sich selbst aufhalten konnte, rief Quinn: „Dad!"

Warum sollte ihr Vater Peter überbieten wollen? Wollte er sie nicht wie ihre Mutter bei Peter haben? Dachten nicht beide, sie wüssten, was das Beste für sie sei?

Peter, der etwas panisch klang, bot zehntausendfünfhundert.

Die Menge wurde unruhig; sie hörte Gemurmel, konnte aber nicht verstehen, was die Leute sagten. Sie hob eine Hand, um ihre Augen vor dem grellen Licht zu schützen, und versuchte verzweifelt, in das Meer von Tischen hinauszusehen.

Sie begegnete Logans Augen aus der Ferne. Er kam langsam auf die Beine und brach ihren Blickkontakt nicht ab.

„Zwanzigtausend."

Quinn war atemlos und das Blut schoss ihr aus dem Gesicht. Sie hatte gewollt, dass die Männer sie gewinnen. Aber nicht zu diesem hohen Preis.

Niemals zu einem so hohen Preis. Ihr Geschäft war noch in der Entwicklung. Sie brauchten dieses Geld.

Peter sprang auf die Füße, sein Stuhl fiel nach hinten und klappernd auf den Boden. Er war zwei Tische von ihren Jungs entfernt. „Zweiundzwanzigtausend."

Quinn drückte eine Hand auf ihren Brustkorb. „*Gott, hört auf*", flüsterte sie, aber niemand hörte sie.

Renny, der immer noch saß, erhöhte das Gebot auf fünfundzwanzigtausend. Er lachte laut auf, als wäre er genauso überrascht wie die Menge über das, was er gerade getan hatte.

Das Gemurmel in der Menge wurde immer lauter. Alle Augen waren auf die stehenden Männer gerichtet, die sich nun nur noch mit ihrer Körpersprache herausforderten.

Peters Blick richtete sich auf Renny. „Sechsundzwanzigtausend."

Der Auktionator hatte aufgehört, die Gebote zu wiederholen. Er stand ebenso hilflos auf der Bühne wie Quinn. Das Mikrofon fiel an seinem Kabel zwischen seinen Fingern hindurch.

Tys Stuhl kratzte nach hinten, als er sich erhob, um neben Logan zu stehen. Er legte eine Hand auf Logans Schulter und grinste Quinn an.

Sie wollte „Nein" schreien. Sie konnte es nicht. Sie wollte Logan und Ty sagen, dass Renny und Peter es einfach zwischen ihnen ausfechten sollten. Ihr Mund weigerte sich, zu funktionieren.

„Dreißigtausend."

Obwohl er nicht geschrien hatte, hörten es alle. Ein kollektives Keuchen erhob sich aus der Menge.

Peter starrte die beiden offen an. Er schaute zu Quinn auf, schüttelte den Kopf und setzte sich dann abrupt hin.

Als wäre der Auktionator plötzlich aus dem Koma erwacht, räusperte er sich und hob das Mikrofon an. „Das Gebot liegt bei dreißigtausend Dollar, meine Damen und Herren! Gibt es weitere Gebote für diese reizende Dame?"

Quinn wollte dem Kerl einen Schlag in den Bauch verpassen. Ty und Logan waren am Gewinnen und das Letzte, was sie brauchte, war, dass sich jemand anderes an der Versteigerung beteiligte, um die Gebote noch weiter nach oben zu treiben.

Dreißigtausend Dollar. Quinn hatte Schmerzen in der Brust.

Ihr wurde bewusst, dass ihre Nägel Halbmonde in ihre Handflächen gruben. Sie versuchte sich zu entspannen, scheiterte aber.

Es war zu viel Geld. Sie konnte das nicht zulassen. Sie brauchten das Geld für ihr Bewässerungssystem.

Sie schaute zu Peter hinüber, der seine Arme über der Brust verschränkte. Sie wollte, dass er die Jungs überbot. Sie fluchte schweigend; sie wollte nicht, dass Peter gewann. Aber verdammt, sie war zerrissen.

Sie würde es ihnen einfach zurückzahlen. Das war alles. Sie würde sicherstellen, dass sie ihnen jeden Cent zurückzahlen würde. Egal, wie lange sie dafür brauchen würde. Auch wenn es bedeutete, ihr Diamant-Tennisarmband, das ihr Vater ihr geschenkt hatte, zu verkaufen. Sie brauchte es nicht. Sie würde sogar jedes andere nutzlose Schmuckstück, das sie hatte, verpfänden. Mit Ausnahme der Halskette ihrer Großmutter. Sie konnte es nicht ertragen, sich davon zu trennen.

Der Auktionator rief mehrmals den Betrag von dreißigtausend Dollar aus und fragte die Menge, ob es noch weitere Gebote gebe. Nicht eine Person stand auf oder schrie auf.

„Verkauft! Die Verabredung mit der jungen Dame, für dreißigtausend Dollar, für den Herrn an diesem Tisch." Er zeigte mit dem Mikrofon auf Ty.

Die unheimliche Stille war ohrenbetäubend. Als es eigentlich Klatschen und Jubel hätte geben sollen, gab es keinen.

Diese verdammt reichen Snobs sollten froh sein, dass die Wohltätigkeitsorganisation in ihrem Namen so viel Geld erhalten hatte. Aber statt als eine gute Sache sahen sie es als einen Skandal an. Quinn seufzte angewidert.

Ty ging auf die Bühne zu. Sie nahm an, um seinen Gewinn zu beanspruchen. Es gab nichts Besseres, als lebendes Fleisch für einen guten Zweck zu versteigern, dachte sie bitter. Als Ty sich näherte, streckte er seine Hand aus. Quinn nahm sie und ließ sich von ihm zu den Stufen führen und ihr auf die Tanzfläche helfen. Das Rampenlicht folgte ihr, als ob die Versteigerung noch nicht vorbei wäre.

Als Quinn von der letzten Stufe heruntertrat und festen Boden erreichte, fegte Ty sie in seinen Armen hoch und machte eine Show daraus, ihr einen Kuss zu geben. Seine vollen, weichen Lippen eroberten ihre und er hielt ihre Hüften gegen ihn. Er nahm den schnellen Kuss von ihren Lippen und vertiefte ihn, bis sein Kopf sich neigte, und seine Zunge suchte ihren Mund und fand ihre Zunge, bis sie den Sog des Begehrens aus ihrem Inneren spürte.

Für ein paar Sekunden vergaß sie, dass sie ein Publikum hatten. Bis ein leises Rauschen einsetzte. Und je länger Ty und sie sich küssten, desto lauter wurden die Besucher der Veranstaltung, bis sie ein Brüllen in ihren Ohren hörte. Ob das Gebrüll tatsächlich aus der Menge oder aus ihrem Kopf kam, war ihr egal. Sie unterbrach den Kuss und sah sich um. Alle Augen waren auf sie gerichtet und sie war sich sicher, dass sie alle, die ihre Familie kannten, schockiert hatten. Nicht nur, dass sie in der Öffentlichkeit hemmungslose Leidenschaft zeigte, sie hatte auch die Lippen eines schwarzen Mannes geküsst. Eine Todsünde für diese Country-Club-Mitglieder.

Sie warf den Kopf zurück und lachte so laut, dass es jeder hören konnte.

Sie sah sich um, bis sie Logan fand. Sie nahm Tys Hand fest in die ihre und zog ihn dorthin, wo Logan war, der immer noch an ihrem Tisch stand. Ohne Tys Hand loszulassen, packte sie mit ihrer freien Hand den Hinterkopf Logans und riss ihn nach unten, bis sie mit ihrem Mund den seinen berührte. Sie wollte ihm einen ebenso guten Kuss geben, wie sie Ty gegeben hatte, aber Logan hielt seine Lippen geschlossen, sodass es ein keuscher Kuss wurde.

Als sie Logan losließ, schüttelte er langsam den Kopf, schenkte ihr aber ein schelmisches Grinsen. Sie erwiderte es und schnappte auch seine Hand, sodass sie ihre beiden Männer im Schlepptau hatte, als sie sich ihrer Mutter näherte.

Ihre Mutter, die fast so blass wie die Tischdecke erschien, saß steif an ihrem Tisch, umgeben von ihren versnobten Freunden. Sie sah äußerst enttäuscht aus, dass ihr Plan nach hinten losgegangen war. Sie konnte nicht glücklich darüber sein, dass ihr Club einen schönen Batzen Geld für die gesponserte Wohltätigkeitsorganisation eingefahren hatte. Nein, das würde zu viel Sinn ergeben. Sie würde lieber darüber nachdenken, dass Peter Quinn nicht gewonnen hatte. Dass Peter keine zweite Chance mit ihrer Tochter bekam.

Quinn blieb am Tisch stehen und neigte ihren Kopf zu ihr. „Mutter." Als die Jungs sie flankierten, steckte Quinn ihre Arme in die ihren. „Ich möchte dir wen vorstellen …" *Meine Liebhaber.*

Sie zögerte. Sosehr sie ihrer Mutter diese Tatsache unter die Nase reiben wollte, sie konnte es nicht. Nicht vor aller Augen. Nicht heute Abend. Egal was geschah, die Frau war immer noch ihre Mutter und sie liebte sie immer noch, trotz aller Fehler und so. Ihre Mutter würde es sowieso früh genug herausfinden. „Ich möchte dir vorstellen … Meine guten Freunde Ty White und Logan Reed."

Der Mund ihrer Mutter öffnete sich, aber es kam kein Ton heraus. Eine der anderen Damen am Tisch warf ihr Wasserglas um und schrie auf, als Wasser in ihren Schoß schwappte.

Logan nickte ihr mit dem Kopf zu. „Mrs. Preston, wir werden dafür sorgen, dass Sie den Scheck für die Wohltätigkeitsorganisation so schnell wie möglich erhalten."

Während ihre Mutter immer noch wortlos dasaß, zerrte

Quinn an den Armen der Männer und führte sie zum Ausgang.

Die Nachtluft war etwas kühler als erwartet und Quinn schauderte ein wenig. Ty legte seine Jacke ab und schob sie ihr über die nackten Schultern. Er schlang seinen Arm um sie und hielt die übergroße Jacke fest.

„Besser?", fragte er.

Sie schenkte ihm ein warmes Lächeln. „Es ist alles besser."

Logan trat vor sie hin und warf den beiden einen ernsten Blick zu. Er zerrte das Revers von Tys Jacke eng um Quinn herum.

„Wir …"

„Quinn!" Ihre Mutter trottete ihnen aus der Doppeltür nach.

Nicht schon wieder. Eine weitere Beschimpfung durch ihre Mutter konnte sie nicht mehr ertragen. Obwohl sie auch damit hätte rechnen müssen.

Vor allem nach der Vorstellung, die die drei allen Bekannten ihrer Mutter gegeben hatten.

Quinn griff schnell in ihr Täschchen und gab dem jungen Mann mit den großen Augen ihr Parkticket. Er warf den Männern einen flüchtigen Blick zu und machte sich dann auf den Weg zum Parkplatz.

„Quinn, verdammt!"

Quinn drehte sich überrascht um, als sie dem wütenden Blick ihrer Mutter begegnete. Ihre Mutter fluchte niemals. Zumindest konnte sie sich nicht daran erinnern, dass ihre Mutter jemals geflucht hatte. Niemals.

„Quinn. Ich kann deinen Vater nicht finden. Ich glaube, er ist vor Verlegenheit gestorben." Sie sah die drei an, die Hände auf die Hüften gelegt, die Wut verdrehte ihr Gesicht. „Was hat das alles zu bedeuten?"

Wollte ihre Mutter es wirklich wissen? Sie standen nicht mehr vor einer Menschenmenge. Für Quinn gab es keinen besseren Zeitpunkt als den jetzigen, um ihren Standpunkt klarzumachen. „Mutter, das sind meine Liebhaber."

„Ich verstehe nicht."

Logan griff ihren Oberarm durch Tys Jacke, aber Quinn ignorierte seine unausgesprochene Warnung und riss ihren Arm aus seinem Griff. „Was verstehst du nicht? Sie sind beide meine *Liebhaber*."

Ihre Mutter umklammerte eine Hand an ihrer Brust und stolperte zurück.

Logan eilte ihr zu Hilfe, aber sie trat von ihm weg und hielt ihn mit einer Hand zurück. „Nein, fassen Sie mich nicht an." Ihr Blick richtete sich auf Quinn, die immer noch von Ty festgehalten wurde. Tatsächlich war es eher so, dass Ty sie jetzt zurückhielt. Als ob er Angst davor hätte, was Quinn ihrer Mutter antun würde, wenn er loslassen würde.

„Quinn, das ist vielleicht nicht der richtige Zeitpunkt", warnte Logan.

„Willst … Willst du damit sagen, dass du mit diesen Männern zur gleichen Zeit Sex hast?"

„Das habe ich nicht gesagt, aber du kannst es gern annehmen."

„Sie haben also Sex miteinander? Sie sind schwul?"

Logan wich steif zurück. „Sie ist auf sich allein gestellt."

„Mutter, das ist eine Sache, die du nicht verstehst. Man sollte Menschen nicht so bezeichnen."

„Sei realistisch, Quinn. Menschen werden ständig irgendwie bezeichnet. So ist das Leben. Wenn du glaubst, dass du durchs Leben gehen kannst und nicht bezeichnet und verurteilt wirst, musst du dich der Realität stellen."

Quinn riss sich nach vorne und versuchte, sich von Ty

wegzuziehen. Er drückte seinen Arm um sie und hielt sie in Position. „Wie würdest du mich also bezeichnen?"

„Sag du es mir", konterte ihre Mutter.

Quinn hörte die unausgesprochenen Worte zwischen ihnen.

Schlampe. Hure.

Sie konnte es im Gesicht ihrer Mutter sehen.

„Warum, Quinn? Warum musstest du diese Schwulen zu meiner Wohltätigkeitsveranstaltung mitbringen?"

Diese Schwulen.

„Warum nicht? Warum sollte ich nicht? Vielleicht sind sie ein großer Teil meines Lebens. Vielleicht sind sie wichtig für mich. Vielleicht …"

Quinns Stimme versagte und sie holte zitternd Luft, als sie den brennenden Schmerz der Tränen zurückhielt.

„Mutter, diese *Schwulen*, wie du es so wortgewandt formuliert hast, sind das Beste, was mir je passiert ist. Sie lieben einander. Sie schätzen mich. Sie verurteilen mich nicht. Nicht so wie meine Familie. Vielleicht bedeuten sie mir mehr, als du je ahnen würdest."

„Mehr als dein Vater und ich?"

Quinn hielt ihren Mund. Sie wollte heute Abend nicht alle Brücken niederbrennen. Das wollte sie wirklich nicht. Aber es ging in diese Richtung und sie hatte es gewusst, als sie beschloss, Ty und Logan einzuladen.

„Ich verstehe. Nun, ich denke, wenn du so weitermachst, erwartest du nicht, dass ich oder dein Vater für dich da sind, wenn du uns brauchst. Die Wohltätigkeitsorganisationen wären mehr als glücklich, dein Erbe zu erhalten."

„Geld ist nicht alles."

„Nein. Das ist es nicht. Aber wie wäre es mit einem gewissen Gefühl des Stolzes? Anstand?"

Der Parkassistent fuhr Quinns Infiniti um die geschwungene Einfahrt zum Eingang.

Quinn fühlte, wie der ganze Kampf ihren Körper verließ. Sie war leer. Sie musste sich in eine Ecke verkriechen, ihre Wunden lecken und die ganze Situation neu bewerten.

Sie wollte sich nicht von ihren Eltern entfremden. Sie wollte ihnen nur eine Lektion in Bezug darauf erteilen, wie sie versuchte, ihr Leben in den Griff zu bekommen.

Quinn richtete ihre Wirbelsäule auf. „Ich habe viel Stolz und Anstand. Deshalb laufe ich nicht zu Peter zurück."

Der Parkassistent fand schließlich den Nerv, das Auto zu verlassen. Er stand an der offenen Fahrertür, sein Adamsapfel wippte nervös. Logan hatte schließlich Mitleid mit ihm, bewegte sich um das Auto herum und drückte ihm ein Trinkgeld in die Hand. Ty warf dem jungen Mann seine Schlüssel zu und forderte ihn auf, sein Fahrzeug zu holen, wobei er ihm eine Beschreibung seines SUV gab. Mit einem Blick der Erleichterung konnte der Junge gar nicht schnell genug da rauskommen.

Logan ging auf die Beifahrerseite ihres Autos und öffnete die Tür. „Lass uns fahren, Quinn. Ty, bring den SUV bitte zurück zur Farm."

Ty nickte nur mit dem Kopf und brachte Quinn zu Logan hinüber.

„Komm schon. Ich fahre dich nach Hause." Logan half ihr auf den Beifahrersitz, Tys Jacke immer noch um sie gewickelt. Der Stoff hielt Tys Mischung aus holzigem, moschusartigem Duft und tröstete sie etwas.

Logan schloss die Tür und ging auf die Fahrerseite. Der schwarze SUV erschien hinter ihnen und Ty stieg ein.

Quinn schaute aus dem Fenster zu ihrer Mutter. Sie stand dort allein und sah zu, wie ihre Tochter, ihr einziges Kind, mit zwei Männern wegging, die sie nicht billigte, nicht akzeptierte und wahrscheinlich nie akzeptieren würde.

Quinn spürte einen Sog großer Traurigkeit in ihrem Herzen. Wenn sie glaubte, ihre Eltern schon einmal enttäuscht zu haben, indem sie deren Entscheidung für einen Partner nicht akzeptierte, konnte sie sich nicht vorstellen, welche Enttäuschung ihre Mutter jetzt mit ihr fühlte.

Logan legte eine tröstende Hand auf ihr Knie, als er losfuhr. „Es ist schade, dass wir dieses Abendessen verpassen. Vor allem, da es tausend Dollar pro Teller kostete."

Quinn wandte die Augen von ihrer Mutter ab und sich Logans Profil zu.

Es gab keinen Grund, warum sie diesen Abend mit leerem Magen verlassen sollten.

„Moment."

Er trat auf die Bremse. „Was?"

„Fahr zurück nach hinten."

Auf ihre Anweisung lenkte er den Wagen nach hinten zur Küche.

„Ich bin gleich wieder da."

KAPITEL 16

*L*ogan hatte vor dem Kamin eine Picknickdecke ausgebreitet. Eine Mischung aus leichten zeitgenössischen Hits und Oldies ertönte aus den Surround-Sound-Lautsprechern, die strategisch um den offenen großen Raum herum platziert waren. Weil es zu warm war, hatte Ty, anstatt ein Feuer anzuzünden, Kerzen um den Herd und die Tische aufgestellt. Ihr Licht verlieh dem Raum ein weiches, romantisches Ambiente.

Die leeren Papiertüten, die Quinn aus der Küche des Country Clubs geholt hatte, waren in der Mitte der Decke verstreut.

Die Männer streckten sich auf dem Boden aus und verdauten ihre Mahlzeit aus Honig-Orangen-Entenbrüsten, Wildpilzraviolis, grünen Bohnen und Amandine. Ty lag auf dem Rücken, die Arme unter dem Kopf verschränkt. Er hatte sich bis auf seine schwarze Anzughose und sein weißes Smokinghemd ausgezogen, das Hemd aufgeknöpft und ein enges Unterhemd freigelegt, das seine muskulöse Brust umschloss.

Logan lehnte sich auf die Seite, den Kopf in die Hand

gestützt, die Augen gelegentlich geschlossen. Er hatte sein Haar vom Pferdeschwanz gelöst und es fiel weich um sein Gesicht. Seine Lippen hatten eine leichte, zufriedene Kurve zu den Mundwinkeln hin. Er war mit nacktem Oberkörper und barfuß, eine abgetragene Jeans über die Hüften gezogen, aber nicht zugeknöpft.

Die Männer sahen aus wie die ultimativen Beispiele für Entspannung, während Quinn vor Angst an ihrer Unterlippe nagte.

Sie fühlte sich in der Schwebe. Selbst zwei Gläser des Champagners, den sie einem der Bediensteten abluchsen konnte, schienen ihre Nerven nicht zu beruhigen.

„Das war definitiv ein teures Essen zum Mitnehmen." Tys Stimme war tief und klang groggy.

Quinn ließ einen langen Atemzug los, bevor sie murmelte: „Dieser ganze Abend hat am Ende zu viel gekostet."

In mehr als nur einer Hinsicht.

Logan streifte eine Handfläche über die kurzen Haare an seinem Kinn. „Ich will dir nicht sagen, dass ich es dir gesagt habe, aber …" Seine Stimme verstummte.

„Du hast mich gewarnt", beendete Quinn für ihn. „Ich weiß. Ich weiß. Tief in meinem Innersten wusste ich, wie meine Mutter reagieren würde, aber ich hatte gehofft … Ich weiß nicht, was ich mir erhofft hatte."

Tatsächlich wusste sie es. Sie hatte gehofft, dass ihre Eltern sie endlich als Erwachsene sehen würden, dass sie ihre eigenen Entscheidungen treffen könnte und vor allem, dass sie erkennen würden, dass ihr Glück wichtiger sein sollte, als den *perfekten* Schwiegersohn zu haben.

Nun, das war ein kolossaler Misserfolg gewesen. Hoch zwei.

Genau wie ihre Beziehung zu Peter es gewesen war.

Aber egal, was ihre Eltern dachten, ihr Glück war wichtig. Und wenn es bedeutete, mit Logan zusammen zu sein und mit Ty zusammen zu sein, dann musste das geschehen.

Ty setzte sich auf, griff nach Quinn und zog sie zwischen seine Beine. Er schmiegte sich an sie, ihr Rücken an seine Brust. Er streichelte ihr mit einer Hand durchs Haar und entfernte ihr nacheinander die Haarnadeln. Zopf für Zopf ließ er ihr Haar los, bis es um ihre Schultern fiel. Es fühlte sich gut an, diese piksigen Dinger aus den Haaren und von der Kopfhaut entfernt zu haben.

Ty steckte eine Haarsträhne hinter ihr Ohr. „Deine Eltern werden heute Abend bald verkraften. Du wirst sehen. Bevor du es merkst, rufen sie wieder an und nerven dich wieder."

Quinn atmete tief durch ihre Nase ein. „Das glaube ich nicht. Ich habe eine Szene vor allen gemacht, die ihnen wichtig sind."

„Eltern neigen dazu, zu vergeben und zu vergessen", fügte Logan hinzu. Er runzelte die Stirn. „Ich kann nicht glauben, dass ich das gerade gesagt habe. Meine Mutter hat mir nie verziehen – oder vergessen." Er stöhnte laut auf. „Entschuldigung, ich wollte es nicht noch schlimmer machen."

„Ich habe Mitleid mit meinem Vater. Ich weiß, dass er mich liebt und nur das Beste für mich will." Abwesend streichelte sie mit ihren Händen langsam auf und ab entlang der starken Sehnen in Tys Armen – in einem Rhythmus, der sie beruhigte.

„Dann sollte er wissen, dass Peter nicht das war, was oder wer das Beste für dich ist."

„Aber die Art und Weise, wie ich ihm und meiner Mutter diesen Punkt klargemacht habe, war nicht das Beste für euch beide." Sie neigte ihren Kopf nach hinten und schmiegte ihn in die Vertiefung zwischen Tys muskulösem Brustmuskel und seinem Schlüsselbein. Das passte einfach perfekt. Sie seufzte. „Ich verspreche euch, dass ich euch jeden Cent dieses Geldes zurückzahlen werde, ganz gleich, was ich tun muss, um es zu bekommen. Ich weiß, dass ihr es für euer Geschäft braucht. Und wenn ihr Aufträge verliert, gehe ich raus und trommle noch mehr zusammen. Ich will nicht, dass ihr beide für etwas leidet, das ich getan habe."

„Das haben wir getan", korrigierte Ty sie und wickelte einen Finger um eine Haarsträhne.

„Was?"

Er zog sanft an ihrem Haar. „Etwas, das *wir* getan haben. Wir haben die Entscheidung getroffen, zu kommen und mit dir dort zu sein. Wir alle haben heute Abend eine bewusste Entscheidung getroffen."

„Aber ich habe heute Abend bewiesen, dass ich genauso schlecht bin wie meine Mutter. Ich habe euch benutzt, um zu bekommen, was ich wollte. Ich bin egoistisch."

„Dann sind wir es auch. Wir wollen dich und wollten dich nicht verlieren. Wir wollen für dich da sein, egal was passiert. Wann immer du uns brauchst und aus welchem Grund auch immer."

„Aber …"

Quinn konnte spüren, wie Ty über ihr den Kopf schüttelte; sein Kinn streichelte ihr die Haare. „Kein Aber. Kein Bedauern. Was getan ist, ist getan."

Ty griff zur nächstgelegenen Champagnerflöte und nahm einen Schluck. Er übergab Quinn das Glas, das in seinen großen Händen überaus zart aussah. Anstatt das Glas von ihm zu nehmen, wickelte sie ihre Finger um seine und hob es an ihre Lippen. Der sprudelnde Alkohol kitzelte ihre Nase, als sie daran nippte.

Sie ließ Ty die Flöte wieder auf den Boden legen und sie

lehnte ihren Kopf zurück an seine Brust, als seine starken Arme um sie herumkamen. Sie fühlte sich sicher. Begehrt.

Sie hatte ihre Schuhe vorher ausgezogen, trug aber immer noch seine Smokingjacke über dem Kleid. Sie bewegte sich gerade weit genug vorwärts, um die Jacke auszuziehen und sie auf einen nahegelegenen gepolsterten Stuhl zu werfen, bevor sie wieder in seine Arme sank.

Sie könnte für immer so bleiben.

Das machte sie glücklich.

Als er Quinn in ihrem sexy kleinen Kleidchen sah, gehüllt in Tys Arme, war Logan sprachlos. Er konnte nicht glauben, dass er so für eine Frau empfinden konnte. Nicht schon wieder. Zumindest nicht seit Ty.

Er hätte nie gedacht, dass es eine Frau geben würde, die so gut in sein Leben passte. Und es war nicht nur sein Leben. Es war ihr Leben. Tys und seines.

Er hatte darüber nachgedacht, sie zu bitten, bei ihnen einzuziehen, seit sie sie aus ihrer Wohnung geworfen hatte. Das Gefühl des Verlusts, das er empfunden hatte, als er an diesem Abend durch ihre Tür ging, hatte ihm den Kopf verdreht. Das war einer der Gründe, warum er sich entschied, alles zu riskieren, indem er zur Veranstaltung ging. Er musste ihr zeigen, dass sie sie liebten. Dass alle drei gemeinsam da drinsteckten. Oder zumindest war es das, was er gehofft hatte.

Er hatte die neuen Wohnverhältnisse mit Ty besprochen, der zunächst zögerlich schien. Aber als Ty sie überhaupt nicht in ihrem Leben sah, hatte er es sich schnell anders überlegt.

Ty brauchte nur die Gewissheit, dass Quinn ihre Beziehung – jene von Ty und Logan – nicht ändern würde. Logan konnte das nicht versprechen, aber er sagte ihm, dass eine dauerhafte Einladung Quinns in ihr Leben sie vielleicht sogar verbessern würde.

Nun, nach allem, was heute Abend passiert ist, brauchte Quinn eine gewisse Zusicherung. Oder sogar eine gewisse Bestätigung.

Sie hatte gerade ihr Leben komplett auf den Kopf gestellt. Logan erinnerte sich, wie sich das anfühlte. Als er sich outete. Als seine Frau die Wahrheit über seine Bisexualität entdeckt hatte.

Er wusste, dass nicht jeder Tag perfekt sein würde. Eine Beziehung war hart – es war echte Arbeit –, schon nur mit zwei Menschen. Und mit drei?

Aber solange alle drei bereit waren, es zu versuchen …

„Es erstaunt mich …", begann Quinn und durchbrach seinen Gedankengang.

Logan rollte sich zu einer sitzenden Position. „Was?" Er drehte sich um, bis er neben Ty lag, und lehnte sich gegen den kräftigen Arm des größeren Mannes zurück. Ty hob den Arm, eine unausgesprochene Einladung an Logan, sich näher an ihn zu kuscheln. Genau das tat Logan.

„Wie ihr zwei frei sagen könnt, dass ihr euch liebt."

Zufrieden damit, dass Tys Arm ihn hielt, streckte er die Hand aus und strich eine wilde Locke von Quinns honigfarbenem Haar zurück. „Warum? Warum erstaunt dich das?"

„Ich habe nie …" Ihre Stimme versagte. Sie schaute hinunter in ihren Schoß und spielte mit dem Saum ihres Kleides. „Ich habe nie jemandem außer meinen Eltern gesagt, dass ich ihn liebe."

„Niemandem? Nicht einmal Peter?" Ihr kleines Geständnis überraschte Logan. So wie er es verstand, waren Peter und Quinn schon eine ganze Weile zusammen gewesen. Jahre, dachte er.

„Nein. Das ist es wohl, was mich so erstaunt. Dass ihr

beide so offen mit euren Gefühlen umgehen könnt. Es gibt keine Spielchen zwischen euch."

Logan seufzte. „Eine Beziehung sollte nicht aus Spielen bestehen. Sie sollte auf Vertrauen und Ehrlichkeit basieren."

Ty streichelte mit seinen Fingern langsam über Logans nackten Arm. „Und es ist nicht nötig, jemandem zu sagen, dass man ihn liebt."

„Aber es ist schön."

„Ja. Es ist schön", stimmte Logan zu. „Wenn man jedoch jemanden wirklich liebt, wird er es mit oder ohne Worte wissen."

Tys tiefe Stimme vibrierte gegen Logans Rücken. „Es ist der Respekt, den man jemandem entgegenbringt, die Dinge, die man tut. Es sind all die kleinen Dinge, die mehr zählen als Worte."

„Worte sind schön. Aber Worte können leer sein", sagte Quinn.

Ty ließ einen langen, tiefen Pfiff heraus. „Sag mir, ob diese Worte leer klingen." Seine Stimme wurde leise und heiser. „Lo, ich liebe dich."

Logan drehte seinen Kopf und schenkte seinem Geliebten ein kleines Lächeln. „Ich liebe dich auch."

Quinn protestierte, „Aber …"

Logan brachte sie zum Schweigen, indem er ihr den Finger an die Lippen hielt. Er erhob sich auf die Knie und wandte sich Ty zu. Er ergriff Tys Kiefer und beugte sich vor, seine Lippen trafen die des anderen Mannes. Tys Mund teilte sich und gab Logan Zugang zu seiner Zunge. Er schmeckte nach Champagner und den Erdbeeren, die Quinn in ihre Champagnerflöten gegeben hatte. Er schmeckte köstlich.

Ty saugte an Logans Unterlippe und zwickte sie sanft, wodurch Logan hart wurde und sein Schwanz gegen den rauen Reißverschluss stieß. Da Logan sich nicht die Mühe gemacht hatte, ein Paar Boxershorts anzuziehen, als er sich seines Affenanzugs entledigte, lugte sein Schwanz oben aus seiner offenen Jeans heraus. Tys Daumen fand ihn und streichelte gegen seinen empfindlichen Kopf, wobei er mit seinem Finger einen perlmuttartigen Lusttropfen einfing.

„Ah fuck." Logan stöhnte und presste seinen Mund noch härter gegen Tys.

Ty schlang seine warmen Finger um Logans Hals, um ihn dort zu halten, aber Logan lehnte sich zurück, um Quinns Reaktion zu sehen.

Wie er erwartet hatte, war Quinns Atmung schnell und flach geworden; ihre Brustwarzen waren harte Noppen unter dem reinweißen Stoff ihres Kleides.

„Zieh Ty aus", befahl er ihr.

Quinn zögerte nicht. Wie Logan erhob sie sich auf die Knie und wandte sich dem dunkleren Mann zu, während sie sich zwischen seinen Schenkeln einnistete. Sie zog Tys offenes Smokinghemd über seine breiten Schultern und warf es auf die ausrangierte Smokingjacke. Sie griff mit beiden Händen nach dem unteren Ende seines Unterhemdes und zog es langsam nach oben, als würde sie ein Geschenk auspacken. Tys dunkle Haut schimmerte über seinen schlanken, harten Muskeln, die schwarzen Flammen seiner Tätowierung waren bei schwachem Licht gegen seinen Hautton kaum sichtbar.

Quinns Fingerrücken streiften über Tys Brustwarzen, als sie das Shirt höher zog. Ty duckte den Kopf, als sie es nach oben zog und ihn vollständig von ihm befreite. Sie warf es auf den wachsenden Kleiderstapel.

Quinn lehnte sich eng an und hielt eine dunkle Brustwarze mit ihrem Mund fest, als sie nach dem Verschluss seiner Smokinghose griff. Sie kämpfte ein wenig damit, den Reißverschluss zu öffnen, da Tys Schwanz hart und bereit war und fest gegen den Stoff drückte. Aber nach ein paar

Versuchen hatte sie den Reißverschluss offen und Logan konnte die beeindruckende Wölbung in Tys schwarzen Boxershorts sehen.

Logan würde heute Abend nicht diesen großen Schwanz in ihm spüren, aber er würde Tys enges Loch ausnutzen. Er plante, seinen Mann heute Abend zu nehmen. Und möglicherweise seine Frau.

Quinn tauchte ihre Hand in seine Shorts, drückte sie nach unten und befreite Tys Schwanz. Ihre Hand sah im Vergleich dazu winzig aus, so blass gegen Tys polierten Ebenholzschaft. Sie strich entlang seiner glatten Länge auf und ab, während sie seine Brustwarze mit ihren Lippen und ihrer Zunge neckte.

Logans Eier zogen sich schmerzhaft im Schritt seiner Jeans zusammen. Er stand auf, seine Augen ließen nicht mehr von dem ab, was Quinn mit Ty machte, und zog die Jeans an seinen Beinen und über seinen Füßen aus. Er warf die Jeans weg, ohne sich darum zu kümmern, wo sie landete, bevor er wieder auf die Knie fiel und die Wurzel seines Schwanzes fest umklammerte. Er berührte sich im gleichen Rhythmus, wie Quinn sich Ty widmete. Der Kopf von Tys Schwanz war nun glänzend und glitschig von seinen Flüssigkeiten, etwas, das Logan schmecken wollte. Er stellte sich Tys harten, glatten Schwanz in seinem Mund vor und Logan streichelte sich schneller.

Bevor er sich völlig vergaß, sprang Logan auf und sagte: „Ich erwarte, dass ihr beide nackt seid, wenn ich zurückkomme." Und damit ging er ins Schlafzimmer, um Kondome und Gleitmittel zu holen. Der Gedanke daran, was die beiden draußen im Wohnzimmer ohne ihn taten, führte dazu, dass er sich beeilte. Er zwang sich jedoch, sich Zeit zu lassen, sich sogar zusätzliche Zeit zu nehmen. Die Vorfreude machte ihn schmerzlich härter.

Logan verlangsamte seine Atmung, als er wieder den Flur hinunterging, und als er Ty und Quinn sah, war er zufrieden. Sie waren genau so, wie er es ihnen gesagt hatte. Sie waren nackt, ihre Haut glühte im Schein der Kerzen. Tys strammer, runder Hintern lag in der Luft und lockte ihn, als Ty zwischen Quinns Beinen kniete und sein Kopf zwischen ihren Schenkeln vergraben war.

Logan hielt inne, um zuzusehen, wie Quinn ihren Kopf zurückwarf, die Augen geschlossen, die Lippen gespreizt. Ty hatte eine ihrer Brustwarzen zwischen seinen Fingern eingeklemmt, als er sie drehte und daran zog. Logan konnte seine andere Hand nicht sehen; sie war zwischen Quinns Beinen verschwunden und wirkte anscheinend wie von Zauberhand, da Quinn leise winselte und ihren Rücken in unverkennbarer Ekstase wölbte.

Logan betastete Tys runde Arschbacken, als er sich hinter ihn bewegte. Ty hob nie seinen Kopf von Quinns Muschi, sondern stattdessen seinen Arsch in einer stillen Einladung höher. Logan bereitete sich schnell vor, schmierte seinen extrem harten Schwanz ein, achtete darauf, sich nicht zu sehr zu streicheln und wollte seinen Ständer nicht verlieren, bevor er tief in Tys Arsch steckte.

Er positionierte sich perfekt. Er war genau dort, wo er sein musste, um in Ty einzudringen, aber er konnte immer noch zusehen, wie Ty Quinn erfreute, um Quinns hemmungslose Reaktionen zu beobachten.

Mit einer Hand um die Basis seines Schwanzes drückte er den Kopf gegen Tys zusammengekniffenes Loch und beobachtete, wie Ty seine Muskeln in Vorbereitung entspannte. Logan drückte langsam dagegen, bis sein Kopf gerade an dem engen Muskelring vorbei eindrang. Logan wollte tief eintauchen, Ty mit langen Stößen hart rammen, aber er hielt sich zurück. Er packte Tys Hüften mit den Fingern und kämpfte darum, die Kontrolle über sich selbst zu behalten. Er schloss die Augen vor dem Anblick vor sich; er saugte Luft in die Nase und ließ sie aus dem Mund wieder frei, versuchte, seinen schnellen Herzschlag zu beruhigen, versuchte, den Drang zu bekämpfen, unkontrolliert zuzustoßen.

Er schob seinen Schaft noch einen Zentimeter weiter in Ty hinein, dessen Kanal wie ein warmer Kokon über seinem pochenden Schwanz lag. Er nahm noch einen Zentimeter und dann noch einen Zentimeter, bis er vollständig drin war. Als Ty seine Arschmuskeln zusammenkrampfte, fluchte Logan, seine Konzentration brach fast.

Er blickte auf Quinns Gesicht herab, das sich unter Tys Fürsorge vor Vergnügen verdrehte. Nach wie vor wimmerte sie leise und es war ihr gelungen, Tys Finger von ihrer Brustwarze zu lösen; sie spielte nun mit ihren Brüsten, ihre langen Nägel schnippten und kratzten gegen die harten Spitzen.

Er verlor sich. Unfähig, sich noch länger zurückzuhalten, stieß er gegen Tys Gesäß. Er stieß schnell, tief und hart zu und hielt Tys Hüften in Position. Ty schrie gegen Quinns Muschi, was sie wiederum zum Schreien brachte. Logan warf den Kopf zurück und hämmerte hart auf ihn ein. Die Hitze um seinen Schwanz herum war sengend und er wollte das Feuer mit seinem Sperma löschen. Jedes Mal, wenn er Ty fickte, hatte er das Gefühl, als würde er ihn noch einmal als den seinen beanspruchen. Ty gehörte ihm.

Ty gehörte ihm.

Er gab dem überwältigenden Wunsch nach, seinen Geliebten ganz zu besitzen. Er stieß tief hinein und machte kleine Schubbewegungen, wobei sein Sack an Tys Hintern klatschte. Logan beugte sich vor und versenkte seine Zähne in dem glatten Rücken des anderen Mannes, hart genug, um das Vergnügen zu intensivieren, aber nicht genug, um die Haut zu verletzen.

Ty stöhnte noch einmal gegen Quinn, seine langen Finger gruben sich in ihre Oberschenkel und spreizten sie weiter. Quinns Augen flatterten auf und sie hob sich hoch, schlang ihre Hände um Tys Kopf, hielt ihn fest an sich, während sie schrie und ihre Oberschenkel zitterten.

Logan spürte den Hitzeausbruch seiner Eier, als ihn sein Orgasmus überkam. Sein Sperma spritzte heftig aus ihm heraus.

Logan wollte zusammenklappen, aber er wollte Ty nicht zerquetschen. Als seine Krämpfe nachließen, wartete er einen Moment, bevor er Ty vorsichtig losließ. Er schnappte sich eine nahegelegene Serviette, um sich und Ty zu reinigen.

Er warf die Serviette beiseite und setzte sich an die Feuerstelle, mit dem Rücken zum Stein, die Beine gespreizt. Er klopfte auf die Decke zwischen seine Oberschenkel.

„Quinn, komm her."

Sie kroch zu ihm hinüber und er setzte sie zwischen seine Beine, ihren Rücken an seine Brust. Ty saß auf seinen Knien und beobachtete sie gespannt, sein Schwanz war immer noch steinhart. Logan reichte ihm die Hand und Ty zögerte nicht. Er kam näher.

Logan griff sich ein Kondom und riss die Folienverpackung auf.

„T", war alles, was er sagen konnte. Ty kniete zwischen den Beinen von Logan und Quinn. Logan griff um Quinn herum, um das Kondom über Tys harten Schwanz zu legen, und rollte es über seine Länge herunter. Logan ließ sich Zeit, Tys Schaft zu streicheln, und fühlte, wie weich und schwer sein dunkler Sack war. Widerwillig ließ er den Mann los. Logan streichelte mit seinen Handflächen entlang der Innenschenkel von Quinn. Er hob ihre Beine hoch und über seine eigenen und spreizte sie weit.

Ty rückte näher, sein langer Schwanz wippte vor ihm. Wartend, begierig.

Logan fuhr mit den Fingern am Rand von Quinns Schamlippen entlang und staunte, wie nass, wie heiß sie sich anfühlte. Er steckte zwei Finger in sie und sie schrie auf.

„Bist du bereit?", murmelte er gegen ihr Ohr.

„Oh Gott, ja. Ich bin so bereit."

„Du bist so nass. Willst du seinen großen Schwanz in dir haben?"

„Ja. Oh ja. Ich will, dass er mich fickt." Quinn streckte die Hand aus und legte sie auf Tys Brust. „Du musst mich jetzt ficken, Ty. Jetzt."

Ty senkte sich über sie, über Logan, sein ganzes Gewicht auf seinen Armen.

„Ich möchte, dass du wartest, bis ich es dir sage", sagte Logan zu ihm.

„Lo …"

„Du wirst warten, bis ich es dir sage."

„Ich brauche ihn sofort, Logan."

„Du wirst warten."

Ty neigte seine Hüften, bis sein Schwanz gegen Quinns Eingang stieß. Ihre Finger gruben sich in seine Brust.

„Warte", warnte Logan.

Ty schloss seine Augen und Logan konnte den inneren Kampf auf seinem Gesicht sehen. Sein Gehirn befahl ihm, seinem Geliebten zu gehorchen; sein Körper sagte etwas anderes.

Logan fuhr mit den Händen über Quinns Seiten, über ihre Brüste und an ihrem Hals hoch. Er drehte ihr errötetes Gesicht um und ergriff Besitz von ihrem Mund. Sie küsste ihn heftig zurück, biss nicht so sanft auf seine Lippe und nahm seine Zunge zwischen ihre Zähne. Einen Moment lang dachte er, sie sei so aufgeregt, dass sie ihm tatsächlich die

Zunge abbeißen würde, aber sie ließ ihn los und er zog sich gerade so weit zurück, dass sich ihr Atem noch vermischte.

„Jetzt."

Ty bewegte sich, als Logan Quinn erneut küsste. Als Ty in sie hineinrutschte, schrie sie in Logans Mund. Quinn wurde mit jedem Stoß von Ty gegen ihn gestoßen. Tys Kopf hing und seine Arme zitterten, als er in sie hineinpumpte, wobei sich die Muskeln seines Gesäßes bei jedem tiefen Stoß anspannten.

Logan bearbeitete Quinns Brüste, seine Daumen kreisten über ihren Brustwarzen. Er vergrub sein Gesicht an ihrem Hals, seine Zunge streichelte ihre Haut. Er drückte seine Lippen entlang ihres Schlüsselbeins und quetschte die harten Spitzen ihrer Brustwarzen zwischen seinen Fingern.

„Ty, komm nach vorne."

Er tat es und änderte den Winkel seiner Hüften, bis er Logan direkt ansah. Ohne Quinns Brüste loszulassen, küsste Logan Ty über ihre Schulter. Ty verlangsamte seinen Rhythmus etwas und machte längere, tiefere Stöße. Quinn schlang ihre Beine um seine Taille und hakte ihre Knöchel hinter seinem breiten Rücken ein.

Sie drückte ihr Gesicht gegen sie, wodurch sich Logan von dem Kuss zurückzog.

„Ich möchte dich auch küssen."

Ihre Köpfe zusammen, küsste Quinn abwechselnd Logan und Ty.

„Gott, kann es noch besser werden?", fragte sie leise flüsternd, die Stirn gegen beide gedrückt.

„Ja. Du könntest uns lieben", antwortete Logan ihr.

Ty hielt inne, sein Atem stockte und er wartete. Er wartete wie Logan auf ihre Antwort.

„Ich … Ich liebe euch. Gerade jetzt."

„Nein. Ich meinte, du könntest uns *lieben*."

„Ich … Das tue ich."

„Dann sag es. Wir wollen es hören."

Sie wackelte, als wolle sie fliehen, aber sie war sicher zwischen ihnen gefangen. Ihr Wackeln ließ Ty einmal, zweimal zustoßen, bevor er wieder still wurde. Er wartete immer noch auf Quinns Bestätigung.

„In Ordnung, verdammt. Das tue ich. Ich liebe euch. Ich liebe euch beide."

Es war keine zärtliche Liebeserklärung; es war eine wütende. Sie schien wütend darüber zu sein, dass Logan sie dazu gebracht hatte, ihre Gefühle zuzugeben.

Sie war stinksauer und wollte kommen. Sie bockte wütend gegen Ty, der sich nicht mehr zurückhalten konnte. Logan lehnte sich zurück, zog sie an seine Brust und verdrehte ihre Brustwarzen. Sie schaukelte hart gegen ihn, als Ty in sie hämmerte.

„Fick mich härter", forderte sie ihn auf.

„Willst du es hart haben, Baby?", krächzte Logan und fing ihr Ohrläppchen zwischen seinen Zähnen ein.

„*Ja.*"

„Ah fuck, sie ist so eng", sagte Ty.

Logan drückte seine Wange gegen ihre. „Möchtest du kommen?"

„Ich will nicht, dass das aufhört." Ihr Atem stockte und Logan schwor, dass er ihre Stimme zittern hörte, wodurch sich sein Brustkorb zusammenzog.

Ihre Worte hatten mehr Bedeutung, als ihr klar war.

Oder vielleicht meinte sie genau das, was sie sagte.

„Es wird nicht aufhören. Das verspreche ich. Lass los."

Quinn schlug ihren Kopf zurück gegen Logans Brust und ließ ihn vor Schmerzen aufschreien. Sie grub ihre Nägel in seine Oberschenkel und ihr ganzer Körper bebte und wölbte sich wie ein Bogen.

„Ich komme", rief sie, ihre Atmung war hart und schnell.

„So ist es gut, Baby. Fühlt sich so gut an. Nicht wahr?"

Er sprach mit beiden. Seinen beiden Geliebten. Seinen beiden Liebhabern.

Eine Wärme breitete sich aus der Tiefe seines Magens aus, als Ty sich in seinen Armen verkrampfte und mit einem verzerrten Gesichtsausdruck der Befreiung laut stöhnte.

Einige wenige lange Sekunden später entspannte Ty seine angespannten Muskeln und bewegte sich von zwischen ihren Beinen weg, um auf der Decke zusammenzubrechen. Er entsorgte das Kondom in einem der leeren Lebensmitteltüten und steckte dann einen Arm unter seinen Kopf.

Logan und Quinn wechselten auf seine Seite. Quinn streckte sich neben Ty aus und legte ihren Kopf auf seine Brust. Logan legte sich hinter sie, seinen Arm über ihre Hüfte drapiert, um seine Finger mit ihren zu verschränken.

Ein Gefühl des Friedens überkam ihn.

Die längste Zeit sagte niemand ein Wort. Sie lagen zusammen, der beruhigende Rhythmus ihres Atmens war das einzige Geräusch im Raum.

„Wir haben einen Vorschlag für dich", sagte Logan schließlich und brach das Schweigen.

„Hmm?" Quinns schläfrige Antwort brachte Logan zum Lächeln.

Er beugte sich vor und begegnete Tys Blick. Ty schenkte ihm ein kleines Nicken.

„Quinn, das ist ernst."

„Okay. Was ist das für ein Vorschlag? Oder ist es nur eine weitere neue *Position*?"

„Wir möchten, dass du bei uns Zuhause einziehst."

„Was? Moment. Ich habe euch meine Liebe gestanden, was mich verwundbar macht, aber ich habe von keinem von euch beiden eine unsterbliche Liebeserklärung gehört."

„Hast du Zweifel daran, dass wir dich lieben?"

„Nun, ich habe gehört, wie ihr euch es gegenseitig gesagt habt. Warum nicht mir?"

„Okay …" Logan gab ihr einen sanften Kuss und murmelte gegen ihre Lippen: „Quinn, ich liebe dich."

Quinn drehte sich zu Ty um. Er lächelte sie an und streichelte seine Lippen über ihre Stirn. „Ich liebe dich auch, Quinn. Ich hätte nie gedacht, dass ich jemand anderen als Logan lieben könnte. Ich habe mich geirrt."

„Okay, aber trotzdem. Meint ihr nicht, dass das zu früh ist?"

„Nein. Ganz und gar nicht. Es fühlt sich richtig an. Und es ist mehr als das."

„Mehr?"

„Wir wollen nicht, dass du nur hier wohnst. Ich … wir", korrigierte Logan sich selbst, „wollen, dass du unsere Geschäfte führst."

„Aber ich bin gut in meinem Job. Ich verdiene ziemlich gut."

„Du kannst einen Anteil an der Farm haben. Wenn du möchtest, kannst du nebenbei Beratungen für etwas mehr Geld durchführen. Wir richten ein Büro für dich ein. Unser Geschäft wächst; wir möchten, dass du ein Teil davon bist."

„Wir möchten, dass du ein Teil unseres Lebens bist", fügte Ty hinzu.

„Das ist ernst …", flüsterte sie.

„Quinn, bleib für immer bei uns", sagte Logan. Er wehrte sich gegen die Panik, dass sie Nein sagen könnte. Ein Gedanke schoss ihm durch den Kopf. „Ich fordere dich heraus."

„Ich fordere dich doppelt heraus", sagte Ty.

Quinns antwortendes Gelächter erfüllte den Raum.

Beide Männer schlossen sich dem an.

~

Blättere um und wirf einen kurzen Blick auf Buch 2 der Reihe „Ein gewagtes Angebot"

Vielen Dank für das Lesen von „Gewagte Verführung". Wenn dir die Geschichte von Logan, Ty und Quinn gefallen hat, ziehe bitte in Erwägung, eine Bewertung bei deinem Lieblingshändler zu hinterlassen, um andere Leser darüber zu informieren. Bewertungen sind immer willkommen, nur ein paar Worte können einem unabhängigen Autor wie mir ungemein helfen!

HOLEN SIE SICH IHR KOSTENLOSES BUCH!

Tragen Sie sich in meine E-Mail Liste ein, um als erstes von Neuerscheinungen, kostenlosen Büchern, Sonderpreisen und anderen Zugaben zu erfahren.

https://geni.us/jungfrauunddervampir

DIE MÉNAGE-À-TROIS-SERIE

(Alle Bücher können unabhängig voneinander gelesen werden)

Gewagte Verführung
    Ein gewagtes Angebot
    Ein gewagter Dreier
    Ein gewagtes Verlangen
    Gewagte Hingebung
    Eine gewagte Reise

ÜBER „EIN GEWAGTES ANGEBOT"

Buch 2 der Ménage-à-trois-Serie

Noch nie in ihrem Leben war sie so kühn, etwas so Gewagtes vorzuschlagen ...

Seit sie ihren Mann vor Jahren bei einem tragischen Unfall verloren hatte, hatte Eve Sanders keine Dates mehr. Der Tod ihres Mannes bewies, dass das Leben kurz war, warum also Zeit damit verschwenden, ihre unerfüllten Wünsche zu leugnen? Eve wünschte sich zwei Männer, aber nicht irgendwelche. Beide waren ehemalige Super-Bowl-Champions und beste Freunde.

Als beide Männer an einer Wohltätigkeitsveranstaltung der Celebrity Date Night teilnehmen, ist Eve entschlossen, nicht nur die Höchstbietende für den ehemaligen NFL-Quarterback Lawrence „Long Arm" Landis zu sein, sondern auch für Cole Dixon, seinen ehemaligen Teamkollegen bei den Boston Bulldogs. Ren hat jedoch nicht nur ein Problem damit, dass ein anderer Mann mit derselben Frau ausgeht, sondern er hat definitiv nicht vor, sie mit jemandem im selben Bett zu teilen. Auch wenn es sein bester Freund ist.

Cole ist offen bisexuell, fühlt sich sexuell zu Ren hingezogen und begehrt ihn seit Jahren heimlich. Er hat jedoch nie etwas in diese Richtung unternommen, da er angenommen hat, dass Ren nicht mit einem anderen Mann zusammen sein will. Eves kühner Vorschlag lässt Cole hoffen, dass sein Traum mit Ren in Erfüllung gehen kann.

Mit zwei Männern zusammen zu sein, ist eine von Eves Fantasien, aber noch nie in ihrem Leben ist sie so kühn gewesen. Sie ist nicht nur nervös, weil sie den beiden Männern etwas so Gewagtes vorschlagen will, sondern auch, weil sie nicht weiß, ob beide bereit dazu sein werden.

Hinweis: Dieses Buch kann als eigenständiges Buch gelesen werden. Es ist für Leser ab 18 Jahren gedacht. Es hat ein HEA!

EIN GEWAGTES ANGEBOT –
KAPITEL 1

„Ich habe diese Scheiße so verdammt satt."

„Was du nicht sagst, Renny."

Ren Landis wandte sich der Stimme hinter ihm zu. Er hatte nicht gemerkt, dass jemand in der Nähe war.

Sein ehemaliger Teamkollege der Boston Bulldogs und bester Freund schenkte ihm ein breites Lächeln und einen schnellen Klaps auf den Hintern.

„Warum machen wir diese Scheiße?", fragte Ren Cole Dixon.

Cole zuckte mit den Schultern. „Wer zum Teufel weiß das schon? Weil wir etwas zurückgeben wollen?"

Ren schnaubte. „Zurückgeben", wiederholte er. Er schüttelte den Kopf und seufzte. „Richtig."

Armut, Krebs, AIDS, Hunger, Katastrophenhilfe … Die Gründe waren endlos. Aber es war eine Möglichkeit, etwas zurückzugeben. Cole hatte recht.

Er hatte eine erfolgreiche Karriere hinter sich. Er verdiente mehr Geld, als er jemals ausgeben könnte. Er genoss Respekt in der Öffentlichkeit, bei seinen NFL-Kollegen und vor allem in den Medien. Stell sich das mal einer vor. Er. Der kleine, alte Lawrence „Long-Arm" Landis. Okay, manchmal nicht so sehr die Klatschblätter.

Je mehr er „zurückgab", desto mehr „bekam" er. Sein Ruhm war noch nicht am Ende angelangt, als er im reifen Alter von zweiunddreißig Jahren, das für einen Quarterback noch jung war, seinen Rücktritt erklärte. Nein, Wohltätigkeitsorganisationen halfen, ihn im Rampenlicht zu halten. Er erhielt Sponsorenverträge, Werbespots, Reality-TV-Auftritte, Geschenke und Frauen. Viele, viele Frauen.

Er sollte also kein jammerndes Miststück sein, das sich darüber beschwerte, einen Abend auf einer Wohltätigkeitsveranstaltung verbringen zu müssen. Obwohl er zu Hause sein und *SportsCenter* schauen könnte. Oder, zum Teufel, sogar *Dancing with the Stars*.

Ren fühlte eine Hand auf seinem Rücken. „Whoa, Erde an Ren?"

Ren schüttelte erneut den Kopf. „Sorry." Er versetzte Cole einen angetäuschten Schlag in den Magen. „Verdammt. Ich will das heute Abend einfach nur hinter mich bringen."

Von allen Wohltätigkeitsveranstaltungen, an denen er teilnahm, hasste er die „Versteigerungen" am meisten. Die, bei denen er auf der Bühne stehen und sich selbst vorführen musste. Wo er nicht mehr als ein Stück Fleisch war. Wo er an den Meistbietenden ging, in der Regel eine ältere Frau, die vom Football keine Ahnung hatte. Oder eine Tussi, die nur wusste, dass er ein berühmter „Jemand" war. Oder ein Groupie, eine Frau, die genug Geld hatte, um ihn zu „kaufen", und die für ihr Geld mehr als ein Abendessen erwartete.

„Ich weiß nicht, warum Dan uns immer wieder für diese Dinge verpflichtet. Ich hasse sie auch."

Ren wusste auch nicht, warum. Dan war der Sportagent von Ren und Cole. Er hatte Dan gesagt, dass er die Versteigerungen nicht mochte. Das müsste er wohl deutlicher machen.

Noch einmal. Das nächste Mal, sollte Dan ihn für eine dieser Versteigerungen buchen, würde er seinen nicht so kleinen Fuß in den Hintern bekommen. Guter Zweck hin oder her.

„Hey, Renny, habe ich dir schon gesagt, dass dein Hintern in letzter Zeit mächtig gut aussieht und dass ich es vermisse, hinter ihm zu stehen, während du dich bückst?", fragte Cole.

Ren lachte. Er war das gutmütige Aufziehen von Cole gewohnt. Ren war ein ehemaliger NFL-Quarterback für die Boston Bulldogs. Und zwar ein guter. Und Cole war sein Running Back – seine rechte Hand während seiner gesamten Karriere im Team. Cole verheimlichte nie die Tatsache, dass er Sex liebte, und es spielte keine Rolle, mit wem es war, ob mit Mann oder Frau. Oder sogar mit beiden gleichzeitig.

Tatsächlich war Ren immer neidisch auf Coles Vertrauen in seine Männlichkeit, seine Sexualität. Cole erinnerte ihn an einen anderen ehemaligen Teamkollegen, Ty White.

Ty hatte eine Beziehung mit zwei Liebhabern, einem Mann *und* einer Frau. Als er ihm vor etwa einem Jahr bei einer ähnlichen Wohltätigkeitsveranstaltung begegnete, wollte er eine Million Fragen darüber stellen, wie das alles funktionierte, bekam aber nie die Gelegenheit dazu. Er wollte auch nicht zu viel in ihr Privatleben hineinschnüffeln.

Aber er war definitiv neugierig. Wer wäre das nicht? Die meisten Beziehungen zwischen nur zwei Menschen waren hart genug. Ren war der König der gescheiterten Beziehungen. Aber auch noch eine zusätzliche Person? Er schüttelte den Kopf.

Der Klang des Applauses unterbrach Rens Gedanken. Er verlagerte sich auf seinen anderen Fuß. Er und Cole standen in einem behelfsmäßigen Wartebereich hinter einigen Vorhängen. Das Bild von Haien, die auf Beute warteten, kam ihm in den Sinn. Die Stimme des Moderators erfüllte den Raum.

„Meine Damen und Herren, wir freuen uns, dass Sie alle

heute Abend hierhergekommen sind, um diese großartige Sache zu unterstützen …"

Rens Magen drehte sich um. Hatte er schon gesagt, dass er diese Dinge hasste? Er *verabscheute* sie!

Er wischte seine verschwitzten Handflächen an seinen Oberschenkeln ab.

„Bruder, so nervös kannst du doch nicht sein!"

„Halt die Klappe", murmelte Ren und sorgte für einen Lachanfall von Cole. Aber kein normales Lachen, sondern übertriebenes Lachen mit Fuchteln, Lachen und sogar Schenkelklopfen. Er wollte ihm in den Arsch treten. Gleich nachdem er in den von Dan getreten hatte.

„Renny, du bist eine verdammte Legende, Mann! Du bist an das Rampenlicht gewöhnt!"

„Ist nicht das Gleiche."

„Ist das dein Ernst?" Die Überraschung auf Coles Gesicht war offensichtlich.

„Ich sagte, halt die Klappe", warnte Ren ihn. Der Typ sorgte nicht gerade dafür, dass es ihm besser ging.

„Wenn du kotzen musst, mach das woanders."

„Ich werde nicht kotzen. Es ist nur so, dass einige dieser Frauen unerbittlich sind. Sie krallen sich an mir fest, versuchen, meine Hose aufzuknöpfen, stecken ihre Zunge in mein Ohr. Eine von ihnen hätte fast einen meiner Ohrringe verschluckt." Ren zupfte an einem der großen Diamantknöpfe in seinem Ohr.

„Du liebst Frauen!"

„Ja, wenn ich sie bumse! Einige davon sind beängstigend. Bestien sogar!"

Cole legte einen Arm um Rens Schultern und drückte ihn. „Als Nächstes wirst du sagen, dass du dich objektifiziert fühlst."

Ren wollte ihm dieses verdammte Grinsen aus dem

Gesicht wischen. Aber Cole hatte wahrscheinlich recht. Ren machte zu viel Drama um das alles. Er war nur verpflichtet, ein paar Stunden mit demjenigen zu verbringen, der das höchste Gebot abgab. Wenn sie einen Kinofilm als Date wählen würden, dann wäre es sogar noch besser. Zwei Stunden im Dunkeln ohne zu reden.

„Warum sind wir die einzigen Narren, die in diesem Raum warten? Ich brauche etwas Luft."

Er schob das schwere schwarze Stück Stoff, das die „Tür" sein sollte, zurück und stampfte hinaus, bevor er Coles Antwort hören konnte.

Er ging den lauten, geschäftigen Flur hinunter und schlängelte sich durch die männlichen und weiblichen Versteigerungsteilnehmer.

Er erhielt einige Schulterklopfer, als die Leute ihn erkannten. Er ignorierte alle mit einem Achselzucken und platzte durch den nächsten Ausgang hinaus in den warmen Abend. Er atmete tief ein.

Sanftes Gelächter kam von seiner Rechten und eine kleine Gruppe von Leuten trat an ihn heran. Erst unter dem Sicherheitslicht des Gebäudes konnte er erkennen, wer sie waren.

„Renny! Das kann doch nicht sein. Wie stehen die Chancen, dich hier zu treffen?" Quinn Preston neckte ihn, als sie sich ihm näherte, Arm in Arm von zwei Männern flankiert. Einer dunkel, einer tief gebräunt, beide mit einem sehr breiten Lächeln. Ren ließ seinen Blick über Quinn schweifen, vom Scheitel bis hinunter zu ihren polierten Zehen.

Sexy wie die Hölle. Aber laut sagte er: „Lieb wie immer, Quinn."

„So schwanger wie eh und je, meinst du."

Ren studierte ihren sehr runden Bauch und bekämpfte den Drang, die Hand auszustrecken und ihn zu berühren. „Immer noch schön. Übrigens, herzlichen Glückwunsch." Er lehnte sich zu Quinn und küsste sie. Er versuchte es mit den Lippen, aber sie drehte in letzter Minute den Kopf; seine Lippen streiften stattdessen ihre Wange. Er lachte, als er sich zurückzog. Ty würde den Versuch witzig finden. Logan nicht so sehr. Und genau aus diesem Grund hatte er es getan. Da war ein Funkeln in Quinns Augen. „Irgendeine Ahnung, wer der Vater ist?"

„Nein", antwortete Quinn. „Das spielt keine Rolle."

„Nun, du wirst es früh genug erfahren, wenn das Baby als Vanille oder Schokolade herauskommt. Kein Zweifel also!"

„Obwohl ich einen Schokolade-/Vanille-Twist bevorzuge, bin ich mit beiden Geschmacksrichtungen zufrieden." Quinn zwinkerte ihm zu.

Sie war eine gute Frau. Ty hatte definitiv Glück. Obwohl er sich nicht so sicher war, was das Teilen betraf. Ty war offen bi, also hatte er vielleicht das beste Angebot bekommen, nämlich mit einem Mann und einer Frau zusammen sein zu können. So oder so, er war sich nicht sicher, wie das alles innerhalb ihrer Beziehung funktionierte, aber es funktionierte. Daran bestand kein Zweifel.

Ren rückte näher an Ty heran und gab seinem ehemaligen Teamkollegen der Boston Bulldogs einen Klaps auf den Rücken. „Bruder, ich hoffe, deine Schwimmer waren stärker!"

Logan räusperte sich und erregte Rens Aufmerksamkeit.

„Herzlichen Glückwunsch euch beiden." Ren reichte Logan die Hand, der die Einladung annahm und sie fest schüttelte. Aber er ließ Quinns Arm nicht los. Logan neigte dazu, so besitzergreifend zu sein.

Nicht, dass Ren ihm einen Vorwurf machen könnte. Ren hatte vor einem Jahr versucht, seine Frau bei einer ähnlichen Versteigerung wie dieser zu kaufen.

„Wie ich höre, bist du diesmal also das Opfer, Renny",

sagte Quinn und drängte ihre beiden Männer näher an ihre Seiten.

„Ja. Ich Glückspilz. Ich habe beschlossen, dass ich Dan in den Arsch treten werde, wenn er mich für noch mehr solcher Veranstaltungen anmeldet." Er neigte den Kopf und studierte Quinn. „Wirst du heute Nacht auf mich bieten und mich retten?"

Logan ließ ihren Arm los und legte seinen stattdessen über ihre Schultern, wobei er seine andere Hand auf ihren aufgeblähten Bauch legte. Ein sehr untrügliches Zeichen des Besitzes.

„Sie hat schon alle Hände voll zu tun, Renny", sagte Logan zu ihm, seine Stimme ein wenig tief und schroff.

Logan hatte immer noch einen Ständer wegen der ganzen Auktionssache im letzten Jahr. Er musste echt drüber wegkommen.

„Ich erinnere mich, dass du an diesem schrecklichen Abend versucht hast, mich bei der House to Home Charity zu kaufen. Kaum zu glauben, dass das fast ein Jahr her ist." Sie runzelte die Stirn. „Du hast die Gebote hochgetrieben."

„Nein. Ich dachte nur, dass du jeden Penny wert bist. Und das Kleid, das du anhattest. Puh." Er fuhr sich mit der Hand über die Stirn und wischte sich den unsichtbaren Schweiß ab. „Heiß."

„Ich würde jetzt niemals in dieses Kleid passen."

„Es ist nicht schlimm, ein Baby im Bauch zu haben."

„Wirklich? Wo würdest du gerne eines haben?" Sie rieb sich unbewusst am unteren Rücken.

„Ich mache sie nur", sagte Ren. „Ich trage sie nicht aus."

Ren hörte ein Geräusch von Ty. Er sah, wie er sich abmühte, nicht zu lachen. Quinn drückte ihrem Liebhaber den Ellenbogen in die Rippen.

„So lustig", sagte sie trocken.

Quinn streifte sich eine Haarsträhne aus dem Gesicht. Ren war vorübergehend durch das Aufblitzen eines extrem großen blauen Edelsteins an ihrem linken Ringfinger geblendet.

„Ich erinnere mich an diesen Saphir! Schöner Ring. Aber der Stein war schöner, als er zwischen deinen Brüsten hing."

„Das ist jetzt mein Verlobungsring."

Er hob die Augenbrauen. „Sind diese Typen zu geizig, um dir einen Diamanten zu kaufen?"

„Der Saphir gehörte meiner verstorbenen Großmutter. Es ist eine Möglichkeit, sich an sie zu erinnern." Sie hob ihre Hand und schob sie ihm unter die Nase. „Siehst du die beiden Diamanten auf beiden Seiten des Saphirs?"

Ren fasste ihre Hand und studierte sie. „Die kann man auch nicht übersehen."

Während er ihre Hand in seiner hatte, zog er sie von ihren Männern weg und eskortierte sie durch die Hintertür des Gebäudes in den Flur. Ty erwischte die Tür, bevor sie hinter ihnen zugeschlagen wurde. Er hielt seinem anderen Geliebten, Logan, die Tür auf.

„Einer ist von Logan und einer von Ty."

„Coole Idee."

Quinn kicherte. „Ja. Sehr cool."

„Also, Kumpel, willst du zu unserer Verlobungsfeier kommen?", fragte Ty ihn. „Wir werden nur ein paar Leute einladen."

„Ja, nur ein *paar*." Quinn sagte das so, als ob es viel mehr Gäste geben würde, als sie wollte. „Wir würden uns freuen, wenn du kommen würdest."

Ren bemerkte ihren Blick zu Logan und zurück. Ren studierte Logan, während er fragte: „Ihr wollt *alle*, dass ich komme?"

Logan, sein Ausdruck neutral, antwortete: „Sicher.

Komm. Es wird eine ziemlich entspannte Angelegenheit werden. Bring doch ein Date mit."

Die Stimme des Moderators kam über die Lautsprecher. „Und jetzt, worauf Sie alle gewartet haben … Die Promi-Versteigerung!"

Ren zuckte und fluchte. „Muss gehen."

„Wir schicken die die Einladung per E-Mail", rief Quinn, als er davonstürmte.

„Ich werde da sein. Versprich mir einfach, dass es keine Versteigerung geben wird."

Als er wie ein Mann auf die Bühne ging, der zum Henker ging, folgte ihm Gelächter.

ÜBER DIE AUTORIN

JEANNE ST. JAMES ist eine USA-Today-Bestseller-Roman-autorin, die ein Alphamännchen (oder zwei) liebt. Sie war erst dreizehn Jahre alt, als sie mit dem Schreiben begann, und ihre erste bezahlte Veröffentlichung war eine erotische Geschichte in der Zeitschrift „Playgirl". Ihr erster erotischer Liebesroman, Banged Up, wurde 2009 veröffentlicht. Sie ist glücklicherweise im Besitz furzender französischer Bulldoggen. Sie schreibt M/F, M/M, und M/M/F Ménages.

www.jeannestjames.com

CPSIA information can be obtained
at www.ICGtesting.com
Printed in the USA
LVHW031035081021
699915LV00004B/58